Bibliografische Information der Deutschen Nationalbibliothek: Die
Deutsche Nationalbibliothek verzeichnet diese Publikation in der
Deutschen Nationalbibliografie; detaillierte bibliografische Daten sind im
Internet über dnb.d-nb.de abrufbar.

TWENTYSIX – der Self-Publishing-Verlag
Eine Kooperation zwischen der Verlagsgruppe Random House und BoD –
Books on Demand

© 2017 Romina Wolf

Herstellung und Verlag:
BoD – Books on Demand, Norderstedt

ISBN: 9783740729349

Im Schatten der ewigen Sehnsucht

Romina Wolf

Zum Buch

Es gibt den Einen. Den ganz Bestimmten. Den Mann, den man sich immer an seiner Seite gewünscht hat, den man aber nie haben konnte. Den Einen, nach dem man sein ganzes Leben lang Sehnsucht haben wird. Und doch weiß: eine gemeinsame Zukunft wird es nicht geben.

Clara hat alles, was man braucht, um ein glückliches Leben zu führen. Sie ist gesund, verheiratet, beruflich erfolgreich und wohnt in einem idyllischen und verträumten Ort in Österreich. Doch es gibt etwas in ihrem Leben, das sie quält und unglücklich macht. Der Mann an ihrer Seite ist nicht der, den sie sich immer erhofft hatte. Derjenige, zu dem sie sich ihr Leben lang hingezogen fühlt, scheint unerreichbar. Doch ein schicksalhaftes Ereignis verändert alles...

Zur Autorin

Romina Wolf, geboren 1986, lebt mit ihrem Mann
in der Nähe von Frankfurt am Main.
„Im Schatten der ewigen Sehnsucht" ist ihr zweites Buch.
Ihr Debütroman „Im Schatten der Seevilla" erschien im Sommer 2016.

Widmung

Dieses Buch ist allen Frauen gewidmet, für die es genau diesen Einen, den ganz Bestimmten, den Unerreichbaren gibt.

Kapitel 1

Sie warf den Kopf in den Nacken, schloss ihre Augen und genoss die Sonnenstrahlen auf ihrer Haut. Sie spürte, wie sie ganz sanft von der Sonne geküsst wurde. Hitze bitzelte auf ihrem Gesicht und ließ ihre Sommersprossen noch deutlicher zum Vorschein kommen. Es war ein wohliges Gefühl, das in ihr Glücksmomente auslöste, die ihre Lippen zu einem Lächeln formten. Für einen kurzen Augenblick erschien es ihr, als könnte sie sich von oben herab beobachten und zusehen, wie sie in einem Ruderboot saß, das mitten auf einem idyllischen See trieb und sanft mit den leichten Wellen des Wassers auf- und ab schaukelte. Claras langes blondes Haar wehte zart im Wind und umspielte malerisch ihr Gesicht. Sie trug ihr Haar offen und leicht gewellt; einzig die vorderen Seiten hatte sie zu lockeren, schmalen Zöpfen geflochten und weggebunden, sodass ihr Gesicht frei blieb.

Ihr Körper war in ein bodenlanges Kleid gehüllt, das mit seinem zarten Türkis die Farbe ihrer Haare noch mehr zur Geltung brachte. Wie eine Meerjungfrau, die gerade den Tiefen des Wassers entstiegen war, saß sie in dem Boot und versprühte Schönheit und Eleganz. Sie stützte sich mit den Armen nach hinten ab, nahm einen tiefen Atemzug und sog die frische sommerliche Luft ein. Der See war umgeben von mächtigen Bergen, die ihn komplett umschlossen und deren wilder Bewuchs von Bäumen, Strauchwerk und Gräsern in den verschiedensten Grüntönen leuchteten. Am Fuß der Berge lag der kleine, verträumte Ort Hallstatt, dessen einzelne Häuser direkt an der umliegenden Felswand zu lehnen schienen und mit ihren spitzen Dächern und bunten Klappläden an eine malerische Märchenkulisse erinnerten. Jedes Haus war andersfarbig gestaltet, und die rötlichen und grünen Klappläden leuchteten weithin. Vom Wasser aus sah man eine langgezogene

Seepromenade, breit genug, um Bootsanlegern und Restaurants großzügig

Platz zu bieten.

Eine große spätgotische Kirche, die inmitten der Häuserreihe herausragte, lud

mit dem Weiß ihrer Mauern und ihrem schmalen, hohen Turm zum Besuch

ein. Etwas oberhalb lag eine kleine Kapelle, die von einem Friedhof umgeben

war. Um diesen Friedhof herum hatte man vor vielen Jahren eine Mauer

errichtet, von der aus man eine wunderschöne Aussicht über Hallstatt und

seinen einladenden See hatte.

Der Friedhof war ein beliebtes Ausflugsziel für Touristen, denn direkt neben

der Kapelle befand sich ein uraltes Beinhaus mit Hunderten von Knochen und

Schädeln. Manche davon waren künstlerisch gestaltet und verrieten mit ihrer

Bemalung einiges über die Menschen, denen sie zu Lebzeiten gehört hatten.

Die vorderste Häuserreihe, direkt ans Wasser gebaut, spiegelte sich

eindrucksvoll im See wieder. An diesem Ort und in einem der Häuser war

Clara zu Hause. Auf diesem See saß sie in einem Ruderboot und genoss einen

wundervollen Sommertag und hörte um sich herum nichts als Vogelgesang

und das Geräusch der Wellen, die hin und wieder mit sanftem Plätschern

gegen den Bauch des Bootes schlugen. Clara öffnete ihre Augen ganz

langsam, und es durchfuhr sie ein Kribbeln, als flatterten plötzlich Dutzende

von Schmetterlingen in ihrem Bauch auf und kitzelten ihren ganzen Körper.

Sie holte tief Luft, und es ergriff sie ein leichtes Schwindelgefühl. Sie war nicht

alleine in diesem Boot. Ihr gegenüber saß der Mann, dem ihr Herz gehörte,

dem sie lange schon hoffnungslos verfallen war. Sie hatte ihn in ihrer Jugend

das erste Mal gesehen und sich sofort in ihn verliebt. Für sie war damals

schon klar, dass sie alles daransetzen würde, ihr Leben mit dieser einen

Person zu verbringen. Sie war sich ihrer Gefühle von Anfang an sicher und konnte nicht umhin sich zu fragen, ob er ihre Liebe erwidern würde? Ob er genauso empfand wie sie? Sie wusste es nicht. Doch sie hatten sich schließlich gefunden und saßen zusammen in einem Boot. Es war ihr allererstes Rendezvous und es hätte romantischer nicht sein können.

Claras Blick wanderte schüchtern und verschämt über den See, wissend, dass seiner auf ihr ruhte. Sie zog ihre Schultern nach oben und legte ein verschmitztes Lächeln auf. Seine Blicke glitten über ihren Körper, und sie genoss die Begierde, mit der er alles betrachtete, was er sah. Zu diesem Zeitpunkt wusste sie genau, dass er Wachs in ihren Händen war und seine Empfindungen gleichgestellt mit ihren waren. Er fing an zu rudern. Seine Arme waren leicht muskulös, mit bläulichen Adern durchzogen, die unter der gebräunten Haut schimmerten. In Claras Augen sahen sie bei jeder seiner Bewegungen unwiderstehlich aus. Die Abenddämmerung hatte eingesetzt und die Seepromenade leerte sich. Beide waren so mit sich und ihren Blicken füreinander beschäftigt gewesen, dass sie die Zeit völlig vergaßen. Nacheinander gingen etliche Laternen an und tauchten den Uferweg in ein diffuses Licht. Am Bootsanlegeplatz hing eine lange Lichterkette, die leicht schwankte, als der Wind über sie strich. Nun fühlten sich beide komplett unbeobachtet und alleine auf dem Wasser.

Clara schaute ihm tief in die Augen und verlor sich vollends in ihnen. Minutenlang hätte sie ihn anschauen können, ohne sich satt zu sehen. Wie lange hatte sie auf diesen Moment gewartet – viel zu lang! Sie studierte jeden Zentimeter, jede noch so kleine Einzelheit seines Gesichts, als müsste sie es sich für immer einprägen. Clara hatte so viele Jahre ihrer Jugend damit verbracht, im Stillen für diesen Mann zu schwärmen, ohne auch nur die kleinste Reaktion zu zeigen, die darauf hätte schließen können, dass sie etwas für ihn empfand. Hätte man sie früher gefragt, ob sie an die schicksalhafte

„Liebe auf den ersten Blick" glaube, so hätte sie es als Redensart abgetan.

Doch als sie ihn zum ersten Mal traf, war alles anders. Als sie ihm

gegenüberstand und in seine großen, wunderschönen Augen blickte und von

seinem strahlend weißen Lächeln fasziniert und wie hypnotisiert war, blieb ihr

Atem für einen kurzen Augenblick stehen und schnürte ihr die Kehle zu. Sein

Lächeln machte sie so glücklich und schuf in ihrem Inneren ein solches Gefühl

von Wärme und Wohlbehagen, dass sie keinen sehnlicheren Wunsch hatte, als

ihn lächeln zu sehen und ihm in die Augen zu blicken – für alle Zeit. Sie hatte

noch nie zuvor so etwas verspürt. Sie hatte sich gänzlich an ihn verloren.

Für Clara war es Liebe auf den ersten Blick gewesen und so unglaublich

intensiv, dass sie noch Nächte danach schlaflos, mit romantischer Musik in

ihrem Bett lag und keinen klaren Gedanken mehr fassen konnte. Jede Nacht

durchstrich er ihre Träume. Für sie stand fest: dieser Mann raubte ihr den

Atem und er hatte sie so sehr verzaubert, dass sie in eine hoffnungslose

Schwärmerei verfiel, aus der sie so schnell nicht mehr entfliehen konnte. Diese

Liebe schien ihr hoffnungslos und ohne Zukunft zu sein. Und doch saß sie nun

diesem Mann gegenüber, an den sie schon vor langer Zeit ihr Herz verloren

hatte. Sie konnte es kaum glauben. Das gab es doch nur in kitschigen

Liebesfilmen oder einem schnulzigen Roman!

Die Sonne war bereits hinter den Bergen verschwunden und trotz des

spärlicher werdenden Lichts, konnte sie seine Gesichtszüge noch klar

erkennen.

Sie sah, wie sein Lächeln noch inniger wurde, wie seine warmen braunen

Augen sich ein wenig verengten und er ihr zuzwinkerte. Seine Augen

leuchteten in einem Braunton, der teilweise sogar gräulich schimmerte. Seine

dunkelbraunen Haare hatte er recht locker gestylt, als wäre er gerade erst aus dem Bett gefallen und würde keinerlei Wert darauflegen, wie es wirkte. Genau das mochte Clara besonders an ihm. Sie fühlte sich wie auf Rosen gebettet und wünschte sich, dass dieser Moment für immer bestehen bleiben würde. Die Zeit sollte stehen bleiben! Zu lange hatte sie sich danach verzehrt. Sie formte die Hände vor ihren Augen zu einer Art Rechteck, das eine Fotokamera darstellen sollte, imitierte eine auslösende Bewegung, als würde sie ein Foto von ihm machen und den Moment auf Bild festhalten und einfrieren. Wie er so weiter zum Ufer hin ruderte, schaute sie ihm gedankenverloren zu und spürte ein tiefes Glück und ungeahnte Hoffnung. Er blickte sie noch immer lächelnd an, und als sich ihre Blicke trafen durchströmte sie ein prickelndes Verlangen und durchzog jede noch so kleine Faser ihres Körpers. Sie saßen sich ganz nah gegenüber und so wäre es ein Leichtes gewesen sich anzunähern und den ersten gemeinsamen Kuss zu erleben. Auf diesen Moment hatte sie so viele Jahre gewartet. Immer und immer wieder hatte sie dieses Szenario in ihrem Kopf durchgespielt und sich vorgestellt wie es wohl sein würde, wenn sich ihre Lippen treffen würden.

Wie oft hatte sie sich gewünscht, neben diesem Mann zu liegen – nur neben ihm, mit seiner Hand in der ihren. Wie oft hatte sie sich gewünscht ihm zu begegnen, in seine wunderschönen braunen Augen zu blicken und ein Lächeln geschenkt zu bekommen. Sie war dem Moment, den sie sich immer erträumt hatte, so nah wie noch nie zuvor und konnte es kaum noch erwarten, ihn endlich zu berühren. Er stoppte abrupt die Ruderbewegung und hielt inne. Er schaute sie an und beugte sich sachte vor. Claras Herz schlug ihr bis zum Hals, und sie spürte, wie ihr heiß wurde, wie sich ihre Wangen röteten. Wärme durchflutete ihren ganzen Körper, und ihre Hände begannen zu zittern. Ihr Pulsschlag beschleunigte sich und ihr Herz klopfte so heftig, dass sie glaubte gleich in Ohnmacht zu fallen. Seine rechte Hand fuhr ihr sanft durchs Haar und er zog sie langsam zu sich heran. Behutsam berührte er ihr

Gesicht und sein Daumen umspielte ganz zart ihre Oberlippe. Es fühlte sich

auf ihrer Haut unglaublich weich und warm an. Er stoppte mit seinem Gesicht

ganz nah vor ihrem und beide tauschten intensive Blicke aus. Als er seine

Lippen zu einem Lächeln formte, umspielten kleine Fältchen seine

Augenpartie, die ihn noch anziehender und unwiderstehlicher machten. Clara

schloss ihre Augen und ließ sich einfach nur noch fallen. Sie verlor sich in

diesem magischen und unbeschreiblichen Moment der sinnlichen Versuchung.

Sie glaubte schwerelos zu sein und konnte ihr Glück kaum fassen. Für sie

fühlte es sich an, als würde sich die Erde für einen kurzen Moment lang

aufhören zu drehen. Alles war perfekt. Die paradiesische Kulisse, das

Ruderboot mitten auf dem See, die Abenddämmerung und die weißen

Schwäne, die neben dem Boot friedlich ihre Runden zogen. Zaghaft berührten

Claras Hände endlich sein Gesicht, fühlten das weiche Haar seiner

Bartstoppeln, ahnten die Haut darunter. Sie sog seinen Duft tief in sich hinein.

Jeder Herzschlag führte sie näher zu ihm hin, bis sich ihre Lippen in der Mitte

trafen. In Clara brach sich ein Strom von Gefühlen Bahn.

Es war ein Feuerwerk von Gefühlen und Clara wollte, dass es niemals endete.

Seine Lippen berührten ihre zuerst etwas zögerlich, dennoch liebevoll und

behutsam und umschlossen dann sanft ihre Unterlippe.

Clara spürte seine weichen Lippen auf ihren und erwiderte jede seiner

Liebkosungen.

Als sich seine Zungenspitze langsam in ihren Mund vortastete, war es

vollkommen um sie geschehen. Ihre Küsse wurden immer leidenschaftlicher

und ihre Atmung beschleunigte sich. Seine Hand hielt ihren Kopf liebevoll fest

und Clara spürte, wie seine andere Hand zaghaft über ihr Kleid, das Bein

hinauf wanderte.

Seine Berührungen waren so leidenschaftlich und emotionsgeladen, dass Clara fast die Beherrschung verlor. Doch er war ein Gentleman und wollte bei der ersten Verabredung nicht gleich zu weit gehen, und somit wanderte seine Hand wieder langsam ihr Bein hinab, und umfasste sachte ihre Hüfte. Es war der erste Kuss, den Clara mit Anton erlebte. Er war noch inniger und intimer, als sie es sich erhofft hatte. Ihr erschien es, als würde die Zeit stillstehen und nichts sie hätte ablenken, oder diesen Moment zerstören können. Der Kuss wurde immer stürmischer und zügelloser und auf einmal kam ihr alles so vertraut und bekannt vor. Sie hatte das Gefühl diese Lippen zu kennen und die Art und Weise wie sie geküsst wurde kam ihr routiniert und gewohnt vor. Ihre Lippen lösten sich von seinen und sie war gerade im Begriff die Augen zu öffnen, als in diesem Moment eine beruhigende Stimme zu ihr sprach und ihr sanft ins Ohr hauchte.

„Guten Morgen meine Schöne."
Clara schlug die Augen auf und schaute sich leicht benommen und verwirrt um.
Sie lag in ihrem Bett, in ihrem Haus, neben ihrem Mann Gabriel, der sie gerade wachgeküsst hatte. Clara brauchte einen Moment um sich zu sammeln und zu realisieren, dass alles nur ein Traum gewesen war und der Kuss mit Anton nie existiert hatte...

Kapitel 2

An diesem Morgen stand Clara mit einer Tasse Kaffee in der Hand an ihrem Küchenfenster und blickte auf den verregneten See. Es war Anfang November, die letzten Blätter lösten sich von den Bäumen und verwandelten die Straßen in ein Meer aus bunten Farben. Die Temperatur war gefallen und die Tage wurden kürzer. Die Dunkelheit würde sich am späten Nachmittag bereits über dem kleinen, verträumten Ort ausbreiten und den See dunkel und geheimnisvoll wirken lassen. Hallstatt war mit seinen knapp neunhundert Seelen einer der kleineren Ortschaften im Salzkammergut, dennoch zu jeder Jahreszeit ein beliebtes Reiseziel für Touristen und Erholungssuchende. Besonders zog es Touristen aus China an diesen Platz, denn ein Architekt hatte es sich zur Aufgabe gemacht, den kompletten Ort mit Marktplatz und Altstadt maßstabsgetreu, wenn auch spiegelverkehrt, in China nachzubauen. Stets sah man Touristen aus aller Welt, besonders aber aus Fernost auf dem Marktplatz stehen und begeistert die hübschen Häuser mit den bunten Klappläden und Blumenkästen fotografieren.

Clara wohnte mit ihrem Mann Gabriel seit einigen Jahren in Hallstatt. Ihr Haus lag etwas oberhalb des Sees und hatte im Erdgeschoss einen kleinen, gemauerten und bauchigen Durchgang, der aussah wie ein kurzer Tunnel. Die meisten Passanten mussten ihn durchlaufen, um in den Ortskern zu gelangen. Ihr Haus war mit dunklem Holz verkleidet und mit wildem Wein bewachsen, sodass teilweise nur noch die Fenster zu erspähen waren. Von ihrem Wohnzimmer aus gelangte Clara auf einen kleinen Balkon, von dem aus sie den ganzen See überblicken konnte. Hier fühlte sie sich am wohlsten und genoss bei gutem Wetter fast täglich ihre morgendliche Tasse Kaffee. Der Balkon hatte zwei Rundbögen aus Holz, die genau wie das gesamte Haus

15

komplett mit Wein bewachsen waren. Von den vorderen Balken der Rundbögen hingen runde Pflanzschalen mit pinkfarbenen Geranien, die dem Balkon einen besonderen Farbtupfer verliehen. Clara hatte sich hier ein kleines Paradies geschaffen und liebte es, von dort aus über den See zu blicken und das Geschehen im Ort zu beobachten. Man konnte von ihrem Balkon aus wunderbar und ungestört die Passanten beobachten, die täglich durch Claras Hausdurchgang liefen, doch da sie dort oben so schön versteckt und geschützt saß, wurde sie fast nie von einem Spaziergänger entdeckt. Sie hatte das Haus von ihren Eltern übernommen, als diese sich in Bad Aussee in einer kleineren Wohnung niedergelassen hatten, um dort ihren Lebensabend zu genießen. Sie hatten zu Clara gesagt, sie würden doch allmählich älter und weniger beweglicher und könnten daher das große Haus nicht mehr alleine bewirtschaften. Clara war dort aufgewachsen, und so war es für sie und Gabriel eine Herzensangelegenheit, das kleine Schmuckstück nach und nach zu restaurieren und ihm zugleich auch ihren eigenen Stil zu verleihen. Gabriel war Antiquitätenhändler und hatte sich zusammen mit Clara in Hallstatts Innenstadt einen kleinen Laden gemietet, in dem er wunderschöne und seltene Möbelstücke verkaufte. Nicht nur Touristen fanden den Weg in ihren Laden, sondern auch Einheimische und Stammkunden statteten ihnen regelmäßig einen Besuch ab. Gabriel war beruflich oft unterwegs, um neue Möbelstücke einzukaufen, die er dann in seinem Laden an den Mann brachte. Claras Aufgabe bestand eher darin, die Buchhaltung zu regeln und die Kunden bedienen zu helfen. Sie kannte sich mittlerweile gut in der Branche aus und konnte die Abnehmer adäquat beraten. Ursprünglich kam sie aus einem gänzlich anderen Berufsfeld und hatte jedoch Gabriel zuliebe einige Jahre zuvor umgeschult. Nach dem Abitur hatte sie eine Ausbildung zur

Flugbereiterin begonnen und den größten Teil ihres Berufsalltags in anderen Städten und Ländern verbracht.

Man könnte meinen, dass sie als Flugbegleiterin die ganze Welt habe erkunden können, und die tollsten Sehenswürdigkeiten zu sehen bekommen hätte, doch die meiste Zeit verbrachte Clara in Hotelzimmern und Restaurants, denn die Zwischenstopps waren meist kurz, und der Jetlag trug dazu bei, dass ihr nicht viel Kraft für touristische Aktivitäten blieb. Auf einem ihrer Flüge lernte sie Gabriel kennen, der auf dem Weg nach Palermo war, um dort einen seltenen, alten Sekretär zu erwerben, der ihm in einem Katalog ins Auge gefallen war. Sie hatten sich während des Flugs angeregt unterhalten, und nach der Landung hatte Gabriel im Terminal auf Clara gewartet, um sie zum Essen einzuladen. Eigentlich hatte sich Clara prinzipiell nicht mit Fluggästen eingelassen, doch bei Gabriel hatte sie eine Ausnahme gemacht, weil er charmant und unterhaltsam war und sie zum Lachen brachte. Er konnte spannend und phantasievoll aus seinem Leben erzählen und las ihr jeden Wunsch von den Augen ab. Er war einen Kopf größer als sie, war stets elegant und anspruchsvoll gekleidet und sah mit seinem hellbraunen Haar und den strahlend blauen Augen anziehend aus. Clara war beeindruckt von seinem sicheren Auftreten, seiner souveränen Art und wie er sich artikulierte. Nach wenigen Monaten machte er ihr einen romantischen Heiratsantrag, und sie sagte ja.

Ihre Flitterwochen verbrachten sie überglücklich in Venedig und zogen kurz danach in Claras Heimatort Hallstatt. Sie eröffneten schon bald den Antiquitätenladen und wurden zu einem beliebten Anlaufpunkt für stilbewusste und gut betuchte Kunden. Clara widmete sich ihrer Rolle als Beraterin und bediente die Interessenten kenntnisreich und zuvorkommend. Sie vermisste zwar das Fliegen und Reisen in ferne Länder, doch mittlerweile war sie fünfunddreißig und hatte das Gefühl, es sei angenehm, endlich ein sesshaftes Leben zu führen und dort angekommen zu sein, wo sie immer hatte sein wollen. In den ersten zwei Jahren nach der Hochzeit legte Gabriel ihr die Welt zu Füßen. Sie fand ihn weiterhin charmant und war stolz auf ihren „Vorzeige-Ehemann". Doch allmählich trübte sich der anfangs so überaus sonnige Ehehimmel, und es schlichen sich unangenehme Verhaltensweisen ein. Zunehmend schien er genervt und schrie Clara aus nichtigen Gründen an. Clara konnte sich das nicht erklären. Sie sah zwar, dass ihm die Arbeit über den Kopf wuchs, litt jedoch sehr darunter, dass er seine Wutausbrüche an ihr ausließ, und sah kein Mittel, sich dagegen zu wehren. Ihm schien seine Ehe indessen weiterhin perfekt, und er sah keinen Grund, sich darüber tiefere Gedanken zu machen. Dass Clara unter seiner Art litt und öfters im Stillen weinte, bemerkte er überhaupt nicht. Sie zog sich immer mehr zurück, war nachdenklich und in sich gekehrt. Sie hatte sich ihm gegenüber immer liebevoll und geduldig verhalten, hatte ihm das Leben nie schwergemacht. Ganz im Gegenteil. Sie tat ihre Arbeit, ohne zu klagen, hielt das Haus in Ordnung und kümmerte sich um die Bestellungen im Laden. Hin und wieder mussten Ausstellungen auf dem Marktplatz von Hallstatt organisiert werden, und sie hatte sich dann um die Stände zu kümmern, wo ein Teil ihrer antiken Möbel zu Schau stand. All diese Anstrengungen sah Gabriel als selbstverständlich an, und je besser Clara ihre Pflichten erfüllte, um so mehr forderte er von ihr. Eines Abends brachte sie beiläufig das Thema Kinder zur Sprache und bekam nur eine mürrische und abweisende Antwort von ihm zu hören. Mit seinen fast vierzig Jahren sei für ihn dieses Thema nun wirklich nicht mehr aktuell, erklärte er und fügte hinzu, sie beide seien doch durchaus glücklich, auch ohne Kinder. Außerdem habe er genug um die Ohren, und seinem weiteren geschäftlichen Fortkommen stünden Kinder bloß im Weg.

Dies war einer der Momente, in dem Clara merkte, dass es vielleicht ein Fehler gewesen war, Gabriel zu heiraten. Sie fühlte sich sehr einsam und von seinen abweisenden Worten verletzt. Ein Kind würde ihrem Leben einen neuen Sinn und schöneren Inhalt geben, das wusste sie genau. Doch jedes Mal, wenn sie auf das Thema zurückkam, gab es Streit, Gabriel wurde ausfallend, und schließlich brüllte er sie regelrecht an, er wolle keinen Nachwuchs, und damit sei der Fall ein für alle Male erledigt. Einen ganzen Tag lang vergrub sich Clara weinend im Bett und trauerte um das Kind, das sie vielleicht nie haben würde. Ihr Leben kam ihr vor wie das sprichwörtliche Hamsterrad, das sie unaufhörlich drehen musste und das sie niemals freigeben würde. Das waren die Augenblicke, in denen sie schmerzlich an den einen Mann dachte, der ihr in ihrer Schulzeit das erste Mal über den Weg gelaufen war und in den sie sich hoffnungslos verliebt hatte. Sie war kaum fünfzehn, genau wie er, als sie sich das erste Mal auf dem Schulhof begegneten und ihre Blicke sich trafen. Sie hatten wohl immer etwas füreinander übrig, wechselten aber niemals ein Wort miteinander. Einzig ihre Blicke trafen sich und ruhten für einen Moment auf dem jeweils anderen. Es waren seitdem einige Jahre vergangen und der Zufall wollte es, dass sie sich durch schicksalhafte Umstände wieder über den Weg liefen und die ersten Worte miteinander austauschten. Nun kannte sie auch seinen Namen – Anton.

Anton war zu einem jungen, überaus attraktiven Mann herangewachsen und wirkte womöglich noch anziehender auf sie als damals. Clara hatte sich unwiderruflich in ihn verliebt, doch nichts verriet ihr, ob er sich erinnerte; im Gegenteil – er wirkte eher kühl und sogar teilweise abweisend auf sie.

An diesem regnerischen Morgen in der Küche ihres Hauses dachte Clara wieder an Anton. Der Traum der letzten Nacht ließ sie nicht los, und sie versuchte sich in Gedanken immer und immer wieder an die Szene auf dem Boot zu erinnern. Sie hatte Anton zwar seit Jahren nicht mehr gesehen, doch sah sie ihn geradezu leibhaftig vor ihrem inneren Auge. Sein Gesicht und seine Stimme hatten sich ihr fest ins Gedächtnis gebrannt. Sie wünschte sich, dass es kein Traum gewesen wäre, und zugleich packte sie das schlechte Gewissen bei diesem Wunsch. Wenn sie sich nun umdrehte und statt Gabriels mürrisches Gesicht in die sanften braunen Augen von Anton blicken könnte – wie herrlich wäre das! War das aber nicht ein sündiger Wunsch?

Sie ermahnte sich wie immer, wenn sie in Gedanken ihren Mann mit einem anderen betrog, und ohrfeigte sich im Stillen dafür. Sie kam sich falsch und albern vor und wollte diese Gedanken und Gefühle abschalten, schaffte es aber nicht. Liebte sie ihren Mann denn nicht? War es möglich, zwei Männer gleichzeitig zu lieben? Wie konnte sie mit dem einen Mann ihr Leben teilen, bedingungslos, immer für ihn da sein, und gleichzeitig ihr Herz an einen anderen schenken, dem anderen, den sie niemals würde haben können? Clara war im Zwiespalt.

Sie hatte ein reines Herz und war beschämt über sich und ihre falschen Gedanken, denn sie hatte das Gefühl ihren Mann zu betrügen und sie wollte ihm gegenüber nicht länger unmoralisch sein, denn egal wie er sie manchmal behandelte, das hatte er nicht verdient. Durfte sie sich in ihren Träumen einem anderen hingeben?

„Clara, ich muss jetzt in den Laden, ich bin spät dran", sagte Gabriel hinter ihr.

Clara reagierte nicht auf seine Worte. Zu tief war sie in ihren Tagträumen versunken.

„Clara?", wiederholte er.

Sie holte tief Luft, stellte ihre Tasse auf die Arbeitsplatte und antwortete leise und und etwas zögerlich.

„Ja, ist gut."

Sie umspielte mit ihren Fingern den Henkel der Tasse und ihr Blick glitt wehmütig über den See. Dort hatte sie im Traum mit dem anderen Mann im Boot gesessen, der nicht ihr eigener war. Tränen stiegen ihr in die Augen, die sie schleunigst unterdrückte und wegzuwischen versuchte. Sie stand Gabriel noch immer mit dem Rücken zugewandt am Fenster und hielt den Kopf geneigt. Auf dem Tisch lagen einige Unterlagen, die er dort ausgebreitet hatte. Er schrieb hastig ein paar Notizen, sammelte die Papiere ein, packte sie in einen Ordner und verstaute ihn in seiner Aktentasche.

Er runzelte die Stirn, stand auf und schob seinen Stuhl an den Tisch.

„Ist alles in Ordnung mit dir? Du machst seit einigen Tagen einen geradezu abwesenden Eindruck. Ist irgendetwas vorgefallen? Warum bist du so komisch zu mir?"

Er rückte seine Krawatte zurecht, knöpfte sein Sakko zu und trat vor Clara hin. Forschend blickte er ihr ins Gesicht. Sie drehte sich um und setzte ein gequältes Lächeln auf.

„Nein, nein, ich war nur in Gedanken. Ich überlege, was ich noch alles erledigen muss, das ist alles."

Sie streichelte ihm sanft lächelnd über die Wange und schon schien er beruhigt. Seine Gedanken gingen über sie hinweg, und er fragte: „Ach ja, da fällt mir ein: Denkst du bitte an die Lieferung für Frau Stangel? Sie kommt heute in den Laden, um ihre Vintage Kommode zu holen. Du müsstest noch die Rechnung fertig schreiben, einen Garantieschein ausstellen und alle weiteren Daten und Fakten für sie auflisten."

Er nahm seine Aktentasche, griff sich noch einen Apfel aus dem Obstkorb und verabschiedete sich mit einem Kuss auf Claras Wange.

„Ich erwarte dich dann in zwei Stunden im Laden. Und sei bitte pünktlich! ", sagte er geschäftsmäßig. Clara nickte einwilligend und bejahte seine Aufforderung. Gabriel war jeden Tag um einiges früher im Geschäft als sie, denn er erledigte vorab diverse Rechnungen und Bestellungen und telefonierte mit Händlern, um Lieferungen zu organisieren. Als er durch die Tür war und das Haus verlassen hatte, begab sich Clara ins Bad, duschte und zog sich für die Arbeit an. Sie band wie immer, wenn sie ins Geschäft ging, ihre langen blonden Haare streng zu einem Dutt, setzte die Brille auf, die sie zum Lesen und Arbeiten am Computer benötigte, und schlüpfte in ihren Hosenanzug. Sie hatte zwar nicht mehr die klassischen Modelmaße, die bei einer Flugbegleiterin erwünscht waren, doch sie fühlte sich mit ihren kleinen Rundungen recht wohl. Es gelang ihr auch stets, die Problemzonen durch geschickt gewählte Kleidung zu kaschieren, und sie machte nach wie vor eine gute Figur. Sie war recht groß, hatte ein üppiges Dekolleté und fand im Übrigen, dass ihre Rundungen genau an der richtigen Stelle saßen. Schließlich brauchte sie sich, seit sie den Job bei der Airline aufgegeben hatte, nicht mehr darum zu kümmern, ob sie in ein Kostüm der Größe 34 oder 36 passte. Sie fühlte sich befreit und schlemmte gelegentlich nach Herzenslust. Hin und wieder trieb sie ein wenig Sport und fühlte sich dadurch gesund und fit.

Als sie komplett fertig für die Arbeit war, und sich im Spiegel anschaute, schüttelte sie den Kopf und stieß einen lauten Seufzer aus. Schluss mit den törichten Gedanken! Sie versuchte den Traum zu verscheuchen, der immer von neuem wieder vor ihrem inneren Auge aufsteigen wollte. Antons Lächeln spukte in ihrem Kopf herum. Sie konnte es selbst nicht begreifen, denn mittlerweile waren einige Jahre vergangen, seitdem sie ihn das letzte Mal gesehen hatte.

Sein Gesicht, seine Augen, sein Lächeln, alles sah sie noch prägnant vor Augen. Würde sie ihm denn überhaupt jemals wieder begegnen? Und wie sollte ihr das gelingen? Sie wusste ja gar nicht, wo er wohnte und wo er arbeitete. Sie wusste überhaupt nichts von seinem wirklichen Leben. Vielleicht war er längst vergeben.

Sie überlegte, wann sie ihn zum letzten Mal gesehen hatte. Das musste auf einem gemeinsamen Flug gewesen sein. Nach der Schule hatten beide, unabhängig voneinander, bei der gleichen Fluggesellschaft eine Ausbildung begonnen, Anton als Pilot und Clara als Flugbegleiterin. Durch Zufall waren sie sich auf einem Flug nach Spanien begegnet. Da nie eine feste Crew besetzt wurde, sondern die Piloten und auch die Flugbegleiter immer wechselten, war es mehr als nur Schicksal gewesen, dass sie zusammen flogen, dachte Clara damals. Ob er immer noch als Pilot arbeitete? Ob er immer noch bei derselben Airline angestellt war?

Sie wusste nur ein Mittel verwirrende und trübe Gedanken abzuschütteln: sie musste zum Friedhof gehen, an das Beinhaus, in dem die Schädel der Toten von Hallstatt gestapelt waren und hinter der Mauer der kleinen Kapelle einen Stein beiseite rücken.

Dort war ihr Tagebuch versteckt. Dies war ein Geheimnis, das niemand außer ihr wusste. Weder ihr Mann, noch ihre engsten Freunde. Anfangs war sie sich komisch vorgekommen. Tagebuchschreiben war doch eher etwas für verliebte Teenager, hatte sie gedacht. Doch dann hatte sie herausgefunden, dass es ihr guttat, ihre Gefühle schriftlich niederzulegen, und sich alles von der Seele zu schreiben. So wurde das Schreiben zu einer Art Therapie für sie. Da konnte sie sich vollkommen öffnen, und niemand würde sie verurteilen können für das, was sie schrieb.

Sie hatte ihr Tagebuch ganz bewusst oben auf dem Hallstätter Friedhof deponiert, denn die Gefahr, dass Gabriel es finden würde, auch wenn sie es daheim noch so gut versteckte, schien ihr zu groß. Sie mochte sich kaum ausmalen, was passieren würde, wenn er von ihren Gefühlen für Anton erfuhr. Er würde sie wahrscheinlich einfach nur kopfschüttelnd anschauen, seine Sachen packen und sie verlassen. Oder er würde sie heftig anschreien, wilde Diskussion beginnen und die Türen knallen. Es wäre auch nur sein gutes Recht, denn schließlich hegte sie heimliche Gefühle für einen anderen Mann. Als sie merkte, dass sie wieder öfter von Anton träumte und sogar tagsüber immer öfter in Gedanken versunken war und ihn nicht aus dem Kopf bekam, fing sie an Tagebuch zu schreiben. Seit einem Jahr kam sie nun regelmäßig vor oder nach der Arbeit zum Friedhof, Sommer wie Winter, und schrieb alles auf, was ihr in den Sinn kam. Bis jetzt hatte niemand ihr Versteck gefunden, oder sich gefragt, warum eine erwachsene Frau dort auf der Friedhofsmauer saß und in ein Buch schrieb. Die meisten Bewohner von Hallstatt waren viel zu sehr mit sich selbst oder der Grabpflege beschäftigt, als dass sie Clara überhaupt wahrnahmen. Im Winter kamen sowieso nur selten Besucher dorthin, und so saß sie meistens ganz allein, mit einer Decke um sich, auf der Mauer und schrieb. Sie hörte erst auf zu schreiben, wenn die Handschuhe sie nicht mehr genügend wärmten und ihre Finger schon steif vor Kälte wurden. An diesem Morgen beschloss Clara, noch einen kleinen Umweg auf den Friedhof zu machen, bevor sie den Tag mit ihrem Mann im Geschäft verbringen würde. Sie musste einfach wieder schreiben, um ihre Gedanken

24

und Gefühle zu ordnen und zu formulieren, damit sie sich beruhigen konnte und eine Weile Ruhe vor ihnen hatte.

Sie wusste, dass ihr das manchmal nur unzureichend gelang, sodass ihr den ganzen Tag über Bilder im Kopf herumschwirrten und sie nicht losließen.

Clara zog Winterstiefel und einen dicken Mantel an und verließ das Haus. In der Diele hatte sie immer eine warme Decke liegen, die sie an besonders kalten Tagen mitnahm und auf der Friedhofsmauer als Unterlage benutzte. Natürlich musste sie das Ding anschließend mit in den Laden nehmen, doch Gabriel war meistens so vertieft in die Arbeit, dass er es nicht in Frage stellte oder sich wunderte, warum Clara mehrmals die Woche mit einer Decke im Laden erschien.

Clara lief die Straße entlang, die in die Altstadt von Hallstatt führte - vorbei an kleinen Wohnhäusern, einladenden Bäckereien und aparten Souvenirläden, bis sie an ihrem Stammkiosk anhielt. Dort kam sie jeden Morgen auf dem Weg zur Arbeit vorbei, holte sich ihren zweiten Becher Kaffee und kaufte eine Kronenzeitung. Franz, dem der Kiosk gehörte, kannte sie schon seit vielen Jahren und legte ihr oft eine kleine Süßigkeit zu ihrem morgendlichen Einkauf dazu. Er war ein herzensguter Mensch, der für seine Kunden stets ein Lächeln und einen lustigen Spruch auf den Lippen hatte. Der Kiosk lag direkt an der Seepromenade und bot Süßigkeiten, Tabakwaren und Kaffee an dazu die wichtigsten Zeitungen und Magazine, eben alles, was ein Tourist oder Einwohner auf dem Weg in die Innenstadt im Vorbeigehen gerne mitnahm. Franz trug stets Lederhosen und einen Filzhut, saß hinter der Verkaufstheke und löste Kreuzworträtsel, um seine grauen Zellen auf Trab zu halten. Clara machte sich oft den Spaß und verriet ihm die Lösungen für die Spalten, die noch unausgefüllt waren. Dann schmunzelte er und brummte, dass er ohne ihre Hilfe wahrscheinlich nie das Lösungswort erreicht hätte und sie ein eingespieltes Team seien, wenn es um das Lösen von Kreuzworträtseln ging.

„Guten Morgen, Franzl. Wie geht es dir heute?"
Clara legte ihre Handtasche auf die Theke und kramte nach der Geldbörse.
„Guten Morgen, Clara. Wie soll es einem alten Mann schon gehen, so kurz vor dem Ruhestand? Blendend natürlich. Und wenn ich dich sehe, geht doch gleich die Sonne auf, auch an einem tristen Tag wie heute."
Clara lächelte. Er erinnerte sie ein wenig an ihren Großvater, der schon vor längerer Zeit verstorben war, und in seiner Gegenwart fühlte sie sich ruhig, so weise und verständnisvoll wirkte er auf sie.
„Ach, Franzl, du bist zu gut zu mir."
Er griff in den Zeitungsständer, holte eine Kronenzeitung hervor, und goss ihr einen Becher Kaffee ein.
„Ich nehme an, du nimmst das Übliche?"
Er zwinkerte ihr zu.
Clara nickte und legte die Münzen auf die Theke, genau wie jeden Tag, und wie immer rundete sie den Betrag ein bisschen auf.
„Danke dir Franzl! Ich muss weiter, bin etwas spät dran. Gabriel wartet nicht gerne."
„Ist schon Recht. Die jungen Leute haben eben kaum noch Zeit."
Franz nickte freundlich zum Abschied.
„Morgen sehen wir uns wieder!"
Clara raffte lächelnd ihre Decke und die Zeitung zusammen, nahm den Kaffeebecher in die andere Hand und lief weiter.
Um zum Friedhof zu gelangen, musste sie eine steile Treppe hinaufsteigen, die im Winter hin und wieder vereist und dann so gefährlich rutschig sein konnte,

dass es schier unmöglich schien, sie zu erklimmen. Doch Clara wusste, dass da oben ihr Tagebuch auf sie wartete und sie fast alles dafür tun würde, um darin zu schreiben.

Der Regen hatte aufgehört. Die Stufen waren noch etwas nass und rutschig, doch das feuchte und diesige Wetter würde dafür sorgen, dass Clara auf dem Friedhof ungestört war. Sie würde ihren Gedanken freien Lauf lassen können, ganz ohne dass jemand sie beobachtete, ablenkte oder gar ansprach. Wie wohltuend diese Stille war! Sie legte ihre Decke auf die Mauer, ging um die kleine Kapelle des Beinhauses herum zu der Mauer dahinter, die aus unregelmäßig angeordneten Steinen bestand, und kniete nieder. Unter einem der Steine hatte sie eine kleine Kuhle gegraben und darin ihr Tagebuch versteckt.

Clara zog es hervor, klopfte die lose Erde ein wenig ab und ging zu der Mauer zurück, auf der ihre Decke lag. Sie ließ sich darauf nieder und holte einen Kugelschreiber aus der Handtasche. Was für einen schönen Blick hatte man von hier aus über den ganzen See und die umliegenden Berge! Es war ein traumhaftes Naturidyll.

Bei diesem Anblick geriet Clara immer wieder ins Schwärmen, und dann stiegen die Gefühle in ihr hoch, die sie oft bezwingen und unterdrücken musste, und sie wünschte sich, Anton wäre bei ihr, legte den Arm um die Schulter und betrachtete mit ihr diese herrliche Gegend. Sie seufzte leise und wickelte sich die Decke um. Nun konnte sie anfangen zu schreiben.

Kapitel 3

Heute ist wieder so ein Tag! Ich weiß nicht, ob ich lachen oder weinen oder mich einfach nur ohrfeigen soll. Ich kann keinen klaren Gedanken fassen, und, dass ich jetzt gleich zu Gabriel ins Geschäft muss, macht mich schier wahnsinnig. Ich ertrage es nicht, ihm in die Augen zu schauen und zu wissen, dass mein Herz etwas Anderes sagt und will als mein Verstand. Zu wissen, dass ich eigentlich in einen anderen Mann verliebt bin, den ich noch nicht einmal richtig kenne, von dem ich nicht viel weiß und mit dem es nie eine Zukunft geben kann, lässt mich nicht mehr ruhig schlafen. Ich fühle mich Gabriel gegenüber so schuldig und kann mir das Ganze selbst wohl nie verzeihen. Was ist nur mit mir los? Es war nie meine Absicht meinen Mann zu verletzen, denn auch wenn er nichts von meinen Gefühlen für Anton weiß, spüre ich, dass ich Verrat an ihm begehe. Ich betrüge ihn zwar nur in meiner Fantasie, aber es ist einfach falsch solche Lust und Empfindungen einem anderen Mann gegenüber zu haben.

Aber es heißt doch auch, dass man gegen die Gefühle des Herzens nicht ankämpfen kann! Das Herz macht was es will. Vielleicht sollte ich aufhören mich ständig selbst zu beschuldigen und einfach entspannter an die Sache rangehen - vielleicht löst sich dann alles von selbst.

Aber ich kann nicht. Ich kann Anton einfach nicht vergessen oder aus meinem Bewusstsein entfernen. Gut, es funktioniert vielleicht ein paar Tage lang, doch dann gibt es wieder irgendeine Situation in meinem Alltag, die mich an ihn erinnert, und schon sind all die Bilder in meinem Kopf wieder da. Manchmal glaube ich selbst nicht was ich hier schreibe und ich bin davon überzeugt, wenn jemand das hier lesen würde, hält er mich für komplett wahnsinnig und würde mich sofort ins nächste Spital einweisen lassen. Warum kann ich nicht

einfach meinen Kopf ausschalten, aus meinem „Traum" erwachen, und es
wäre so, als hätte es Anton nie gegeben?

Will ich das denn? Nein, in meinem Innersten will ich, dass er der Mann ist,
der mich jeden Morgen wach küsst, mich auf Händen trägt, stundenlang mit
mir im Bett liegt, mich einfach nur ansieht, oder sich mit mir streitet, wenn
etwas zwischen uns steht. Was würde ich darum geben einfach nur neben ihm
zu liegen und in seine wunderschönen Augen zu blicken.

Solche Wünsche kann niemand empfinden, der glücklich verheiratet ist.
Demnach bin ich eine schlechte Frau. Und da stellt sich mir die Frage: bin
ich denn wirklich glücklich? In meiner Ehe? Mit meinem Leben? Wie definiert
man Glück? Glücklich schätzen kann ich mich ja im Grunde genommen, weil
ich gesund bin, einen Mann an meiner Seite habe, der natürlich auch seine
Ecken und Kanten hat, mich aber dennoch bedingungslos liebt und eigentlich
immer gut zu mir war. Natürlich hat er hin und wieder seine Wutausbrüche
und ist nicht immer fair zu mir, aber insgesamt ist doch alles gut zwischen
uns. Und wir sind auch zufrieden mit dem, was wir haben. Unser Geschäft
läuft fabelhaft. Ich habe eine verständnisvolle, liebe Freundin, die immer ein
offenes Ohr für mich hat und mich auffängt, wenn es mir schlecht geht. Was
ist es also, nachdem ich mich so sehne und verzehre? Warum kann ich nicht
einfach mit dem zufrieden sein, was ich schon habe? Es ist ja nicht so, als ob
ich materielle Dinge brauche um glücklich zu sein. Ich brauche einfach nur
diesen einen Mann. Anton!

Oh Gott, was schreibe ich hier? Lächerlich. Ich weiß ja nichts von ihm!
Woher will ich eigentlich wissen, wie er wirklich ist? Vielleicht ist er ein
absoluter Vollidiot, unfähig eine Beziehung zu führen und nur auf kurzweilige
Affären aus. Ja, so wird es sein.

Aber gab es denn wirklich eindeutigen Anzeichen, dass er mich in irgendeiner Art und Weise anziehend gefunden hat, oder bilde ich mir das nur ein und rede es mir schön?

Es gab da so einige Situationen, da dachte ich, dass er meinem Aussehen und meinem Charme nicht widerstehen konnte. Das glaube ich zumindest. Oder war es Einbildung?

Habe ich nur gesehen, was ich sehen wollte, empfunden, was ich empfinden wollte?

Ich weiß es einfach nicht. Und doch bin ich der festen Überzeugung, dass jeder Mann, egal ob ledig, vergeben, verheiratet, kinderlos oder Vater, Frauen hinterherschaut, die er attraktiv findet.

Ich meine, das ist ja nicht verwerflich, sondern ein normaler Reflex, den wohl jeder Mann in sich trägt. Und mir kann keiner erzählen der vergeben ist, dass er nicht schon mal einer anderen Frau hinterhergeschaut hat und sich gedacht hat: "Nicht schlecht, die würde ich auch nicht von der Bettkante schubsen."

In dieser Hinsicht sind doch alle Männer irgendwie gleich gepolt.

Damals, als Anton und ich einen gemeinsamen Flug hatten, gab es so viele Situationen, in denen es geradezu geknistert hat und ich mir aber bis heute nicht sicher bin, ob er eine Freundin hatte oder nicht. Ich erinnere mich zum Beispiel daran, wie ich auf einem Langstreckenflug mehrmals zu beiden Piloten ins Cockpit gegangen bin, um sie mit Kaffee und Essen zu versorgen. Da stellte ich Antons Tablett mit dem Essen vor ihn hin und brachte ihm anschließend noch einen Kaffee.

Ich hatte meine Hand noch nicht von dem Becher gelöst, da ergriff er sie und hielt sie für einen kurzen Moment fest. Er schaute mich an, lächelte und zwinkerte mir zu. Das kann doch kein Zufall gewesen sein? Danach hatte ich das Gefühl, als ich dabei war das Cockpit zu verlassen und die Tür hinter mir

zu schließen, dass beide über mich redeten und sich nach mir umdrehten.
Mehrmals auf diesem Flug wurde ich ins Cockpit gebeten und jedes Mal lag
irgendwie etwas Magisches in der Luft. Dann sind wir uns auf dem Weg zur
Toilette begegnet. Wir mussten uns sehr dicht aneinander vorbeidrängen, da
der vordere Teil im Flieger recht eng ist und bei voller Besatzung immer viel
Trubel herrscht. Wir schauten uns beide tief in die Augen, pressten unsere
Körper aneinander und gingen dann wieder unserer Arbeit nach. Wenn ich an
seinen Duft denke, bekomme ich jetzt noch weiche Knie.

Ich hatte eine heiße Thermoskanne mit Kaffee in der Hand und wollte gerade
meine zweite Runde im Service beginnen, als es geschah. Er blieb vor der
Toilettentür stehen, legte seine Hände an den Gürtel und schaute mir nach, so
intensiv, dass ich seinen Blick spürte. Ich drehte mich um, biss mir
verführerisch auf die Lippen und scannte ihn von oben bis unten ab. Als er das
sah, stieß er einen leisen Pfiff aus und fuhr sich leicht kopfschüttelnd durch
die Haare. Ich hatte diese Begegnung eigentlich als Schlüsselmoment
gedeutet, aber ich kann mich natürlich auch täuschen, denn er hat nie zu mir
gesagt, dass er interessiert wäre. Gott, warum haben Männer in Uniform auf
viele Frauen so eine anziehende Wirkung? Zumindest ist es bei mir so, denn
sobald ich einen Mann in seiner Arbeitskleidung sehe, macht sich in mir
augenblicklich ein betörendes Gefühl breit. Vielleicht assoziiert man diese
Männer automatisch als die starken Beschützer, die viel Verantwortung
tragen und deshalb so eine anziehende Wirkung haben. Ich jedenfalls
empfinde das so, wenn ich einen Mann in Uniform vor mir habe. Ich kann
dafür einfach keinen plausiblen Grund finden, aber Fakt ist: Anton plus
Uniform gleich Sexsymbol und Magnat.

Warum aber, wenn es doch so viele Andeutungen und Anzeichen gab, kam es
nie zu einem nächsten Schritt? Hätte ich vielleicht selbst die Initiative

ergreifen sollen? Vielleicht hätte ich ihn einfach nach dem Flug in der Gangway ansprechen sollen und mich ganz zufällig wieder an ihm vorbeidrücken müssen. Aber darüber brauche ich mir keine Gedanken mehr zu machen, denn das sind alles Dinge die hinter mir liegen und die ich sowieso nicht mehr ändern kann. Ich darf einfach nicht zu sehr in der Vergangenheit leben, oder denken, was mir die Zukunft wohl bringt, sondern im Hier und Jetzt, denn das ist es schließlich was zählt und mich wirklich weiterbringt.

Ich fühle mich, als hätte ich einen Engel auf der einen Schulter und einen Teufel auf der anderen sitzen, die mir immer abwechselnd sagen, was ich tun soll. Werde ich etwa langsam verrückt? Hätte ich doch nur eine Lösung für dieses Dilemma.

Ich glaube ich werde Emma um Rat fragen. Genau, Emma weiß immer, was zu tun ist, und holt mich wieder auf den Boden der Tatsachen zurück, wenn ich verwirrt bin und nicht weiterweiß. Sie ist schon so lange meine Freundin und kennt mich in und auswendig.

Sie kann mich mittlerweile lesen wie ein Buch und weiß, wann es an der Zeit ist, mir mal wieder ordentlich den Kopf zu waschen. Ich glaube, heute ist einer dieser Tage, an dem ich das brauche. Der Traum der letzten Nacht geht mir einfach nicht mehr aus dem Kopf, und deshalb brauche ich jetzt den ehrlichen Rat einer Freundin. Mit wem sollte ich denn schließlich sonst darüber reden? Ich brauche jetzt Emma. Ich muss nach vorne blicken und versuchen Anton wenigstens für einen Moment zu vergessen. Aber will ich das denn?

Was will ich wirklich?...

Kapitel 4

Clara legte den Stift aus der Hand und schloss das Tagebuch. Sie verstaute es vorläufig in ihrer Manteltasche, schlug die Beine übereinander, und blickte noch für einen kurzen Moment über den See. Die Wolken hingen an diesem Tag recht tief über dem See, und man hatte den Eindruck, dass sie die Berge ringsherum komplett verschluckten. Der Regen hielt bereits seit mehreren Tagen an und die Landschaft lag in tristem Grau, und dabei sorgten die bunt bemalten Häuser Hallstatts immer für kleine Lichtblicke unter dem wolkenverhangenen Himmel. Clara schob den linken Ärmel ihres Mantels nach oben und warf einen Blick auf die Armbanduhr. Mit Erschrecken stellte sie fest, dass sie die Zeit komplett vergessen hatte und in wenigen Minuten schon bei ihrem Mann im Geschäft sein musste. Sie stieß sich mit leichtem Schwung von der Mauer ab, ergriff ihre Handtasche, und vergrub ihr kleines Tagebuch wieder in der Steinmauer hinter dem Beinhaus. Keine Menschenseele war auf den Friedhof gekommen und hatte Clara beim Schreiben gestört, denn das Wetter an diesem Tag lud nicht gerade zu einem Friedhofsbesuch ein. Vorsichtig stieg Clara die rutschigen Stufen hinab und hielt sich dabei am Geländer fest. Kalte Wasserperlen, die von dem Handlauf tropften, ließen ihre Hände augenblicklich kalt werden. Sie holte ihre Lederhandschuhe aus den Manteltaschen, zog sie über, und eilte schnellen Schrittes durch die Altstadt in Richtung Ladengeschäft. Hallstatts Stadtkern bot eine kleine Auswahl an beschaulichen Geschäften. Außer dem Antiquitätenladen gab es noch einige kleine Souvenirgeschäfte, einen Sportladen, in dem Claras Freundin Emma arbeitete, viele Restaurants und Kaffeehäuser, sowie Geschäfte, in denen man von Kristallen und Halbedelsteinen, über Angelzubehör, bis hin zu den berühmten Mozartkugeln allerlei kaufen konnte. Die Geschäftsleute kannten einander gut, und schoben sich gegenseitig sogar hin und wieder Kundschaft zu. Die Einheimischen versuchten sich immer untereinander zu unterstützen, denn als Einzelhändler oder Gastronom hatte man es auch in einem touristenreichen Ort wie Hallstatt nicht immer leicht. Der Antiquitätenladen hatte anfangs ums Überleben kämpfen müssen, doch Clara und Gabriel war es gelungen, sich über die Jahre hinweg in vielen Orten ringsherum einen Namen zu machen und immer mehr gut betuchte Kundschaft für sich zu gewinnen.

Clara blieb einen Augenblick vor der Eingangstür ihres Ladengeschäfts stehen. Sie blickte ins Leere und hielt den Türgriff fest umschlungen. Dann glitt ihr Blick an der hellgelben Hauswand nach oben, zu einem schwarzen, schmiedeeisernen Schild, das den Namen „Hilldbrands Antiquitäten" trug. Gabriels und ihr Nachname zierte in einem weißen, verschnörkelten Schriftzug das ovale Schild über der Eingangstür des Ladens. Clara fühlte sich zögerlich und unentschlossen, und konnte sich ihr Verhalten selbst kaum erklären. Sie konnte einfach nicht aufhören an Anton zu denken. Obwohl sie noch vor kurzem versucht hatte, all ihre Gedanken in ihr Tagebuch zu schreiben, und sie damit wenigstens für einen Moment abzuschütteln, kamen sie ihr dauernd wieder in den Sinn. Ihr schlechtes Gewissen plagte sie erneut, denn nun würde sie den ganzen Tag mit ihrem Mann im Laden arbeiten müssen, und sobald sie ihm in die Augen blickte, würde sie wieder dieses schmerzliche Gefühl durchfahren. Clara rollte die Decke zusammen, die sie unter dem rechten Arm hielt, holte tief Luft, atmete seufzend aus und betrat den Laden. Jedes Mal, wenn man durch die Eingangstür den Antiquitätenladen betrat, klingelte ein kleines, altmodisches Glöckchen, das an einer kleinen Vorrichtung direkt oberhalb der Tür angebracht war, sodass Gabriel und Clara sofort wussten, wenn jemand den Laden betrat, falls sie sich zu diesem Zeitpunkt im hinteren Teil des Geschäfts aufhielten. Der Laden bot eine bunte

Mischung aus wunderschönen, alten und seltenen Möbelstücken, die von Gabriel aus den verschiedensten Ländern und Städten erworben, und von Clara liebevoll in Szene gesetzt wurden. Clara kümmerte sich immer sofort nach dem Eintreffen der antiken Stücke um einen geeigneten Platz, und achtete dabei darauf, dass der Laden nie zu vollgestellt und überladen wirkte und die Kunden stets die Möglichkeit hatten, sie einzeln und in ihrer ganzen Schönheit zu betrachten. An der Decke des Geschäfts hing ein dekorativer goldfarbener Kronleuchter aus dem 18. Jahrhundert, den Gabriel für Clara auf ihrer gemeinsamen Hochzeitsreise in Venedig gekauft hatte. Er war das Herzstück des Ladens und hatte für beide nicht nur einen hohen finanziellen Wert, sondern natürlich auch einen emotionalen Hintergrund. Immer wenn sie den Laden betrat, blickte Clara verträumt zur Ladendecke hinauf. Beim Anblick des schön geschwungenen Leuchtkörpers dachte sie zurück an die romantischen Flitterwochen am Canal Grande. Zu Beginn ihrer Ehe hatte sie ja buchstäblich auf „Wolke sieben" geschwebt und nicht genug von Gabriel bekommen können. Damals waren beide unheimlich verliebt gewesen und hatten sich bei jeder Gelegenheit geküsst. Clara war es durchaus zu jeder Zeit bewusst, dass eine Beziehung oder Ehe viel harte Arbeit ist, und es wie auf der Berg- und Talbahn immer wieder Höhen und Tiefen gibt, doch dass sich ihre Empfindungen so stark ändern würden, hätte sie niemals gedacht. Lag das nur daran, dass Gabriel ihr gegenüber zunehmend rücksichtsloser und egoistischer geworden war, oder waren es auch die heimlichen Gefühle für den anderen Mann?

Claras Blick wanderte suchend durch den Laden. Sie konnte Gabriel nirgends entdecken.

„Gabriel? Ich bin da!", rief sie, während sie ihren Mantel und die Lederhandschuhe auszog.

„Ich bin hier hinten. Ich habe schon auf dich gewartet", antwortete Gabriel. Im hinteren Bereich des Antiquitätengeschäfts befanden sich zwei kleinere Räume, die als Pausenraum und Abstellkammer dienten. Clara ging raschen Schrittes in den Abstellraum und deponierte ihre Decke in einer der Kisten, die für Zwischenlagerungen gestapelt, auf Hochregalen standen. Dabei hatte sie ein ungutes Gefühl, und ihr schlechtes Gewissen meldete sich augenblicklich. Clara schloss den Deckel der Kiste, drehte sich um, und sah Gabriel, direkt hinter sich.

„Liebling, was machst du denn hier hinten?", fragte er verwundert.

„Ich.... ich wollte nur meine Sachen hier ablegen..." Clara bitzelte vor Aufregung das ganze Gesicht, als hätte sie etwas Schlimmes angestellt. Es war ihr, als müsste sie mit einer Rüge rechnen.

„Clara, wie lange besitzen wir diesen Laden nun schon?"

Gabriel schaute sie ernst an und lehnte sich lässig an das Regal.

„Seit ungefähr vier Jahren. Warum fragst du?"

„Richtig, seit vier Jahren. Du weißt doch, dass ich Unordnung hasse. Und du weißt auch, dass wir eine Garderobe im Pausenraum haben, wo du deine Sachen aufhängen kannst. Also bitte, was soll das jetzt?"

Er hielt ihr die Tür auf und nickte stumm in Richtung Nebenraum. Clara fragte sich, warum ihr Mann sie nun schon wieder behandelte wie eine dümmliche Angestellte, die nur für Ärger sorgte, und nicht wie seine Ehefrau und Mitinhaberin des Ladens. Arbeitete sie denn nicht mindestens so hart wie er? Sie hatte plötzlich Herzklopfen und fühlte sich ertappt, wie ein Kind, das etwas Ungehöriges angestellt hat. Zugleich fragte sie sich, warum sie eigentlich solche Bedenken hatte, denn es war ja schließlich nur eine Decke und kein Liebesbrief, was sie da in die Kiste gelegt hatte.

Lag es daran, dass unter der Decke ein viel größeres Geheimnis schlummerte, und Clara tief in ihrem Innersten wusste, wie falsch sie sich ihrem Mann gegenüber verhielt? Aber hatte er es denn anders verdient? Er brauchte sich nicht zu wundern, dass sie heimlich für einen anderen schwärmte, denn das Verhalten, das Gabriel oft an den Tag legte, schmerzte sie immer mehr.

Leicht verstört ging sie in Richtung Pausenraum, hängte ihren Mantel an die Garderobe, und tauschte ihre Stiefel gegen ein Paar schwarze Wildlederpumps, die sie fast täglich im Laden trug, und die sich sehr gut mit ihren restlichen Outfits kombinieren ließen. Sie waren nicht allzu hochhackig und recht bequem, sodass sie sehr gut den ganzen Tag darin stehen und laufen konnte. Sie warf einen letzten Blick in den Spiegel, der neben der Garderobe hing, und ging dann zu Gabriel in den Verkaufsraum. Er stand mit einer Liste von Vorbestellungen am Computer und tippte einige Bestellungen und Kalkulationen ein. Er war der perfekter An- und Verkäufer, und es gelang ihm auch meist, die Einkaufspreise so zu drücken, dass beim Verkauf ein guter Gewinn rausprang. Das Angebot erstreckte sich von echten Weichholzmöbeln und liebevoll aufgearbeiteten Schränken über seltene Wanduhren bis hin zu einer ganz erlesenen Teetasse, von der es hieß, sie stammte aus einem Adelssitz.

In der Regel gab es neben den Stammkunden auch genügend Laufkundschaft, die es zum Stöbern und Bummeln in den Laden zog, doch den meisten Ertrag machten sie durch Stammkundschaft, die ihre Einrichtung mit der einen oder anderen Rarität erweitern wollten.

Eine von ihnen war Frau Stangel, und Clara musste nun noch alles für ihren neuesten Kauf fertigstellen.

Frau Stangel hatte sich für eine wunderschöne Vintage -Kommode aus der Renaissancezeit entschieden, die schon abholbereit im Lagerraum stand. Clara war gerade dabei, am Computer einen Garantieschein und den Kaufvertrag auszufertigen, als auch schon die Türglocke klingelte und Frau Stangel den Laden betrat. Sie war Ende sechzig, sehr vermögend und stets elegant gekleidet. Gabriel lief schnellen Schrittes auf sie zu und begrüßte sie formvollendet mit einem Handkuss. Als Kavalier der alten Schule wurde er gerade von der älteren weiblichen und wohlhabenden Kundschaft nicht umsonst besonders geschätzt – der „perfekte Schwiegersohn" eben.

„Ach, Herr Hilldbrand, wie reizend! Sie sind aber auch ein Chameur!" Geschmeichelt ließ sich Frau Stangel zur Verkaufstheke begleiten, wo Clara bereits lächelnd auf sie wartete und ihr die Hand entgegenstreckte.

„Guten Morgen Frau Stangel, ich freue mich sehr, dass Sie wieder den Weg zu uns in den Laden gefunden haben. Wie ist es Ihnen in der letzten Zeit ergangen?"

Sie plauderten eine Weile über oberflächliche Themen, und Clara erfuhr von Frau Stangel die neusten Klatschgeschichten aus der gehobenen Gesellschaft und blieb dabei stets höflich und geduldig, auch wenn sie sich kaum dafür interessierte. Das gehörte für sie einfach zu einem guten Service. Schließlich sagte sie:

„Frau Stangel, mein Mann wird Ihnen nun Ihre Vintage Kommode zeigen und ich mache in der Zeit die letzten Papiere fertig, und dann sind Sie Besitzerin eines wunderschönen, neuen Möbelstücks."

Clara ging hinter die Verkaufstheke und tippte einige Daten in den Computer ein. Ihre Finger flogen geradezu über die Tastatur, und ihre gepflegten langen Nägel klapperten leise bei jedem Tastenschlag.

„Ach Liebes, die Kommode ist diese Mal nicht für mich, sondern für meinen Sohn. Er hatte doch kürzlich Geburtstag, und da will ich ihn mit etwas ganz Besonderem überraschen.

Er arbeitet so viel und ist so selten zu Hause, da soll er doch wenigstens eine beschauliche Einrichtung genießen können, wenn er nach langen Flügen in seine vier Wände zurückkommt."

Clara unterbrach augenblicklich ihre Arbeit, riss die Augen weit auf und drehte sich so ruckartig um, dass das vor ihr stehende Glas umfiel und auf dem Boden zerschellte. Glücklicherweise war es leer.

„Wie bitte? Was haben Sie gesagt?"

Gabriel, der am anderen Ende des Verkaufsraums stand, schaute verdutzt auf und sagte: „Clara, Liebes, was soll denn das? Frau Stangel, bitte entschuldigen Sie, meine Frau ist heute den ganzen Tag schon nicht ganz beieinander. Vermutlich brütet sie eine Grippe aus."

Dabei warf er seiner Frau einen vorwurfvollen Blick zu. Wie erstarrt stand Clara da, nickte Gabriel versöhnlich zu und versuchte das Gespräch wieder in die richtige Richtung zu lenken.

„Entschuldigen Sie bitte meine forsche Wortwahl. Ihr Sohn ist also demnach wohl Pilot? Das wusste ich ja gar nicht. Das ist sehr interessant. Wie heißt denn Ihr Sohn, wenn ich fragen darf?"

Nun war es Frau Stangel, die verdutzt zwischen Clara und Gabriel hin und her blickte.

„Ja, er ist Rettungspilot bei der Bergwacht hier ganz in der Nähe. Sein Name ist Hubert. Ich wusste ja gar nicht, dass Sie das Thema so interessiert, Frau Hilldbrand?!"

Sofort verwandelte sich Claras lebhafte Neugierde in Enttäuschung und ihre Begeisterung flaute ab.

„Ich verstehe", entgegnete sie. „Wissen Sie, ich war früher als Flugbegleiterin tätig und da interessiert mich alles, was mit diesem Berufsfeld zu tun hat. Deshalb habe ich gefragt. Bitte entschuldigen Sie."

„Das macht doch nichts, Liebes. Es ist schön, wenn man für seinen ehemaligen Beruf noch solche Begeisterung aufbringen kann. Normalerweise sind die meisten Menschen froh, wenn sie ihren alten Job hinter sich lassen können."

Mit hängenden Schultern und teilnahmslosem Lächeln ging Clara auf Frau Stangel zu und händigte ihr die Papiere für den Verkauf der Kommode aus.

„Bitteschön! Ihre Papiere für das Möbelstück. Ich wünsche Ihrem Sohn viel Freude damit und wünsche Ihnen noch einen schönen Tag. Mein Mann wird Ihnen nun die Kommode noch einmal zeigen und sie Ihnen dann umgehend an die gewünschte Adresse liefern."

Frau Stangel reichte ihr lächelnd die Hand und verabschiedete sich.

„Oh, Herr Hilldbrand, das wäre doch nicht nötig, dass Sie mir das Möbelstück extra liefern", sagte sie. Gabriel hielt ihr höflich den Arm hin, damit Frau Stangel sich einhaken konnte, und warf Clara erneut einen irritierten Blick zu. Er verschwand mit seiner Kundin im Lagerraum und Clara blieb wie angewurzelt im Ladengeschäft stehen. Hinter der Verkaufstheke stand ein alter Barhocker, auf dem sie sich niederließ. Sie schlug die Hände vors Gesicht und merkte, wie sich ihre Augen mit Tränen füllten. Ihr entfuhr ein leiser Seufzer. Genau in diesem Moment kam Gabriel wieder in den Laden, um den Schlüssel für den Transporter zu holen, mit dem er die Kommode ausliefern wollte.

„Was ist denn mit dir los? Warum weinst du jetzt auf einmal?"

Mit vor der Brust verschränkten Armen stand er vor ihr.

„Ach, ich weiß es auch nicht genau", antwortet Clara noch immer schluchzend. „Ich glaube ich bin einfach entnervt. In letzter Zeit war alles etwas zu viel."

Gabriel nahm Claras Kopf zwischen beide Hände und küsste sie leicht auf die Wange.

„Das kann sein. Vielleicht gönnst du dir heute eine halbe Stunde länger deine Mittagspause und dann kommst du wieder etwas erholter zurück. Wenn du etwas brauchst, ruf mich an, ich liefere jetzt erst mal die Kommode aus. Ich bin bald wieder da. Ach und vergiss bitte nicht die Scherben wegzuräumen."

Er schenkte ihr einen aufmunternden Blick und verschwand dann mit den Autoschlüsseln in der Jackentasche durch die Ladentür.

Clara lief in das angrenzende kleine WC, erfrischte ihr Gesicht mit etwas Wasser und versuchte sich wieder zu fangen.

Die Hände am Waschbecken abgestützt, stand sie da, betrachtete sich im Spiegel, und fragte sich wieder, was mit ihr los war. Tränen kullerten ihre Wange hinunter und ließen ihre Wimperntusche leicht verschmieren. Mit ein paar Papiertüchern tupfte sie ihr Gesicht unter den Augen trocken. Kaum fiel das Wort Flugzeug oder der Name Anton, schon verlor sie komplett die Contenance, und war in Gedanken zurückversetzt in die Zeit mit ihm. Warum fiel es ihr so schwer loszulassen und zu vergessen? Immer und immer wieder stellte sie sich selbst diese Frage. Sie ging in den Pausenraum, nahm ihr Handy aus der Handtasche, und wählte die Geschäftsnummer des Sportgeschäfts, in dem ihre Freundin Emma arbeitete. Sie wollte unbedingt mit ihr in der Mittagspause über ihre Erlebnisse sprechen und brauchte den Rat und die Schulter einer Freundin zum Ausweinen. Sie wählte die Nummer und wartete auf das Freizeichen. Kurz darauf nahm Emma ab und meldete sich freundlich wie immer.

„Sportgeschäft Hallstatt, Sie sprechen mit Emma Malik: was kann ich für Sie tun?"

Als Clara Emmas Stimme hörte, war ihr schon ein wenig leichter zumute. Emma würde sie trösten und ihr zugleich den Kopf waschen.

„Emma, ich bin's, Clara. Kannst du gerade reden, oder hast du Kundschaft?"

„Ach Clara, du bist's! Und? Ist alles in Ordnung? Du hörst dich verschnupft an. Ist was los?"

Clara musste innehalten, um nicht komplett in Selbstmitleid zu zerfließen, und antwortete schluchzend: „Ich brauche einfach mal jemanden zum Reden. Können wir uns zum Mittag im Brauhaus zum Essen treffen, ginge das?"

Emma bejahte sofort.

„Natürlich. Oh je, du hörst dich aber nicht gut an. Wann kannst du den Laden verlassen?"

„Gabriel ist gerade noch bei einer Kundin und liefert etwas aus, danach kann ich hier weg, so gegen zwölf würde ich sagen."

Sie wischte sich eine Träne aus dem Gesicht und bedankte sich bei Emma dafür, dass sie sich ihrer annahm und ihre Mittagspause mit ihr verbrachte.

Nachdem Clara sich einigermaßen beruhigt, wieder etwas hergerichtet, und einige Kunden am Telefon abgefertigt hatte, wartete sie auf Gabriel, der ihr schon mit besorgter Miene entgegenkam.

„Ist wieder alles in Ordnung bei dir? Ich habe mir Sorgen gemacht."

Gabriel legte die Wagenschlüssel in eine Geldkassette unter den Verkaufstresen und nahm Clara in den Arm.

„Danke, es geht schon wieder. Heute ist einfach nicht mein Tag, so etwas kommt vor.

Ich habe dir eine Liste mit Kundennamen und Telefonnummern hingelegt. Es sind einige Anrufe eingegangen mit ein paar Nachfragen, die ich nicht alle beantworten konnte, vielleicht schaust du nochmal drüber."

Clara legte Gabriel den Zettel hin und verabschiedete sich in die Pause.

„Wenn es für dich in Ordnung ist, würde ich jetzt mit Emma im Brauhaus zu Mittag essen."

Gabriel war so vertieft in die Anfragen und Kundenaufträge, dass er Clara nur noch schnell einen flüchtigen Kuss auf die Stirn gab und viel Spaß wünschte.

Clara holte ihren Mantel und die Handtasche aus dem Pausenraum und lief durch den Laden, vorbei an Gabriel in Richtung Tür, als er ihr noch hinterherrief:

„Ach Liebling, richte doch Emma bitte ganz liebe Grüße von mir aus. Ich habe sie jetzt schon länger nicht gesehen und würde mich freuen, wenn sie uns mal wieder im Geschäft besucht."

Clara schaute ihn verwundert an, dachte sich aber nichts dabei und verließ den Antiquitätenladen. Es hatte bereits wieder angefangen leicht zu regnen und auf den Straßen Hallstatts sah man nur wenige Passanten. Clara lief zügig in den Stadtkern zum Brauhaus, einem der größten Restaurants am Platze. Hier konnte man nicht nur selbstgebrautes Bier trinken, sondern auch herrlichen Wein und zünftiges Essen genießen. Die Preise waren zwar recht hoch – zumindest für Touristen - doch Clara kannte die Besitzerin schon recht lange, und da sie regelmäßig mit Emma, Gabriel oder auch mit Geschäftskunden dort zum Essen waren, berechnete man ihr immer einen Freundschaftspreis.

Das Brauhaus lag inmitten des großen Marktplatzes, der eine beschauliche und überaus romantische Kulisse bot. Man konnte die Gaststätte nicht verfehlen, denn das Gebäude war als einziges in einem schrillen Türkis bemalt, und die

Klappläden in der Komplementärfarbe Rot. Einige Teile des Hauses waren mit wildem Wein bewachsen und vermittelten uriges Flair.

Emma wartete schon im Eingangsbereich auf Clara. Sie stand in ihrer Arbeitskleidung da und schaute in Gedanken versunken auf ihr Handy. Emma war recht klein, dafür aber sehr sportlich und muskulös gebaut, und hatte glatte braune Haare, die sie meistens zu einem Zopf geflochten trug. In dem Sportgeschäft, in dem Emma arbeitete, mussten die Mitarbeiter stets Kleidung tragen wie sie im Laden verkauft wurde, um die Kunden direkt auf die neuste Kollektion aufmerksam zu machen.

Da Hallstatt und Umgebung zu wunderschönen Wanderungen und Outdooraktivitäten einlud, trug Emma meistens derbe Schuhe mit dicken Wollsocken und eine Fleece -Jacke, jeweils passend zur Saison. Optisch bildete sie das Gegenstück zu Clara, die mit ihren Kostümen oder Hosenanzügen eher aussah, wie eine Bankangestellte.

Emma hatte Clara bereits entdeckt und winkte ihr von Weitem zu.

Clara nickte ihr zu, und als sie sich gegenüberstanden, nahm Emma sie fest in den Arm.

„Es ist so schön, dass du da bist und dir Zeit nimmst", sagte Clara betrübt.

„Meine Güte, du bist ja völlig aufgelöst und außer dir, du musst mir unbedingt erzählen, was passiert ist."

Emma streichelte ihr behutsam über den Rücken.

„Lass uns aber erstmal reingehen und etwas bestellen, dann kannst du mir alles berichten."

Zur Mittagszeit und unter der Woche waren meist nur wenige Gäste dort, und man musste nicht lange auf seine Bestellung warten.

Das Innere der Gaststube war üppig mit alten Straßenschildern, Wagenrädern und allerlei Krimskrams bestückt, der landestypisch für Österreich war. Emma und Clara setzten sich in ein kleines Separée und begrüßten die Besitzerin, die schon mit der Speisekarte herbeieilte.

„Servus Maria, wie laufen die Geschäfte?", fragte Emma.

Maria stemmte die Hände in die Hüften und plauderte eine Weile mit den beiden, bis diese ihre Bestellungen aufgaben.

„Clara, was willst du trinken? Teilen wir uns eine Flasche Wasser, was meinst du?"

Claras Blick wanderte über die Getränkekarte, die sie schon nach kurzer Zeit entschlossen zuklappte.

„Wir können uns gerne eine Flasche Wasser teilen, aber bring mir bitte ein Glas Weißwein. Chardonnay."

Emma gab Maria die Karten zurück und schaute Clara mit großen Augen an.

„Na du musst ja ganz schön was auf dem Herzen haben, wenn du während der Arbeitszeit und am Mittag schon Wein trinkst. Es ist gerade mal zwölf. Also schieß los! Wie kann ich dir helfen?"

Clara schaute ins Leere und blieb zuerst stumm und unbeteiligt, bevor sie sich ihrer Freundin öffnete.

„Ich hatte dir doch vor längerer Zeit mal von diesem einen Typ erzählt, mit dem ich früher zu Schule gegangen bin."

Emma zog beide Augenbrauen hoch und zuckte mit den Schultern.

„Sorry, da klingelt nichts bei mir."

Clara seufzte.

„Der Pilot, Anton", versuchte es Clara erneut.

„Na, sag das doch gleich! Ja, du hast mir schon gelegentlich damit in den Ohren gelegen. Was ist mit ihm?"

Clara zögerte und war sich nicht sicher, wie sie es ihrer Freundin beibringen oder erklären sollte, dass sie ganz plötzlich wieder an ihn denken musste, von ihm träumte und ihn nicht aus dem Kopf bekam.

„Na ja, was soll ich dir sagen? Besser gesagt, wie soll ich es dir sagen, ohne dass du mir gleich den Kopf abreißt?"

„Clara, wir kennen uns jetzt schon so lange, also raus damit!"

Clara begann zu erklären.

„Ich fühle mich wirklich schlecht dabei, und es hört sich alles so grotesk und verwirrt an, aber ich kann es nicht ändern. Ich glaube, insgeheim bin ich in ihn verliebt. Vor Kurzem fiel mir mein altes Fotoalbum in die Hand, wo einige Bilder aus meiner Zeit als Flugbegleiterin drin waren, und da habe ich ihn wiedergesehen und es war um mich geschehen: ich kann es gar nicht anders beschreiben. Ich weiß, ich höre mich wie ein durchgeknallter Teenager an, der über seine erste große Liebe spricht. Und weißt du was das Schlimmste daran ist? Ich bin verheiratet und sollte an diese Dinge nicht einmal denken! Aber das Herz macht, was es will. Ich kann es nicht ändern. Bitte hass mich nicht dafür."

Emma sah sie schweigend an.

„Bitte sag doch was!", bettelte Clara.

Doch Emma brach das Schweigen erst, als die Getränke auf dem Tisch standen. Sie nahm einen großen Schluck aus Claras Weinglas, holte tief Luft und begann:

„Nein, ich hasse dich nicht! Wo denkst du hin? Ich bin doch deine beste Freundin. Aber du musst zugeben, es ist, gelinde gesagt, extrem ungewöhnlich, was du da sagst. Woher kommt das auf einmal alles wieder? Du hast diesen Anton doch jetzt schon seit Jahren nicht mehr gesehen, und zwischen euch ist doch nie wirklich etwas gelaufen. Warum der Sinneswandel auf einmal? Und was ist mit Gabriel? Weiß er davon?"

„Oh Gott, nein, nein. Er darf es auch nicht erfahren, hörst du? Es ist ja auch nichts passiert, aber immerhin fahre ich doch irgendwie zweigleisig, zumindest gefühlsmäßig, oder? Ich fühle mich wie in einer Sackgasse."

Clara stützte mit der Hand an der Stirn den Ellbogen auf den Tisch.

„Jetzt beruhig dich bitte mal, es ist ja nichts passiert. Ich verstehe deine Aufregung, ehrlich gesagt, nicht."

„Verstehst du denn nicht?! Ich bekomme ihn schon seit Wochen nicht mehr aus dem Kopf. Gar nicht. Ich träume fast jede Nacht von ihm, und tagsüber kann ich auch kaum noch einen klaren Gedanken fassen, geschweige denn Gabriel ohne schlechtes Gewissen in die Augen schauen. Es ist ja irgendwie wie Ehebruch nur in Gedanken. Verstehst du nicht?"

Emma verschränkte die Arme vor der Brust.

„Weißt du, was ich an der ganzen Sache nicht ganz verstehe? Du bist Mitte dreißig, verheiratet, hast einen tollen Mann und einen super Job. Wir wohnen hier in einem idyllischen, verträumten Ort und du bist kerngesund. Du kannst es dir kaum besser wünschen und bist trotzdem nicht glücklich. Was läuft da bei dir schief, Liebes?"

Clara senkte beschämt die Augen und zuckte leise die Schultern.

„Ich weiß es doch auch nicht."

„Liebst du Gabriel denn nicht mehr? Ich meine seid ihr denn nicht glücklich miteinander? Ich frage mich, warum du ihn eigentlich geheiratet hast, wenn du doch ständig an diesen Anton denkst, und sogar in ihn verknallt bist. Sorry, aber ich muss es schon verknallt nennen. Du führst sich auf wie eine pubertäre Göre!"

Emma gab Clara einen Schubs in die Seite und zwinkerte ihr zu.

„Du weißt schon, wie ich das meine. Wenn nicht ich dir so etwas sagen darf, wer dann?!

Clara blickte Emma lächelnd an. Sie ergriff den Stiel ihres Weinglases und drehte ihn zwischen den Fingern.

„Ich weiß doch auch, dass es mir gut geht. Glaub bloß nicht, dass ich meine Lage nicht zu schätzen weiß. Aber du weißt auch, wie Gabriel manchmal sein kann. Seit geraumer Zeit ist er einfach nicht mehr so nett zu mir, und oft behandelt er mich, als wäre ich sein Laufbursche. Ganz zu schweigen von seiner Einstellung zu Kindern, aber das Thema kennst du ja."

Emma sah Claras enttäuschten, resignierten Blick und legte die Stirn in Falten.

„Also wenn du mich fragst, kannst du verdammt stolz auf deinen Mann sein. Gabriel ist doch ein toller Fang! Ich meine, abgesehen davon, dass er echt gut aussieht und immer gut gekleidet ist, hat er hervorragende Manieren, und finanziell ist er doch auch ein wahrer Glücksgriff – ich meine, wenn einem so etwas wichtig ist. Sieh mich an: ich bin schon seit ewiger Zeit auf der Suche nach dem Richtigen, und was ist? Nichts. Wenn ich an deiner Stelle wäre und mit Gabriel verheiratet, würde ich mich richtig glücklich schätzen."

Mit hochgezogenen Brauen sah Clara zu Emma rüber.

„Sag mal, habe ich irgendetwas verpasst? Stehst du etwa auf meinen Mann?"

Emma verschluckte sich fast an ihrem Sprudelwasser.

„Um Gottes willen, nein! Das kam, glaube ich, jetzt ganz falsch rüber. Ich wollte dir nur vor Augen halten, was für ein Glück du hast. Ich wäre gerne in deiner Lage. Schließlich muss ich jeden Abend alleine einschlafen. Weißt du, wie ich das meine?"

Versöhnlich streichelte Emma Clara über den Arm und schaute sie verschämt von der Seite an.

„Ist schon gut", antwortete Clara.

„Natürlich weiß ich, wie du das meinst, und ich verhalte mich auch einfach nur kindisch und unklug, aber ich weiß mir gerade keinen Ausweg mehr aus der Misere, weißt du? Heute hat eine Bemerkung einer unserer Stammkundinnen mich komplett aus der Fassung gebracht. Na ja, deshalb sitzen wir jetzt auch hier."

Emma schaute Clara fragend an.

„Was war denn?"

„Es ist lächerlich und eigentlich wirklich zu peinlich, um es auszusprechen, aber sie hat sich ein Möbelstück bei uns gekauft, und wollte es ihrem Sohn zum Geburtstag schenken. Als sie dann aber erwähnte, der Sohn sei Pilot von Beruf, fiel mir sofort Anton ein und ich ließ mich dazu hinreißen, sie nach dem Vornamen ihres Sohnes zu fragen. Natürlich hat Gabriel zuerst komisch geschaut, aber ich konnte die Wogen schnell wieder glätten. Allerdings war es zu meiner Enttäuschung natürlich nicht Anton, von dem sie sprach. Es wäre ja auch ein allzu großer Zufall gewesen. Aber stell dir doch nur mal meinen Gedankengang vor: ich werde sofort hellhörig bei diesem ganzen Thema und verliere komplett die Kontrolle. So kann das doch nicht weitergehen!"

Statt zu antworten, blickte Emma ratlos vor sich hin. Was sollte sie ihrer Freundin sagen?

„Was hast du jetzt vor? Du denkst doch nicht etwa darüber nach, Gabriel zu verlassen, nur, weil dir eine Jugendliebe nicht aus dem Kopf geht, oder? Wenn du das tust, stehst du am Ende genauso einsam da wie ich, also überleg es dir gut."

Clara schüttelte heftig den Kopf.

„Nein, natürlich nicht."

„Also, was ist dann dein Problem?"

Clara trank den letzten Schluck aus ihrem Weinglas, stellte es zurück auf den Tisch und spürte, wie ihr wieder Tränen in die Augen stiegen.

Flehentlich sah sie ihre Freundin an und sagte: „Weißt du, Emma, auch wenn ich noch so viel Glück habe und Gabriel noch so sehr liebe, wird Anton wohl immer derjenige bleiben, den ich mir eigentlich an meiner Seite gewünscht habe, ihn aber durch schicksalhafte Umstände nie haben konnte. Er wird immer der Eine sein, der Mann, nach dem ich mich wahrscheinlich mein Leben lang sehnen werde.

Manchmal gibt es solche Momente im Leben, da weißt du es einfach! Und bei Anton weiß ich es. Er sollte derjenige sein und er wird es tief in meinem Herzen auch bleiben. Ja, er war es schon immer."...

Kapitel 5

Clara öffnete die Augen, richtete sich auf, und versuchte sich zu orientieren. Sie wurde ganz plötzlich aus ihrem Traum gerissen und musste sich erst einmal wieder fangen. Sie schwitzte am ganzen Körper, war völlig in Ekstase versetzt, und sogar ihr Negligee war leicht feucht und verschwitzt. Sie zog die Knie an den Körper, legte den Kopf in die Hände und atmete tief ein und aus. Ihr Puls verlangsamte sich wieder, und sie nahm wahr, dass sie wie jede Nacht neben ihrem Mann im Bett lag. Sie betrachtete Gabriel, wie er seelenruhig schlummerte. Ausgeglichen und friedlich sah er aus. Während sie ihren Mann anschaute, wurde ihr bewusst, was sie da gerade geträumt hatte, und sie musste lächeln, obwohl sie zutiefst erschrocken war. Ob sie nun wollte oder nicht – sie konnte diesen Traum nicht wegschieben und vergessen. Doch ungeschehen konnte sie ihn auch nicht machen, und sie spürte zugleich, dass sie das auch um keinen Preis wollte.

Sie warf einen Blick auf den Wecker, der auf ihrem Nachttisch neben dem Bett stand. Es war 05:15 Uhr, und in einer guten Stunde würde sie ohnehin aufstehen müssen.

Da der Traum sie so sehr bewegte, dass sie nicht mehr einschlafen konnte, legte sie die Bettdecke beiseite und schlich leise ins Badezimmer, das direkt an das Schlafzimmer angrenzte. Sie kühlte sich mit einigen Spritzern Wasser das Gesicht und band ihre blonden langen Haare zu einem Zopf nach oben. Sie ging zur Toilette und löste leise und vorsichtig den Deckel des Spülkastens. Darunter bewahrte sie, wasserdicht in einer kleineren Plastikbox, eine Schachtel Zigaretten für Notfälle auf, die Gabriel nicht sehen sollte. Da sie ihren Traum und die Situation als einen Notfall ansah, musste sie sich einen oder mehrere Züge an einer Zigarette gönnen, um sich wieder etwas zu beruhigen. Sie hatte vor einigen Jahren eigentlich mit dem Rauchen aufgehört.

Gabriel sah Rauchen als ein Zeichen von Schwäche an, deshalb hatte sie es immer vor ihm geheim gehalten, wenn sie gelegentlich zur Zigarette griff. Gabriel war überaus penibel und ein wahrer Ordnungsfetischist, überblickte jeden Winkel und fast jede Ecke des Hauses genau; darum schien es für Clara kein passenderes Versteck zu geben, als den Spülkasten. Unter dem Waschbecken lagen in einem Putzeimer dünne Spülhandschuhe, die sich Clara über die Hände zog, damit Gabriel später keinerlei Zigarettengeruch an ihr wahrnehmen konnte. War sie inzwischen paranoid geworden? Wovor hatte sie Angst? Warum durchdachte sie die kleinsten Kleinigkeiten nur dermaßen pedantisch? Gabriel durfte keinen Verdacht schöpfen, dass es in ihrem Leben Dinge gab, die ihn nichts angingen. Nur so konnte sie ihre eigene kleine Welt retten und vor seinem Zugriff bewahren. Sie kam sich irgendwie ein wenig lächerlich vor mit ihren Tricks.

So saß sie nun in ihrem Badezimmer, mit angezogenen Beinen auf dem geschlossenen Toilettendeckel, hielt ihre Zigarette zwischen den gummihandschuh-bewehrten Fingern und schaute aus dem Fenster. Sie blickte hinauf zum Mondlicht, das die Berge in ein weiches, diffuses Licht tauchte. Mit einem zärtlichen Lächeln auf den Lippen stieß sie den Rauch der Zigarette aus. Der Traum kam ihr so wirklich vor, und sie genoss ihn noch einmal im Nachhinein, durchlebte ihn wieder in allen lustvollen Einzelheiten, jede Bewegung, alle Berührungen und jedes Gefühl, jedes leise Schaudern und die Ekstase.

Es war nach einem ihrer Langstreckenflüge, als Clara zusammen mit der gesamten Crew, bestehend aus einigen Flugbegleiterinnen und den Piloten, in das gemeinsame Hotel in Los Angeles eincheckte. Die gesamte Besatzung war erschöpft von einem recht turbulenten Flug, und sehnte sich nach einer ruhigen, erholsamen Nacht. Clara ließ sich am Empfang von der

Rezeptionistin ihren Zimmerschlüssel geben, verabschiedete sich von den

anderen und zog ihren Koffer hinter sich her.

Sie hatten nur knapp zwei Tage Aufenthalt, und Clara konnte es kaum

erwarten mit dem Aufzug in den siebzehnten Stock zu fahren, und sich ins Bett

zu legen. Als sie gerade dabei war den Knopf im Aufzug zu drücken, und die

Türen sich bereits schlossen, griff eine Hand dazwischen. Antons Hand.

Lächelnd fragte er: „Welches Stockwerk?"

Clara deutete auf den Knopf mit der Nummer siebzehn, der bereits blinkte.

„Na, wenn das kein Zufall ist! Da muss ich auch hin."

Clara nickte ihm stumm zu und schenkte ihm ein Lächeln. Sie standen dicht

nebeneinander, beide schauten auf den Boden, und keiner sprach. Claras Herz

schlug schneller: ihre Nervosität ließ sich nicht länger verbergen. Sie tippte

mit ihrem Stöckelschuh nervös hin und her. Als sich die Aufzugtüren öffneten,

streckte Anton seinen Arm aus und ließ ihr den Vortritt. Sie blickte auf einen

langen Gang, an dessen Ende sich ihr Zimmer zu befinden schien. Sie zog

ihren Rollkoffer hinter sich her und schritt den Flur entlang, wissend, dass

Anton dicht hinter ihr ging. Sie trug ein dunkles Kostüm, kombiniert mit einem

cremefarbenen Halstuch, und schwarze Pumps. Sie wusste, wie dieses

Ensemble auf viele Männer wirkte, und sie spürte, dass es auch Anton mit

jedem Schritt, den er hinter ihr ging, besser gefiel. Fast am Ende des Flurs

fand Clara das Zimmer mit der Nummer, die auf ihrem Schlüssel eingraviert

war. Sie blieb vor der Tür stehen. Anton war ebenfalls stehen geblieben und

hielt ihr seinen Schlüssel so hin, dass sie erkennen konnte: Er hatte das

Zimmer direkt neben ihr. Beide schauten sich an und Anton sagte: „Noch ein

Zufall. Dann, wünsche ich dir eine gute Nacht."

Clara lächelte, zog die rechte Augenbraue hoch, und warf ihm einen letzten Blick zu, bevor sie ihr Hotelzimmer betrat.

Nachdem sie sich ausgezogen hatte, im Badezimmer etwas erfrischt, und ihr Make-up entfernt hatte, stand sie in schwarzer Spitzenunterwäsche am Fenster ihres Hotelzimmers und blickte über Los Angeles. Die Stadt der Engel.

Nur in Unterwäsche stand sie dort am Fenster und ließ ihre Blicke über die imposante Stadt schweifen. Sie trug einen schwarzen Spitzen- BH, dessen Träger sich am Rücken überkreuzten, einen dazu passenden Slip und halterlose Strümpfe. Die wollte sie sich gerade ausziehen, als es leise an der Tür klopfte. Schnell warf sie ihren Morgenmantel aus rotem Satin um und lief zur Tür. Als sie durch den Spion schaute, mochte sie ihren Augen kaum trauen. Draußen stand Anton und sie hatte nur noch Unterwäsche an! Schnell schloss sie ihren Morgenmantel, drehte den Schlüssel im Schloss, und öffnete die Tür. Anton stand lächelnd vor ihr und machte eine verlegene Geste.

Ein leises „Wow" entfuhr ihm, als er Clara so vor sich im Türrahmen stehen sah.

„Entschuldige, dass ich nochmal bei dir klopfen muss und dich störe, aber ich habe mich doch tatsächlich ausgesperrt. Das klingt sicher sehr merkwürdig und klischeehaft, ich weiß. "

Er steckte seine Hände in die Hosentaschen und lächelte sie an. Bis auf sein Jackett, hatte er noch seine komplette Uniform an. Es ist zu schön, um wahr zu sein, dachte Clara.

„Oh, das passiert doch jedem mal. Wie kann ich dir helfen? "

Sie öffnete die Tür etwas weiter und fuhr sich mit der Hand langsam und lasziv durch die Haare. Diese Geste war für Anton wie eine Einladung in ihr Zimmer, doch er versuchte trotzdem zuerst höflich und geschickt die Lage zu kontrollieren.

„Ich war eben noch unten an der Hotelbar auf einen Drink und muss den Schlüssel im Zimmer liegen gelassen haben. Meinst du, ich könnte von deinem Telefon aus an der Rezeption anrufen, damit sie mir jemanden raufschicken können?"

Clara öffnete die Tür komplett und bat ihn wortlos in ihr Zimmer. Dabei öffnete sich die Schlaufe ihres Morgenmantels, und Anton hatte freie Sicht auf ihre schwarze Spitzenunterwäsche.

Seine Blicke wanderten augenblicklich, wenn auch charmant über ihren Körper, und schier sprachlos schlenderte er in Richtung Frisiertisch, auf dem das Zimmertelefon stand. Clara lief an ihm vorbei und stellte sich wieder an das Fenster. Sie schob den bodenlangen Vorhang etwas beiseite und blickte dabei über die linke Schulter hinüber zu Anton. Anton hielt den Hörer ans Ohr und wollte gerade die Kurzwahl der Rezeption wählen, als ihre Blicke sich trafen. Er scannte Clara von oben bis unten ab und ließ, wie in Zeitlupe, den Hörer wieder sinken. Clara durchströmte eine Hitzewelle am ganzen Körper, ihr Puls beschleunigte sich, und ihre Knie wurden weich. Anton legte, den Blick gesenkt, den Hörer auf und trat langsam auf sie zu. Beide sprachen kein Wort miteinander. Einzig ihre Gestik und Mimik sprachen für sich. Anton war nur noch wenige Schritte von ihr entfernt, als Clara den Blick wieder nach vorne richtete und aus dem Fenster sah. Als er dicht hinter ihr stand, legte er behutsam seine rechte Hand an ihre Hüfte. Er hauchte ihr sachte in ihr Ohr, und Clara bekam Gänsehaut am ganzen Körper und bebte vor Erregung. Sein Duft, seine Aura, und seine Berührungen ließen sie beinah die Beherrschung verlieren. Sie spürte, wie er langsam den Morgenmantel von ihren Schultern zog und auf den Boden gleiten ließ. Er schob ihre gelockten Haare zur Seite und fing an ihren Nacken zu küssen. Dann drehte er sie langsam zu sich um. Er schaute ihr tief in die Augen und legte seine Hand in ihren Nacken. Er beugte sich zu ihr hinunter, hielt jedoch kurz vor ihren Lippen inne, deutete den Kuss nur an und entfernte sich dann wieder von ihrem Gesicht.

Clara glühte innerlich vor Erregung, und konnte ihre Lust kaum noch zügeln. Sie spürte, wie Antons Hand langsam an ihrem Körper hinabwanderte. Nun stand sie nur noch in Unterwäsche vor ihm, und er war immer noch in voller Montur. Sie war unfähig sich zu bewegen und wollte ihm die Führung überlassen. Anton packte sie mit beiden Händen an den Hüften, hob sie hoch, trug sie zu ihrem Frisiertisch und setzte sie darauf ab.

Er spreizte Claras Beine auseinander, damit er sich direkt vor sie stellen konnte. Er umfasste ihren Kopf mit einer Hand und ihre Hüfte mit der anderen, zog sie zu sich heran und begann sie zu küssen. Zuerst sanft hinter dem Ohr, dann langsam den Hals hinunter, bis hin zu ihrem Schlüsselbein, und wieder hinauf zu ihren Lippen. Clara entfuhr ein leises Stöhnen. Sie warf den Kopf in den Nacken und gab sich ihm komplett hin. Er küsste sie wild und leidenschaftlich, und konnte sich nun auch kaum mehr beherrschen. Seine Hand griff nach ihrer, und er signalisierte ihr, dass sie sein Hemd aufknöpfen solle. Während sie den oberen Knopf öffnete, ließ sie ihn keine Sekunde aus den Augen. Ihr Blick wanderte zwischen seinen Augen und den Knöpfen hin und her, bis sie schließlich das komplette Hemd geöffnet hatte, und er in Unterhemd vor ihr stand. Anton hob die Arme nach oben. Clara zog es ihm über den Kopf und ließ es auf den Boden fallen. Sie musterte seinen Oberkörper, der im schwachen Licht der Nachttischlampe nahezu perfekt für sie aussah. Mit ihren Händen glitt sie zuerst über seine muskulösen Schultern, dann über seine Brust, schließlich bis zu seinem Hosengürtel. Er hielt ihre Hand fest und drückte sie hinter ihren Rücken, als wollte er sie fesseln. Damit zeigte er ihr, dass er sie in der Hand hatte und das Tempo bestimmte. Das machte Clara noch zügelloser. Er hob sie erneut hoch, sie klammerte ihre

Beine um seinen Körper, und trug sie zum Bett. Er legte sie sanft darauf ab und beugte sich über sie. Clara ergriff seine Arme und tastete sie von oben bis unten ab. Sie spürte die zarten Haare, die sich vor Erregung leicht aufgestellt hatten. Anton schaute Clara in die Augen, packte ihre Arme und legte sie über ihren Kopf. Seine Hände wanderten sachte ihren Oberschenkel entlang, bis hin zur Halterung ihrer Strapse. Er löste nach und nach alle vier Ösen, und zog ihr den Strumpfhalter aus.

Als er begann mit seinen Zähnen die halterlosen Strümpfe auszuziehen, war es völlig um Clara geschehen, und sie krallte sich in seinen Haaren fest. Sie zog ihn zu sich hoch, küsste ihn so leidenschaftlich sie konnte, und drückte ihn an sich.

Ihre Hände wanderten zum Gürtel seiner Hose.

Seine Hände glitten durch ihr lockiges Haar, an dem er liebevoll, wenn auch energisch zog und sich seiner Lust hingab. Clara war kurz davor seine Hose zu öffnen und den Reisverschluss nach unten zu ziehen, als...

Dies war der Moment gewesen, als Clara schweißgebadet aufwachte.

Sie nahm einen letzten Zug ihrer Zigarette, und löschte sie unter laufendem Wasser aus. Sie hatte Gänsehaut an den Armen und war immer noch leicht erregt, denn die Vision kam ihr so real und so greifbar vor. Sie setzte sich noch für einen Moment hin und schaute aus dem Fenster zum Mond empor. Sie erkannte sich kaum wieder, denn Träume dieser Art hatte sie sehr selten. Natürlich kann niemand seine Gedanken und Handlungen im Traum beeinflussen, dachte sie, aber ihr war mittlerweile wohl doch alles etwas über den Kopf gewachsen und ihre heimlichen Gefühle für Anton schienen aus dem Ruder zu laufen. Clara ging zurück zum Waschbecken, um sich etwas zu erfrischen, und sich dann noch für ein paar Minuten zu Gabriel ins Bett zu legen. Ihr schlechtes Gewissen plagte sie erneut, alleine bei dem Gedanken, sich wieder zu ihrem Mann ins Bett zu legen, obwohl sie gerade einen überaus erotischen Traum mit einem anderen gehabt hatte. Sie zog die Gummihandschuhe aus, versteckte das Päckchen Zigaretten im Spülkasten, gurgelte mit Mundwasser und wusch sich die Hände, bevor sie wieder zurück in ihr Schlafzimmer ging. Sie hob vorsichtig die Bettdecke und versuchte so leise wie möglich wieder unter die Decke zu schlüpfen. Sie schaute auf den Wecker auf ihrem Nachttisch. Nur ein paar Minuten wollte sie liegen bleiben, bevor sie sich einen Kaffee aufbrühte. Sie schloss die Augen, um sich noch einmal der Illusion hinzugeben, als sie Gabriels Hand auf der Schulter spürte. Erschrocken zuckte sie zusammen und riss die Augen auf.

„Du bist ja wach", flüsterte sie.

„Ja, und ich dachte mir, dass du vielleicht auf mich klettern willst und wir noch etwas Spaß haben, bevor wir aufstehen müssen", murmelte er.

Gabriel drückte sich feste an Claras Rücken und küsste ihren Nacken.

Clara wusste nicht, wie sie reagieren sollte, denn nach diesem Traum stand ihr ganz und gar nicht der Sinn nach sexuellen Spielen mit ihrem Mann. Auch wenn sie sich mehr als schlecht vorkam – sie musste Gabriel jetzt abweisen.

„Tut mir leid, ich bin nicht so richtig in der Stimmung. Mein Magen spielt mal wieder verrückt, deshalb war ich auch eben auf der Toilette."

Sie wand sich vorsichtig aus seinen Armen und zog die Bettdecke bis zum Kinn. Gabriel streichelte ihr übers Haar.

„Schon okay, ich wollte nur mal etwas spontan sein. Dann mache ich die Augen nochmal für einen Moment zu."

Er rollte sich auf die andere Seite und war kurz danach schon wieder eingeschlafen. Clara quälten Gewissensbisse, und sie konnte kein Auge mehr zu tun. Ihre Gedanken kreisten weiter um Anton.

Nachdem sie sich noch einige Male im Bett hin und her gedreht hatte, stand sie auf und kochte ein Tasse Kaffee. Sie stand im Morgenmantel vor ihrem Küchenfenster und blickte über den See, während sie sich Milch eingoss und Zucker in ihre Tasse rührte. Der See sah an diesem Morgen wieder düster und unheimlich aus. Das Wetter hatte sich zwar verbessert, und es regnete nicht mehr, aber die Sonne schaffte es nicht, sich den Weg durch die Wolkendecke zu bahnen.

Clara war so in Gedanken versunken, dass sie nicht merkte, wie sie unaufhörlich ihren Kaffee umrührte.

„Wenn du deinen Kaffee noch länger umrührst wird er nicht besser."

Gabriel war gut gelaunt in die Küche gekommen und hatte sie dabei beobachtet, wie sie gedankenverloren in ihrer Tasse rührte.

Clara, aus ihrer Träumerei gerissen, drehte sich um, und lächelte Gabriel an.

„Wie? Ach so, ja, ich bin noch gar nicht richtig wach...", entgegnete sie.

„Geht es deinem Magen denn wieder besser?", erkundigte er sich, nahm sich ebenfalls eine Tasse Kaffee und ein Stück Brot und setzte sich an den Tisch.

„Meinem Magen?"

„Ja, du hast mir doch vorhin gesagt, dass du mal wieder mit dem Magen zu kämpfen hast. Als, du weißt schon, ich dich bespringen wollte."

Gabriel lächelte verschmitzt und schmierte sich etwas Marmelade auf sein Brot.

„Ach das. Ja, es geht schon wieder besser. Muss das Mittagessen von gestern gewesen sein. Ich vertrage einfach das scharfe Essen nicht so gut, weißt du?"

Gabriel nickte ihr zu und widmete sich dann wieder seinem Frühstück.

„Ich hüpfe dann mal schnell unter die Dusche: ich bin schon etwas spät dran. Wann kommst du in den Laden?"

Clara schaute Gabriel fragend an. Genüsslich kauend antwortete er: „Ich mache meine Auslieferungstour und denke, dass ich gegen Mittag bei dir sein werde. So lange schaffst du es doch bestimmt die Stellung ohne mich zu halten, oder?"

Clara lief an ihm vorbei und gab ihm einen Kuss.

„Ja, natürlich, ich bin ja schon groß."

Sie lächelte ihn an und verschwand dann im Badezimmer. Auch wenn sich ihre Gedanken oftmals um Anton drehten und sie die meiste Zeit in eine Art Schwärmerei verfallen war, so liebte sie ihren Mann immer noch und mochte die kleinen Späße und Sticheleien, die sie miteinander hatten. Doch irgendetwas fehlte ihr in ihrem Leben. Sie wusste nicht genau, was es war.

Als Clara aus der Dusche kam, war Gabriel bereits gegangen. Auf der Anrichte im Flur lag ein Zettel, auf dem stand, dass sie noch bei zwei Kunden anrufen solle. Sie trocknete sich ihre Haare und band sie wie jeden Morgen zu einem Dutt nach oben. An diesem Tag trug sie eine schwarze, durchscheinende Bluse mit einem weißen Blazer und dazu passendem Bleistiftrock. Schwarze Stiefel und ein schwarzer Wintermantel mit goldfarbenen Knöpfen rundeten das Outfit ab. Sie zog noch schnell ihre Lippen in einem satten Rot nach, packte ihre Tasche zusammen und verließ das Haus.

Wie jeden Tag lief sie an dem kleinen Kiosk, direkt am See vorbei, und bestellte sich ihren Becher Kaffee und eine Kronenzeitung. Franz war an diesem Tag nicht sonderlich gut beieinander. Er brütete eine Erkältung aus und stand mit roter Nase und schwer hustend hinter dem Verkaufstresen.

„Guten Morgen Franzl. Du siehst aber gar nicht gut aus. Hast du dich etwa erkältet?"

Clara legte ihre Tasche auf den Tresen und kramte nach ihrem Geldbeutel, während sie Franz besorgt anschaute.

„Servus, Clara. Ja, es ist kaum zu glauben, dass es einen kernigen Burschen wie mich auf seine alten Tage noch so aus den Socken haut, aber bei dem furchtbaren Wetter ist das ja kein Wunder."

Er hustete kräftig und putzte sich die Nase. Clara schob mitleidig die Unterlippe nach vorne.

„Ach herrje, aber warum bleibst du dann nicht mal zu Hause? So eine Erkältung kann man so leicht verschleppen: und damit ist dann nicht zu spaßen!"

Mahnend hob sie den Zeigefinger und schaute ihn lächelnd an. Franz lächelte zurück.

„Na hör mal, wenn ich mich ins Bett lege, bleibt mein Kiosk hier geschlossen, und wer soll dich dann mit Kaffee und Zeitungen versorgen?"

„Da hast du nun auch wieder Recht", antwortete Clara zustimmend.

„Trink heute Abend vor dem Schlafengehen einen heißen Tee mit frischem Ingwer! Du wirst sehen, dass das wahre Wunder vollbringt!"

„Danke für den Vorschlag, Liebes. Aber genug von mir; ich vermute, du nimmst das Übliche?!"

Franz drehte sich um, stellte einen Pappbecher unter den Kaffeeautomaten, drückte auf einen Knopf, und schon floss brüh - heißer Kaffee in den Becher. Augenblicklich duftete es in dem kleinen Kiosk so herrlich frisch, wie in einem Caféhaus. Clara zog noch schnell die Kronenzeitung aus einem Stapel heraus und legte Franz das Geld passend, mit ein wenig Trinkgeld, auf den Tresen.

„Die Firma dankt", sagte er schmunzelnd und reichte Clara den Becher.

„Ich habe zu danken, Franzl. Ich wünsche dir recht gute Besserung: und mach doch heute mal früher zu, damit du bald wieder ganz gesund bist!"

„Das tu ich vielleicht. Ich wünsche dir einen schönen Tag auf der Arbeit", antwortete er, nahm Claras Geld vom Tresen und legte es in die Kasse.

Clara packte hastig die Geldbörse in ihre Tasche, zog sie etwas hektisch über die Schulter, und klemmte die Zeitung unter den anderen Arm.

„Danke dir. Ich bin schon wieder viel zu spät dran und muss noch den Laden aufsperren. Wir sehen uns morgen wieder."

Als Clara ihren Kaffee vom Tresen nahm und sich ruckartig umdrehte, passierte das, was einem schon am frühen Morgen den Tag vermiesen kann, weil es mit nichts als Unannehmlichkeiten verbunden ist.

Sie rempelte schwungvoll und ziemlich heftig einen wartenden Kunden an, der direkt hinter ihr stand, und verschüttete ihren kompletten Becher Kaffee über ihn. Becher, Handtasche und Zeitung fielen zu Boden, und reflexartig bückte sich Clara danach, ohne dem Mann ins Gesicht zu sehen.

Während sie ihre Sachen zusammensuchte, murmelte sie nur: „Tut mir wirklich leid, ich habe Sie nicht gesehen."

Sie erblickte zwei Hände, die ihr halfen, die Zeitung aufzuheben.

Verwirrt richtete sie sich auf, und wollte sich gerade nochmals bei der Person entschuldigen, als sie wie versteinert und mit weit aufgerissenen Augen innehielt

Träumte sie denn nun wieder? War das vielleicht ein Tagtraum?

„Oh mein Gott, das gibt's doch nicht! Du bist es wirklich. Hi", entfuhr es ihr leise. Unbeweglich und wie in Trance stand sie da und schaute den Mann an, der ihr seit geraumer Zeit nicht mehr aus dem Kopf gegangen war, von dem sie Nacht für Nacht geträumt hatte, dessentwegen sie angefangen hatte,

Tagebuch zu schreiben, und nach dem sie sich so sehr sehnte. Nun stand er vor ihr; leibhaftig und in Fleisch und Blut. Er war es wirklich. Es war Anton..

Kapitel 6

Noch immer stand Clara wie versteinert da und starrte Anton einfach nur an, der lächelnd damit beschäftigt war, seine Jacke zu säubern. Ein Gefühlschaos machte sich in Clara breit, und sie wusste nicht wirklich, wie sie sich verhalten sollte. Zuerst war es der Schreck, der sich bemerkbar machte, dann ungläubiges Staunen und zuletzt Aufregung und Freude. Sie konnte es schlichtweg nicht fassen und war sprachlos. Der Mann, der seit Monaten ihre Fantasien und Träume durchstreifte, von dem sie erst vergangene Nacht einen sehr unanständigen Traum gehabt hatte, für den sie schon so lange Zeit geschwärmt hatte, stand wie durch Zauberhand plötzlich vor ihr. Clara musterte ihn unauffällig und stellte fest, dass er noch attraktiver geworden war und dass bei seinem Lächeln ihr nach wie vor die Knie weich wurden. Er trug sein braunes Haar etwas zerzaust nach hinten gestylt, dazu einen Zwei-Tage-Bart, und seine Kleidung bewies stilsicheren Geschmack. Er war mehr als einen Kopf größer als Clara, und wenn sie ihn ansah, musste sie nach oben schauen. Fragezeichen taten sich in ihr auf, und sie wollte unbedingt erfahren, was es zu bedeuten hatte, dass er ausgerechnet in ihrem Heimatort einfach aus dem Nichts aufgetaucht war und nun geradezu selbstverständlich vor ihr stand.

Anton streckte ihr schmunzelnd die Zeitung entgegen.

„Hallo Clara. Wie verrückt ist das, bitte? Es ist schön, dich zu sehen. Ich hätte nicht erwartet, dass es gleich so stürmisch zugeht und du deinen Kaffee über mich kippst, aber ich bin wirklich froh, dich hier zu treffen. Wie geht es dir?"

Clara nahm verlegen die Zeitung entgegen und stopfte sie schnell in die Handtasche.

„Wow, ich weiß gar nicht, was ich sagen soll, wenn ich ehrlich bin."

Schüchtern und verschämt blickte sie zu Boden.

„Zuerst sollte ich mich mal bei dir entschuldigen, dass ich dich angerempelt und mit Kaffee übergossen habe. Das tut mir wahnsinnig leid, und ich bezahle selbstverständlich die Rechnung für die Reinigung. Ich habe noch nicht mal ein Taschentuch dabei, mit dem du das da saubermachen könntest."

Clara deutete auf Antons Jacke. Er winkte nur lachend ab.

„Ach was, das musst du nicht. Es ist doch auch zum Teil meine Schuld. Ich stand ja direkt hinter dir. Vergessen wir das! Wahnsinn, ich kann es immer noch nicht fassen. Was machst du hier? Und wie lange ist das her, seit wir uns das letzte Mal gesehen haben, sag mal?"

Clara konnte nicht begreifen was gerade passierte. Sie wusste nicht genau, wie sie sich verhalten sollte, und kam sich wahnsinnig albern und kindisch vor, denn sie wollte nichts Falsches sagen oder sich komisch benehmen. Das hatte sie ja bereits getan, dachte sie.

„Das wollte ich dich auch gerade fragen. Was machst du hier? Das ist doch verrückt, dass wir uns in diesem kleinen Ort über den Weg laufen. Und dann auch noch genau an dem Kiosk hier. Da stehst du einfach hinter mir. Mehr Zufälle an einem Tag kann es doch gar nicht geben, oder?"

Clara schüttelte lachend den Kopf, biss sich auf ihre roten Lippen und schaute Anton mit großen Augen an.

„Ich wohne übrigens seit längerem in einem der Häuser hier oben", sagte sie und deutete auf die Häuserreihe oberhalb der Seepromenade.

„Aber was machst du hier? Ich habe dich hier vorher noch nie gesehen. Hast du nicht immer in Salzburg gewohnt?", fragte sie voller Neugierde.

Sie stand immer noch mit ihrem leeren Kaffeebecher in der Hand da und machte einen leicht nervösen Eindruck. Anton kam einen Schritt näher und ergriff den Becher. Clara schlug das Herz augenblicklich schneller, als sie ihn so nah vor sich sah und ihm direkt in die Augen blickte.

„Ich würde vorschlagen, bevor wir hier weiter plaudern, hole ich dir vielleicht zuerst einen frischen Kaffee. Ich weiß ja nicht, wie das bei dir ist, aber ich persönlich komme ohne meinen Kaffee am Morgen nicht wirklich in die Gänge."

„Ach nein, das musst du nicht. Ich kann mir doch schnell selbst einen neuen holen."

Clara suchte nach dem Geldbeutel in ihrer Handtasche. Doch Anton war schneller und schon dabei, den frischen Kaffee zu bezahlen.

„Vielen Dank, das ist sehr lieb von dir. Das nächste Mal bin ich dann aber dran", sagte Clara verlegen. Er war immer noch der Gentleman von damals, wusste, was sich gehörte, und offensichtlich auch, wie man Frauen mit kleinen Gesten eine Freude machte, dachte Clara.

Anton hielt ihr den neuen Kaffee entgegen und zwinkerte ihr charmant zu.

„Lass ihn dir schmecken und versuch ihn dieses Mal vielleicht nicht gleich wieder über mich zu schütten", sagte er lachend. Er fasste Clara an die Schulter, als wollte er sie zum Gehen bewegen.

„Wo musst du jetzt hin? Ich begleite dich gerne ein kurzes Stück, dann können wir weiterreden, wenn du möchtest?"

Clara musste schlucken. Ihr Herz klopfte immer noch wie verrückt, und sie wusste nicht, wie ihr geschah. Sie war wie gelähmt und so aufgeregt, als hätte sie ihre erste Verabredung. Sie bemerkte, dass ihre Hände, trotz der Kälte anfingen leicht zu schwitzen.

„Ähm, ja, sehr gerne. Nur, wenn es dir nichts ausmacht und du überhaupt Zeit hast."

Zögerlich nippte sie an ihrem Kaffee und schaute Anton von der Seite an. Sie schlenderte neben ihm her. Er hatte einen schicken schwarzen Mantel an, trug

Lederhandschuhe und einen grauen Schal. Clara hatte sein Kleidungsstil schon immer gefallen.

Sie kam sich vor wie die Prinzessin im Märchen, die endlich den Traumprinzen trifft.

Sie war so sehr in die Situation vertieft, dass sie nicht einmal einen Gedanken an ihren Ehemann verschwendete, der gerade nichtsahnend Kundenauslieferungen erledigte, während seine Frau mit ihrer Jugendliebe flirtete und sich gedanklich vielleicht in etwas zu verrennen drohte, aus dem sie wahrscheinlich nicht wieder so leicht fliehen konnte. Ruhigen Schrittes liefen die beiden nebeneinander her, tauschten hin und wieder Blicke, lächelten sich an, und waren in ihr Gespräch vertieft. Noch vor ein paar Minuten hatte es Clara so eilig gehabt den Laden aufzuschließen, doch nun war die Zeit für einen Moment stehengeblieben und sie ließ sich nicht aus der Ruhe bringen. Sie achtete genau darauf, wie sie sich Anton gegenüber verhielt, wie sie sich artikulierte, wie sie sich bewegte und wie sie ihn anlächelte. Für Clara war es unheimlich wichtig einen guten Eindruck zu hinterlassen, denn vielleicht würde sie ihn erneut für eine lange Zeit nicht wiedersehen, und da wollte sie das Bestmögliche aus ihrer Lage herausholen. Auch wenn es ihr zuerst töricht vorkam und sie sich fragte, was sie da eigentlich tat, so ließ sie sich doch von ihren Gefühlen leiten und zeigte sich von ihrer besten Seite. Jetzt, da sie Anton leibhaftig vor sich sah, wurde es ihr immer mehr bewusst: sie war hoffnungslos in diesen Mann verliebt.

Sie wollte ihn unbedingt wiedersehen und mehr Zeit mit ihm verbringen. Seit ihrer letzten Begegnung waren einige Jahre vergangen, und doch war er ihr nie aus dem Kopf gegangen. Diese Tatsache musste etwas zu bedeuten haben, rätselte sie. Es war Schicksal, Bestimmung, oder einfach nur Zufall, aber Clara war in diesem Moment so gelöst und voller Energie, wie schon lange nicht mehr.

„Seit wann wohnst du schon hier in Hallstatt?", fragte Anton wissbegierig.

„Puh, das müssten jetzt auch schon fünf Jahre sein. Ich bin in mein Elternhaus gezogen und arbeite in einem Antiquitätenladen, hier in der Altstadt."

Aus irgendeinem Grund wollte Clara nicht von sich aus erzählen, dass sie verheiratet war. Sie brachte es einfach nicht über die Lippen.

Sie wusste selbst nicht genau, was sie damit erreichen wollte, aber sie hatte das Gefühl, dass Anton sie dann vielleicht mit anderen Augen sehen und sie nicht mehr interessant genug finden würde. Aber sie konnte die Tatsache nun mal nicht außer Acht lassen, dass sie verheiratet war, zusammen mit ihrem Mann in Hallstatt lebte und gemeinsam mit ihm einen Antiquitätenladen besaß. Sie nahm sich vor, ihn erst darüber aufzuklären, wenn er sie gezielt fragen würde. Also lenkte sie das Gespräch auf ihn, denn sie platzte innerlich fast vor Neugier.

„Also, erzähl mal, was hat dich hier her verschlagen? Fliegst du noch bei derselben Airline wie früher?", fragte sie und schaute mit leuchtenden Augen zu Anton hoch.

„Oh je, wo soll ich anfangen, ohne zu weit auszuholen? Ich fliege immer noch, aber keine Passagierflugzeuge mehr. Ich habe umgeschult und fliege jetzt einen Rettungshubschrauber bei der Bergwacht. Irgendwann war ich an einem Punkt, wo ich beruflich einfach noch etwas Anderes erleben wollte. Leuten zu helfen, die im Berg festsitzen, erschien mir als eine großartige Alternative. So kann ich immer noch fliegen und rette dabei auch noch Menschenleben."

Clara schaute ihn beeindruckt an. Sie hatte Anton ja schon in der Schule unheimlich toll gefunden. Umso mehr, als er dann Pilot wurde, aber dass er jetzt auch noch Rettungsflieger war, und anderen Menschen half, machte die Situation für sie nicht gerade einfacher. Es gab Clara einen weiteren Grund, ihn anzuhimmeln wie ein Teenager.

„Wow, das ist echt ziemlich beeindruckend und löblich. Dann fliegst du also hier in der Nähe bei der Bergrettung?"

„Genau. Ich bin hauptsächlich am großen Dachstein unterwegs, aber auch an ein paar kleineren umliegenden Bergen hier in der Nähe. Zusätzlich musste ich noch eine Ausbildung zum Rettungsassistenten machen, damit ich im Notfall nicht ausschließlich als Pilot eingesetzt werde. Wir sind meistens ein Team von zwei bis drei Leuten. Deshalb bin ich dann auch hier nach Hallstatt gezogen, denn die Strecke zur Rettungsstation ist von hier aus kürzer als von Salzburg."

Er schaute Clara immer wieder an, während er ihr alles genau berichtete und erklärte, und wirkte dabei auf sie unheimlich vertraut. Sie fühlte sich in seiner Nähe sehr wohl und geborgen. Ihre Neugierde war aber noch nicht befriedigt. Sie wollte unbedingt wissen, ob es jemanden in seinem Leben gab, traute sich aber kaum zu fragen, denn aus unerklärlichen Gründen hatte sie Angst vor seiner Antwort. Sie wollte ihn als den Mann in Erinnerung behalten, der für sie immer so unerreichbar war und über dessen Leben sie eigentlich nicht viel wusste. Aber anderseits musste sie ihren Wissensdurst stillen und überwand sich schließlich, ihn zu fragen.

„Wohnst du denn ganz alleine hier?"

Als sie diese Frage stellte, wollte sie ihm nicht in die Augen schauen und blickte zu Boden. Vielleicht würde er ausweichend oder distanziert darauf reagieren, und ihr eine befremdete Antwort geben.

„Nein, ich bin mit meiner Frau und meinem Sohn hierhergezogen. Wir haben uns hier ein kleines Häuschen gemietet, da wir nicht hundertprozentig wissen, wie sich unsere Arbeitslage entwickelt. Dadurch sind wir ungebundener."

Clara traf seine Antwort wie ein Schlag. Es durchfuhr sie plötzlich ein unangenehmes Gefühl in der Magengegend, und sie spürte wie ein Kloß in ihrem Hals entstand. Enttäuschung machte sich in ihr breit, aber sie wusste nicht warum. Nun kam sie sich regelrecht albern und kindisch vor. Was hatte sie sich dabei gedacht? Sie war verheiratet und lebte in einer Art Fantasiewelt, in die sie sich immer wieder hineinträumte, sobald sie ihrem Alltag entfliehen wollte. Dann dachte sie an Anton, um sich besser zu fühlen. Diese Tatsache alleine war in ihren Augen oft schon schlimm genug, aber nun war sie auch noch enttäuscht, dass der Mann, nach dem sie sich hoffnungslos sehnte, verheiratet war. Was hatte sie sich denn erhofft?

Das er mit Mitte 30 noch alleinstehend und kinderlos war? Sie schüttelte voller Enttäuschung den Kopf, und merkte nicht, dass Anton sie von der Seite anschaute.

„Ist alles okay mit dir?", fragte er zögerlich. Clara wurde aus ihren Gedanken gerissen und schaute ihn mit einem gequälten Lächeln an. Sie durfte sich nichts anmerken lassen und musste den Schein wahren. Was würde er auch sonst von ihr denken, wenn sie wie ein kleines Kind trotzig und beleidigt reagieren würde?

„Entschuldige bitte, ich war kurz in Gedanken", sagte sie.

„Was ist mit dir?", fragte er.

„Was soll mit mir sein, was meinst du?", entgegnete Clara.

„Na ob du auch verheiratet bist und Kinder hast? Ich weiß bis jetzt nur, dass du hier ein Haus hast und in einem Antiquitätenladen arbeitest, was bedeutet, dass du nicht mehr als Flugbegleiterin arbeitest. Aber hast du denn jemanden der dich durch dein Leben begleitet?"

Sie schaute ihn wehmütig an und dachte, dass sie eigentlich gerne ihn an ihrer Seite hätte. Doch Antons Frage holte sie augenblicklich wieder auf den Boden der Tatsachen zurück. Ab dem Zeitpunkt, an dem Anton sie über seine Lebenssituation aufgeklärt hatte, wurde Clara bewusst, dass sie ihre Schwärmereien und Träumereien ablegen, und der Realität ins Auge blicken musste. Sie konnte sich nicht länger so verhalten, wie sie es bisher getan hatte, also antwortete sie ihm ohne große Umschweife.

„Ja, ich habe damals auf einem meiner Flüge meinen heutigen Mann kennengelernt, und mit ihm zusammen den Antiquitätenladen hier eröffnet. Ich habe auch noch einmal umgeschult und verkaufe den Kunden nun teure und seltene Möbel."

Clara war erstaunt darüber, dass ihr dieser Satz so leicht über die Lippen kam. Sie blickte Anton an und wartete gespannt auf seine Reaktion. Insgeheim hoffte sie, dass er vielleicht auch etwas erstaunt darauf reagieren würde. Nach wie vor konnte sie ihn nicht einschätzen und wusste nicht, ob er in ihr eher eine Art Kumpel -Typ sah, oder eine ernst zu nehmende, erwachsene Frau, die er attraktiv finden könnte.

„Das hört sich doch gut an", sagte er recht nüchtern.

Er ließ nach außen hin keinerlei Emotion erkennen und Clara wusste nicht, ob seine Reaktion auf ihre Antwort neutral war oder nicht, denn dafür kannte sie ihn zu wenig. Sie hatte sich vielleicht einfach zu viel von der Begegnung erhofft, und in etwas hineingesteigert, das sie nicht im Stande war zu kontrollieren.

Clara nippte an ihrem Kaffee. Für einen kurzen Moment liefen sie stillschweigend nebeneinander her, bis sie vor dem Antiquitätengeschäft standen.

Clara machte eine Handbewegung in Richtung Ladenschild und sagte: „Hier wären wir. Das ist unser Laden."

Anton blickte hoch zu dem Schild und warf einen Blick ins Schaufenster.

„Sieht sehr einladend und gemütlich aus", sagte er.

„Ja, wir stecken sehr viel Liebe zum Detail in die Präsentation unserer Möbel und versuchen immer, das gewisse Etwas einfließen zu lassen. Wenn du also mal auf der Suche nach einem extravaganten Möbelstück bist, komm gerne vorbei."

In dem Moment als sie es ausgesprochen hatte, bereute sie es bereits. Wie kam sie auf die Idee, ihn in ihr Geschäft einzuladen und auch noch zu glauben, dass er wirklich kommen würde?

„Ja, vielleicht mache ich das mal. Meine Frau ist Italienerin und arbeitet als Model. Sie war viel in der Welt unterwegs. Sie liebt besonders italienische Barockmöbel, da sie viel in Mailand gearbeitet hat. Sie würde hier bestimmt etwas finden."

Das war der nächste Hieb in die Magengegend. Clara musste sehr an sich halten, um ihren Emotionen nicht ungehemmt freien Lauf zu lassen.

Ein Model. Natürlich, was sonst, dachte sie. Aber optisch passte die Vorstellung nur zu gut zu Anton mit seinem blendenden Aussehen. Sie hatte den Drang, sich so schnell es ging zu verabschieden, doch es fiel ihr schwer sich zu lösen. Sie war hin- und hergerissen.

Clara kramte in der Handtasche nach dem Ladenschlüssel, stand noch einen kurzen Moment stillschweigend vor Anton und schaute zu Boden. Er ergriff schließlich das Wort und durchbrach die Stille.

„Also Clara, es hat mich sehr gefreut dich wiederzusehen. Man läuft sich
bestimmt wieder mal über den Weg."

Er trat einen Schritt an sie heran, legte seine rechte Hand auf ihre Schulter und
gab ihr zum Abschied einen saften Kuss auf die Wange. Clara schloss die
Augen und genoss diesen Augenblick in vollen Zügen. Als er seine Wange an
ihre legte, schmolz sie fast dahin und hätte ihn nur zu gerne umarmt und
länger festgehalten. Sein Geruch brachte sie um den Verstand und versetzte
sie gedanklich in die Zeit zurück, als sie noch mit ihm zusammenarbeitete,
und öfters in den Genuss seines Parfums kam.

„Es hat mich auch sehr gefreut, dich zu sehen, und ich kann es immer noch
nicht richtig glauben, dass wir uns hier über den Weg gelaufen sind. Das ist
doch ein verrückter Zufall", sagte Clara zum Abschied und steckte den
Schlüssel in das Schloss der Ladentür.

„Da hat du Recht. Also mach's gut, ich wünsche dir einen schönen Tag."

Anton lächelte ihr noch einmal zu, drehte sich um und lief zurück in Richtung
Seepromenade. Clara betrat den Laden, schloss die Tür hinter sich und sackte
augenblicklich zu Boden. Sie winkelte die Beine an, vergrub den Kopf
zwischen den Knien und fing an zu weinen. Sie hatte ihre Emotionen nicht
mehr im Griff und ließ ihren Tränen freien Lauf. Zu ihrem Glück war sie noch
rechtzeitig vor der Ladenöffnungszeit angekommen und musste keine Angst
haben, dass etwa gleich ein Kunde an der Tür stehen und sie am Boden
kauernd vorfinden würde.

Insgeheim wusste sie nicht, warum sie gerade überhaupt weinte und am Boden
saß wie ein Häufchen Elend. Sie wurde einfach übermannt von einem
Gefühlschaos, das sie nicht so einfach abschütteln konnte. Schluchzend hob
sie den Kopf und wischte sich die Tränen von den Wangen. Sie war immer
noch völlig gebannt und außer sich von der Begegnung mit Anton und dem

Gespräch mit ihm. Es war nicht bloß die Tatsache, dass er wie aus dem Nichts aufgetaucht war und sie ihn nach längerer Zeit wiedergesehen hatte, sondern auch die Gewissheit, dass er jetzt verheiratet war und ein Kind hatte. Clara hatte ihn in ihrer Vorstellung immer als alleinstehenden Mann gesehen, in den sie sich verliebt hatte und der wohl nie eine Frau an seiner Seite haben würde. Wie naiv sie doch war, dachte sie. Sie sollte aufhören, in einer Traumwelt zu leben, und langsam der Realität ins Auge blicken. Sie musste sich jetzt zusammenreißen. Sie stand auf, hob ihre Tasche auf und legte ihren Mantel im Pausenraum ab. Als sie auf die Toilette ging und ihr leicht verweintes Gesicht im Spiegel ansah, konnte sie nicht anders, als sich über sich selbst zu ärgern und kopfschüttelnd das Makeup wieder zu richten.

Sie ermahnte sich, nun endlich mit ihren Schwärmereien aufzuhören und sich wieder auf ihr reales Leben zu konzentrieren. Doch sie konnte nicht. Während sie Kundentelefonate erledigte und Rechnungen am Computer bearbeitete, schossen ihr immer wieder Bilder von Anton durch den Kopf, die ihr den Tag beschwerten.

Zwischenzeitlich war auch Gabriel im Laden gewesen, hatte zwei Möbelstücke in den Transporter geladen und war wieder weggefahren. Clara hatte das Bedürfnis Emma anzurufen und ihr alles zu erzählen. Sie war im Wiederstreit der Gefühle und brauchte wieder den Rat einer guten Freundin. Ihr war es zwar schon fast peinlich, Emma immer wieder mit diesem Thema in den Ohren zu liegen, aber mit wem sollte sie sonst darüber sprechen? Sie merkte immer deutlicher, dass es ihr nicht gut tat, alles in sich hineinzufressen, denn das zermürbte sie. Sie beschloss Emma anzurufen.

Sie hatte heute ihren freien Tag und würde bestimmt Zeit finden mit ihr in der Pause darüber zu reden. Emma wusste zwar gewiss auch keinen Ausweg aus dem Dilemma, konnte ihr aber wenigstens den Kopf waschen und eine Schulter zum Ausweinen anbieten.

Sie wählte ihre Nummer und wartete das Freizeichen ab. Emma nahm ab.

„Hi Clara. Wie geht's dir?"

Emma klang noch leicht verschlafen.

„Hi. Habe ich dich etwa geweckt, sag mal?"

Clara schaute auf die große Standuhr im Laden die viertel vor zwölf anzeigte.

„Nein, aber ich liege noch im Bett. Meinen freien Tag muss ich doch mal auskosten. Bist du auf der Arbeit? Was ist los?"

Emma kannte Clara nun schon so lange, dass sie an ihrer Stimmlage erkennen konnte, wenn etwas mit ihr nicht in Ordnung war. Clara zögerte zuerst und überlegte was sie Emma genau sagen sollte. Dann sprudelte es aus ihr raus.

„Er ist hier" entfuhr es ihr schließlich leise und zögerlich.

„Wer ist hier? Gabriel? Ich verstehe nicht, was du meinst..."

„Anton ist hier", antwortet Clara.

Stille.

„Was meinst du damit? Hast du jetzt schon Halluzinationen? Du solltest mal den Chardonnay am Abend weglassen Liebes", sagte Emma lachend.

„Nein, versteh doch, ich habe Anton heute Morgen hier getroffen."

Claras Stimme wurde immer energischer.

„Du verarschst mich! Was meinst du mit hier? Ist er bei dir im Laden?"

Emmas Neugierde war jetzt geweckt.

„Er ist in Hallstatt. Ich konnte es auch nicht glauben, aber heute früh am Kiosk stand er plötzlich einfach hinter mir."

Emma wusste zuerst nicht, was sie sagen sollte, bis sie schließlich antwortete:

„Okay, ich kann in einer halben Stunde bei dir sein, wenn du möchtest."

Clara atmete erleichtert aus. Sie wusste, dass auf Emma Verlass war. Sie verabredeten sich für die Mittagspause auf einen Spaziergang am Wasser. Gabriel würde bis dahin wieder zurück im Laden sein und solange die Stellung halten.

Clara stand an der Seepromenade mit Blick auf den alten Friedhof und die Mauer, auf der sie immer saß und Tagebuch schrieb. Sie verspürte den inneren Drang, wieder ein paar Zeilen zu schreiben und das gerade Erlebte zu Papier zu bringen.

Sie lehnte sich an das Geländer eines Bootsanlegeplatzes, der in der Winterzeit leer war. Man sah kein Boot auf dem See, kaum Schwäne oder Enten, aber dafür bot der Hallstätter See im Winter eine malerische und romantische Kulisse. Die Temperaturen konnten hier so stark abfallen, dass der See nahezu komplett zugefroren war und die umliegenden Häuser in eine dicke Schneedecke gehüllt waren. Doch bis jetzt war noch kein Schnee gefallen, worüber Clara recht froh war, denn wenn das der Fall war musste sie nicht nur den Gehweg vor ihrem Haus freischaufeln, sondern auch den Laufweg vor dem Ladengeschäft von Eis und Schnee befreien.

Sie blickte über den See und sinnierte vor sich hin. Sie dachte ununterbrochen an Anton und seinen unbeschreiblichen Duft, seine dunklen Augen und sein verführerisches Lächeln. Clara befand sich im Wechselbad der Gefühle.

Als sie völlig in ihre Gedanken vertieft war, tippte Emma sie von hinten an der Schulter an. Clara nahm sie in den Arm, drückte sie fest an sich und spürte wieder einen Kloß im Hals.

„Lass uns ein paar Schritte gehen und reden", sagte Emma sanft und streichelte Clara über die Wange. Clara nickte nur stumm und hakte sich bei Emma ein.

Sie liefen ein ganzes Stück an der Seepromenade entlang und Clara berichtete Emma in allen Einzelheiten von ihrer Begegnung mit Anton. Sie redete sich buchstäblich in Rage und ließ ihren Emotionen freien Lauf. Emma ging während der ganzen Zeit stumm neben ihr her und hörte ihr geduldig zu. Als sie fertig war, sagte Emma nur: „Okay, gib mir ein paar Sekunden, um das zu verdauen."

Clara schaute Emma fragend an und wartete gespannt auf eine Reaktion.

Sie liefen immer weiter am See entlang, bis sie an eine Straßenbiegung kamen, an der sich ein kleines Café befand. Sie beschlossen auf einen Kaffee zu bleiben und weiterzureden. Nachdem sie ihre Bestellung aufgegeben hatten, ergriff Emma schließlich das Wort und erlöste Clara, die schon nervös mit dem Fuß tippelte.

„Okay, wo fange ich an?", sagte Emma. „Also mal abgesehen von der Tatsache, dass du Mitte 30 bist, verheiratet, und mit beiden Beinen im Leben stehst, und dummerweise Gefühle für einen anderen Mann hast, der ebenfalls verheiratet ist, einen Sohn hat, und noch nicht einmal weiß, dass du dein Herz schon so lange an ihn verloren hast, frage ich mich, wo soll das enden? Also was genau denkst du dir dabei? Wie sieht dein Plan aus?"

Clara schaute ihre Freundin an. Sie wusste nicht, was Emma in diesem Moment dachte, oder von ihr hielt. Sie war verwirrt und unsicher.

„Ich weiß es doch selbst nicht", sagte sie ruppig.

„Meine Gefühle fahren Achterbahn und machen mich einfach nur noch wahnsinnig. Manchmal denke ich, ich bin kurz davor den Verstand zu verlieren. Auch wenn ich dieses Kopfkino gerne abschalten würde, kann ich es leider nicht. Es fiel mir ja schon schwer ihn aus meinen Gedanken zu verbannen, als er noch nicht plötzlich vor mir gestanden hat, aber jetzt, nachdem ich ihn gesehen habe, fällt es mir noch schwerer."

Sie schaute betrübt nach unten.

„Gut, ich versuche dich und deine Gefühlslage zu verstehen und mich für einen Moment in deine Lage zu versetzen. Aber was wäre für dich jetzt der logische nächste Schritt? Du denkst doch nicht etwa darüber nach, Gabriel zu verlassen, oder?"

Clara schaute Emma entsetzt an.

„Oh Gott, nein, auf keinen Fall. Warum auch? Es ist ja nichts vorgefallen, was uns auseinanderbringen könnte. Ich weiß nicht was der nächste Schritt ist. Das Schlimmste ist, dass ich nun mit der Gewissheit leben muss, Anton jederzeit über den Weg zu laufen."

Emma schaute Clara verständnisvoll an und legt ihr die Hand an die Wange.

„Ach Liebes, ich würde dir so gerne einen klugen Rat geben, und ich kann mir denken, dass es schwer ist, aber du musst versuchen, Anton zu vergessen. Auch wenn es vielleicht Schicksal sein mag, dass ihr euch wieder über den Weg gelaufen seid - in diesem Leben soll es wohl einfach nicht sein."

Dieser letzte Satz machte Clara schmerzlich bewusst, dass ihre Freundin Recht hatte und die Wahrheit aussprach, die zwar manchmal wehtat, aber auch richtig erschien.

„Da hast du vollkommen Recht. Ich werde wohl einfach diese Bürde tragen müssen und mich damit abfinden. Es ist trotzdem sehr hart."

„Ja, es ist bestimmt nicht leicht, aber du musst auch mal an Gabriel denken. Er ist dein Mann, und verdient, es geliebt zu werden. Er liebt dich wirklich sehr, auch wenn er manchmal nicht gerade nett zu dir ist und hin und wieder seine kleinen Wutausbrüche hat, aber du kannst froh sein, dass du ihn hast."

Clara nickte nur stumm. Sie legte ihre Arme um den Körper, als ob sie frieren würde, und bat Emma die Rechnung zu bestellen. Sie wollte einfach nur noch alleine sein- allein mit sich und ihren Gedanken. Sie beschloss Gabriel zu sagen, dass sie sich nicht wohl fühlte und sich für den Rest des Tages auf ihr Sofa legen werde.

Sie hatte den Drang noch ein paar Zeilen in ihr Tagebuch zu schreiben, sich eine Liebessschnulze im Fernsehen anzuschauen und einfach an nichts zu denken.

Nachdem Clara und Emma an der Seepromenade entlang, zurück in die Altstadt gelaufen waren, nahm Clara ihre Freundin noch einmal in den Arm und drückte sie fest an sich.

„Danke für alles."

„Ach das ist doch nicht der Rede wert. Wozu sind denn Freunde da? Es wird der Tag kommen, an dem auch ich deinen Rat brauche und mich bei dir ausweinen muss."

Sie lächelte Clara an und gab ihr einen Kuss auf die Wange.

„Versuch dich einfach in die Arbeit zu stürzen und die Zeit mal etwas mit deinem Mann zu genießen. Schließlich ist es auch gar nicht mehr so lange hin, bis wir Weihnachten haben, und dann gibt es noch jede Menge Sachen, auf die du dich freuen kannst."

Der Wintermarkt. Der Gesangsauftritt. Das hatte Clara ja völlig vergessen.

„Danke dir, du hast Recht. Mach du dir heute noch einen schönen freien Tag. Ich ruf dich an."

An ihren Auftritt hatte Clara beim besten Willen nicht mehr gedacht. Viel zu sehr war sie mit Anton und ihren ziellosen Träumereien beschäftigt, so dass sie alles um sich herum vergaß und sich kaum noch auf ihr reales Leben konzentrierte. Sie hatte noch nicht einmal einen Song einstudiert. Clara hatte schon in ihrer Jugend leidenschaftlich gerne gesungen. Anfangs nur für sich zum Spaß, doch dann wurde sie immer besser, nahm Gesangsunterricht und trat regelmäßig auf Hochzeiten, Familienfeiern und Events auf. Das Singen befreite sie und ließ sie all ihre Sorgen vergessen. Sobald sie das Mikro in der Hand hatte und anfing zu singen, war alles um sie herum wie in Watte gehüllt. Sie packte all ihre Gefühle und Emotionen in ihre Lieder, denn Balladen und Liebeslieder gehörten zu ihrem Repertoire und waren ihre Stärke. Für sie war es das Größte, wenn sie ihr Publikum zu Tränen rührte. Jedes Jahr, kurz vor dem Nikolaustag, fand auf dem Marktplatz in Hallstatt ein Wintermarkt statt, der mit vielen kleinen Buden und Ständen einige Menschen anzog und für vorweihnachtliche Stimmung sorgte. Der Brunnen, der inmitten des Marktplatzes stand, wurde von einigen umliegenden Geschäftsleuten mit Lichterketten und Weihnachtskugeln geschmückt und dadurch zu einem einmaligen Blickfang. Quer über den Marktplatz waren Lichterketten und Schnüre mit weißen Kugeln gespannt, die aussahen wie übergroße Schneebälle. Alles in allem war es eine traumhaft schöne Location für einen Wintermarkt, der vor allem viele Pärchen anlockte, die Glühwein und Punsch tranken und teilweise extra wegen Clara und ihrem Gesang kamen. Sobald Clara auf der Bühne stand und ihre Ballade sang, leuchteten hunderte Feuerzeuge und Wunderkerzen, die die Zuschauer in die Luft hielten und mit der Melodie hin- und her bewegten. Clara war bei den Einheimischen durch ihren Gesang bereits so bekannt, dass sie wie eine Attraktion gefeiert wurde. Es sprach sich schnell in der Gegend herum, dass eine beliebte Sängerin in Hallstatt wohnte, sodass sogar viele Leute von ringsherum zu dem Wintermarkt anreisten, nur um dem Gesang zu lauschen.

Clara hatte sich bei Gabriel abgemeldet, der ihre Entschuldigung allerdings nicht wirklich ernst nahm und wie immer recht mürrisch reagierte, und war nach Hause gegangen, um sich hinzulegen und den Kopf freizubekommen. Sie zog sich einen kuscheligen Schlafanzug an, kochte sich eine Tasse Tee, und legte sich in ihrem Wohnzimmer aufs Sofa. Zuerst starrte sie nur ins Leere und spielte mit den Fingern am Henkel der Teetasse, doch dann legte sie sich eine CD ein und ließ sich von den Klängen einiger Liebeslieder inspirieren. Sie überlegte welches Lied sie auf der Bühne singen wollte, welches sie vielleicht bereits schon einstudiert hatte und welches zu ihrer aktuellen Stimmung passen würde. Sie wollte einen Song singen, mit dem sie sich von ihren alten Gefühlen verabschieden und sie loslassen konnte. Sie wollte etwas singen, in das sie ihre ganzen Emotionen hineinpacken, und sich von allem freisingen konnte.

Sie ließ sich noch einen Moment lang von der Musik berieseln, bis ihre Augen schwer wurden und sie kurz darauf fest einschlief...

Kapitel 7

Ich weiß nicht wirklich, wo ich anfangen soll, geschweigedenn was ich genau schreiben soll, denn ich finde keine richtigen Worte für das, was ich fühle oder denke. Aber damit es mir besser geht und ich es mir von der Seele schreiben kann, versuche ich es einfach.

Ich bin seit einigen Tagen komplett durch den Wind. Meine Gefühle machen mit mir was sie wollen, und zwingen mich regelrecht an nichts Anderes mehr zu denken, als an Anton. Ich schlafe nur noch sehr wenig, bekomme kaum noch etwas zu essen runter, und habe jeden Tag das Gefühl, dass ich ihm gleich wieder über den Weg laufen könnte.

Es ist bereits eine Woche her, seitdem ich ihn das letzte Mal gesehen habe, und was soll ich sagen? Es zerreißt mir das Herz und ich weiß nicht warum. Na ja, eigentlich weiß ich genau warum, und es wäre falsch, alles zu leugnen. Es ist so, weil ich immer noch hoffnungslos in ihn verliebt bin. Es hat über all die Jahre nie wirklich aufgehört. Ich glaube fest daran, dass ich es die ganze Zeit einfach nur unterdrückt habe, es sozusagen in mir begraben habe, aber es jetzt wieder aufgeflammt ist und mich um den Verstand bringt. Es ist ein Gefühl von Hoffnungslosigkeit, Verzweiflung und Ungewissheit. Ich habe sogar das Gefühl, dass ich teilweise Schmerzen in der Brust habe, und ich möchte mir in vielen Situationen das Herz herausreißen, so weh tut es, wenn ich an ihn denke. Überaus theatralisch, ich weiß. Ich frage mich die ganze Zeit, wie es sein kann, dass ich mich so tief in diese Misere habe hineinziehen lassen können. Was ist es nur, das mich immer weiter in den Sumpf der Liebe zieht, mich verschluckt, durchschüttelt und völlig fertig wieder ausspuckt?

Ich frage mich ob das Herz in der Lage ist, seine Liebe an zwei Menschen gleichzeitig zu vergeben. Diese Frage stelle ich mir immer und immer wieder.

Es ist wie eine These, die ich aufstelle und zu belegen versuche, immer wieder hinterfrage, und die Argumente pro und contra dazu aufliste. Kann man zwei Menschen gleichzeitig lieben? Und wenn ja, wie viel Liebe schenkt man dem einen Menschen und wie viel dem anderen? Liebt man dann unterschiedlich, oder sind die Gefühle gleichmäßig verteilt?

Hätte ich doch nur eine plausible Antwort auf all diese Fragen, dann wäre sicherlich vieles leichter. Manchmal habe ich das Gefühl, ich beschwöre solche Dinge herauf. Ich ziehe es praktisch magisch an. Ich brauche Drama in meinem Leben. Ohne Drama geht es wohl nicht.

Unsere Begegnung hat mich so sehr aus der Bahn geworfen, dass ich keinen klaren Gedanken mehr fassen kann. Es ist mit mir noch schlimmer geworden als vorher. Die Abstände, in denen er mir im Kopf herumspukt, werden immer kürzer. Seit er mir nach Jahren wieder begegnet ist, habe ich das Gefühl, als ob die Welt aufgehört hätte, sich zu drehen. Alles ist anders: meine Gedanken, meine Gefühle, mein Verhalten. Aber das Schlimmste daran ist immer noch, dass ich meinen Mann hintergehe. Er tut mir einfach nur wahnsinnig leid, obwohl ich es ihm gegenüber nie böse meinte und es nie meine Absicht war, ihn zu verletzen. Das zermürbt mich mehr und mehr. Es ist einerseits die Liebe zu einem anderen Mann, die mich keinen klaren Gedanken mehr fassen lässt, und andererseits die Untreue meinem Mann gegenüber. Obwohl man in meinem Fall nicht wirklich von Untreue sprechen kann. Was ist es eigentlich was ich tue? Ist es Betrug? Hintergehe ich ihn, oder trage ich einfach nur ein großes Geheimnis mit mir herum, das er niemals erfahren darf, denn sonst würde es ihn so sehr verletzen, dass ich mir das nie verzeihen könnte. Was würde mein unwissender Mann dazu sagen, wenn ich ihm beichtete, dass ich seit geraumer Zeit in einen anderen verliebt bin, und ununterbrochen an ihn denke? Oh Gott, nicht auszudenken. Doch es ist noch viel schlimmer. Vor zwei

Tagen habe ich mich morgens vor der Arbeit fertiggemacht und dabei nicht daran gedacht, ob ich Gabriel wohl in diesem Outfit gefallen könnte, sondern ob ich vielleicht Anton über den Weg laufe, und ob ich ihm gefallen würde. Das ist doch krank! Seitdem ich weiß, dass er hier in Hallstatt wohnt, laufe ich wie ein verschrecktes Huhn durch die Straßen, immer in Lauerstellung und voller Hoffnung, ihm zu begegnen.

Es ist, als wartete ich bereits darauf, ihn endlich zu sehen. Doch wie würde ich reagieren? Was würde ich zu ihm sagen? Ihm um den Hals fallen, ihn küssen und betteln, seine Frau zu verlassen? Lächerlich! Wenn ich morgens an meinem Küchenfenster stehe, meinen Kaffee trinke und über den See blicke, denke ich ganz oft darüber nach, wie es wohl wäre, wenn er mich geheiratet hätte. Wie mein Leben verlaufen wäre, wenn wir uns auf einem unserer Flüge ineinander verliebt hätten und er um meine Hand angehalten hätte. Aber ich darf mich nicht so oft an Dinge aus der Vergangenheit festklammern oder mir denken: was wäre wenn? Das macht mich einfach nur noch trauriger und zieht mich runter. Ich bin ja so schon eine tickende Zeitbombe und ein nervliches Wrack.

Ich sitze oft einfach nur still auf der Fensterbank im Wohnzimmer, schau nach draußen und hoffe, er kommt vorbei. Dann stelle ich mir vor, dass er mir wieder über den Weg läuft, mit mir einen Kaffee trinken geht, und wir reden. Einfach nur reden und uns gegenseitig unsere Gefühle füreinander offenbaren. Obwohl ich natürlich immer noch nicht weiß, ob er jemals welche für mich hatte. Mir würde es ja schon genügen, wenn ich ihm überhaupt positiv aufgefallen wäre, er mich in irgendeiner Art anziehend fände und er sich hätte vorstellen könnte, dass etwas aus uns geworden wäre.

Ich bin wirklich verzweifelt. Außerdem frage ich mich immer noch, wie es sein kann, dass er ausgerechnet hier in Hallstatt aufgetaucht ist. Das ist so unheimlich und schicksalhaft zugleich. Ich bekomme seit unserer Begegnung

einfach nicht mehr sein Gesicht, seinen Duft und sein Lächeln aus dem Kopf.

Es war dieser eine Moment, als wir uns beide in die Augen schauten und

realisierten, was gerade passierte. In meinem Kopf spulten sich Bilder wie in

Zeitlupe ab, und ich dachte für einen Augenblick wirklich, dass ich träume. Es

fehlte nur noch ein schnulziges Liebeslied im Hintergrund und man hätte eine

perfekte Seifenoper daraus machen können. Solche Zufälle erlebt man nicht

oft, und ich bin mir sicher, dass Anton in dem Moment genauso überrascht

war wie ich. Er war bestimmt ebenso erstaunt und konnte es nicht glauben,

aber da ich ihn so schlecht einschätzen kann, weiß ich einfach nicht, ob da

von seiner Seite aus noch mehr ist. Ich glaube es aber nicht. Warum auch?

Wenn ich meine Augen schließe, muss ich an ihn denken. Wie er mich

angelächelt hat und wie seine Augen dabei so schön gefunkelt haben. Wie er

mir einen Kaffee geholt hat und mich bis zur Arbeit begleitet hat. Aber ich

glaube, dass es falsch gedeutete Signale sind, die ich mir einrede, er

letztendlich einfach nur höflich sein wollte und ich es mir in meinem Kopf

anders zusammenspinne. Er wollte sich bestimmt nur ganz ungezwungen mit

mir über alte Zeiten unterhalten. Das war zumindest mein Eindruck. Ich

interpretiere da schon wieder viel zu viel rein. Dann ist da noch etwas, das

mir ein ungutes Gefühl bereitet und mich teilweise vor mir selbst erschrecken

lässt. Als er mir gesagt hat, dass er verheiratet ist, wurde mir plötzlich ganz

anders zumute. Ich konnte das Gefühl anfangs nicht genau deuten, doch als

ich eine Zeit lang darüber nachgedacht hatte, wurde mir plötzlich klar, was es

war. Es war Eifersucht. Wie kann das sein? Ich meine, wieso bin ich

eifersüchtig auf seine Frau, die ich noch nie gesehen habe, nicht kenne, und

von der ich nicht weiß, was sie für ein Mensch ist? Wieso erdreiste ich mich

überhaupt, eifersüchtig auf die Frau eines verheirateten Mannes zu sein, der ein Kind mit ihr hat, und der höchstwahrscheinlich auch sehr glücklich mit ihr ist? Wie kann man auf etwas eifersüchtig reagieren, das einen persönlich doch eigentlich gar nicht betrifft? Ich sollte mich eher um meinen eigenen Kram scheren und mal in meiner Ehe für Ordnung sorgen, anstatt ständig Vermutungen anzustellen und hoffnungslosen Schwärmereien meine Zeit und meine Gedanken zu schenken. Das ist alles einfach so lächerlich. Ich habe tatsächlich schon überlegt, einen Therapeuten aufzusuchen, der mir hilft meine Probleme aus der Welt zu schaffen und der mir den Kopf zurechtrückt. Leider habe ich sonst niemanden, mit dem ich reden kann. Ich kann mich einfach nicht jedem anvertrauen und meine geheimsten Gedanken erzählen. Emma hört mir immer geduldig zu, aber sie kann meine Lage natürlich nicht so richtig nachvollziehen. Warum auch? Es ist ja auch einfach nur absurd und zum Weglaufen. Jeder würde mich für absolut verrückt erklären und sich an den Kopf greifen. Wenn ich unverheiratet wäre und solche Gedanken und Gefühle hätte, wäre das ja schon albern genug, aber in meiner Lage ist es ja noch schlimmer.

Ich ertappe mich immer öfter dabei, wie ich mich tagsüber in Träumereien verliere und komplett neben mir stehe. Doch noch unheimlicher sind meine Träume in der Nacht. Es sind teilweise dieselben Szenarien, die sich wiederholen.

Das Verrückte daran ist, dass ich fast immer an derselben Stelle aufwache. Meine Träume drehen sich in der Regel darum, dass ich mit Anton in einem Raum bin, wir uns gegenseitig ausziehen, vor lauter Begierde übereinander herfallen und es kaum abwarten können, den anderen zu spüren. Wir haben richtigen Heißhunger aufeinander, wenn man es so ausdrücken will. Er kann seine Lust genauso wenig zügeln, wie ich meine. Es ist so, als hätten wir unser Leben lang in Abstinenz gelebt und könnten uns nun frei entfalten und endlich miteinander schlafen. Ich habe das Gefühl, dass ich mir diesen einen Moment immer wieder herbeisehne. Ich wünsche es mir praktisch und will es unbedingt. Meine Gedanken kreisen die ganze Zeit nur um das Eine: ich will mit ihm schlafen. Ich komme aber immer nur bis zu dem Punkt, an dem ich ihm die Hose öffne, aber dann wache ich jedes Mal auf.

Tja Clara, da hättest du wohl früher in die Gänge kommen müssen, als Anton noch nicht verheiratet und Vater war. Ich habe meine Chance vertan, wenn ich denn überhaupt jemals eine hatte. Aber nochmal zurück zu dem Mysterium Traum.

Seine Träume kann man ja bekanntlich nicht beeinflussen, also kann ich mir auch keinen Vorwurf machen, dass ich Gabriel sozusagen in meinen Träumen betrüge, denn das suche ich mir ja nicht aus. Aber die Gefühle und Vorstellungen, die ich tagsüber habe, sind verwerflich und böse. Vielleicht träume ich deshalb fast jede Nacht von Anton, weil ich ihn jeden Tag in meinem Kopf habe und an ihn denke. Er begleitet mich in jeder Lebenslage und ist zu jeder Zeit präsent. Ich denke fast ununterbrochen an ihn.

Seitdem ich ihn praktisch dazu eingeladen habe, in unseren Laden zu kommen, schrecke ich fast jedes Mal hoch, wenn ich die Türglocke läuten höre. Mir bleibt regelrecht das Herz stehen, weil ich denke, dass er gleich vor mir steht. Ich weiß nicht, wie ich reagieren würde. Ich dürfte mir natürlich vor Gabriel nichts anmerken lassen.

Ich bin einfach kein guter Mensch, denn solche Gedanken hat ein guter Mensch erst gar nicht.

Und da ist es schon wieder: eben gerade flog ein Hubschrauber über mich hinweg und war auf direktem Weg zum Dachstein. Es könnte Anton gewesen sein, der ihn geflogen hat, oder der sich im Heli bereitgemacht hat, um einen verunglückten Bergsteiger zu retten. Kaum höre oder sehe ich einen Hubschrauber, schon sind die Gedanken wieder da. Ich kann dagegen nichts machen, es kommt von ganz alleine. Vielleicht bin ich diejenige, die gerettet werden muss. Ich glaube aber, ich kann mich nur selbst retten. Meine Hoffnung besteht ja immer noch darin, dass sich diese ganzen Gedanken irgendwann von selbst auflösen, praktisch genauso schnell verschwinden, wie sie gekommen sind. Aber denke ich da wirklich realistisch und in die richtige Richtung?

Oder bin ich vielleicht zu naiv und hoffe darauf, dass sich all meine Probleme in Luft auflösen? Ich weiß es einfach nicht und theoretisch ist es völlig gleichgültig, ob ich zu einer Therapie gehe oder nicht, denn egal was ich sonst dagegen versuche zu unternehmen, letztendlich muss ich ganz alleine wieder aus der Sache rauskommen.

Mir kann eigentlich niemand wirklich helfen. Aber meinem Mann zuliebe sollte ich mal langsam versuchen einen klaren Kopf zu bekommen.

Meine Gedanken sollten sich für heute erstmal auf die Arbeit konzentrieren, denn ich bin schon wieder etwas zu spät dran. Außerdem steht der Wintermarkt kurz bevor, und ich habe meinen Song noch nicht ganz fertig. Es ist sicherlich so, wie Emma gesagt hat: ich muss mich auf die Dinge konzentrieren, die kurz bevorstehen, sonst werde ich ja noch verrückt. Also beende ich mein Schreiben an dieser Stelle, denn ich muss aufhören, noch länger in Selbstmitleid zu versinken...

Clara klappte ihr Tagebuch zu. Sie verstaute es, wie sonst auch, hinter dem Beinhaus und machte sich auf den Weg zur Arbeit. An diesem Tag war es besonders kalt, doch der erste Schnee des Jahres blieb immer noch aus. Es hatte kurz zuvor aufgehört zu regnen, und somit konnte Clara ohne Probleme in ihr Tagebuch schreiben, ohne von einem plötzlichen Regenschauer überrascht zu werden. Andererseits machte ihr die Kälte doch etwas zu schaffen, denn ihre Hände konnten den Stift nicht lange genug halten. Sie musste sich nach einiger Zeit ihre Handschuhe überziehen und hatte dadurch kaum noch ein Gefühl in den Fingern, um den Stift richtig zu halten. Dabei gab es so viele Dinge, die sie sich noch gerne von der Seele schreiben wollte, doch es gelang ihr wegen der Kälte oft nicht so recht. Nachdem sie die steile Treppe des Friedhofs hinabgestiegen war, lief sie durch die Altstadt, vorbei an den umliegenden Geschäften, die gerade ihre Türen öffneten und ihre Aufsteller vor das Schaufenster stellten. An diesem Tag trug sie ihre langen blonden Haare ausnahmsweise nicht zu einem strengen Dutt, sondern seitlich weggesteckt, sodass ihre langen Locken über der Schulter hingen. Sie trug wie immer einen satten roten Lippenstift, ein enges Kostüm mit passenden Pumps und eine blickdichte schwarze Strumpfhose. Viele Passanten und Einheimische drehten sich nach ihr um und pfiffen sogar ab und zu hinter ihr her. Eigentlich hätte Clara das als Kompliment und Bestätigung auffassen können, doch meistens beachtete sie es gar nicht. Sie wünschte sich insgeheim, dass Anton sie so anschauen und hinter ihr her pfeifen würde, doch darauf würde sie wahrscheinlich lange warten müssen.

Sie lief direkt auf den Antiquitätenladen zu, den Gabriel bereits geöffnet hatte. Ein paar alte Barockstühle, zusammen mit einem Beistelltisch, hatte er vor den Laden gestellt, um die Laufkundschaft neugierig zu machen. Im Sommer saß er oft draußen vor dem Geschäft, trank einen Espresso und erledigte seinen Papierkram. Clara streifte ihre Schuhe auf dem Türvorleger ab, blieb dabei mit dem Absatz in einem der Gummilöcher hängen und stolperte nach vorne. „Hoppla.“

Sie stolperte geradewegs durch die Eingangstür in den Laden und konnte sich zum Glück noch rechtzeitig am Türgriff abfangen, um nicht zu stürzen.

„Gabriel!", rief sie wütend.

„Ich habe schon so oft gepredigt, dass wir den Türvorleger endlich mal entsorgen müssen: ich breche mir irgendwann nochmal alle Knochen."

Schnaufend und leicht säuerlich stöckelte sie in Richtung Empfangstisch, stellte mit Schwung ihre Tasche darauf und zog den Mantel aus. Gabriel kam aus dem hinteren Teil des Ladens auf sie zu und sagte: „Liebling, das ist aber keine schöne Begrüßung, zumal wir gerade Kundschaft haben. Also tu mir doch bitte den Gefallen und reiß dich etwas zusammen. Deine Wortwahl und dein Tonfall sind hier jetzt nicht angebracht."

Gabriel setzte einen ernsthaften Gesichtsausdruck auf und schaute Clara ermahnend an. Sie entschuldigte sich bei Gabriel.

„Tut mir leid, ich wusste nicht, dass wir schon Kunden hier haben", flüsterte sie und rückte ihren Blazer zurecht. Sie strich die Haare aus dem Gesicht, setzte ein Lächeln auf und trat auf die Kundschaft zu, die ihr den Rücken zuwandte und gerade dabei war, ein paar ältere Vasen zu betrachten. Doch als sie genauer hinsah, stockte Clara augenblicklich der Atem und ihr wurde ganz anders zumute. Es war Anton mit seiner Familie. Er drehte sich als erster zu ihr um und lächelte sie an...

Kapitel 8

Er hat die Einladung tatsächlich ernst genommen dachte Clara. Ihr entglitten alle Gesichtszüge. Damit hatte sie nicht gerechnet, und auf diese Begegnung war sie nun wirklich nicht vorbereitet gewesen, obwohl sie gerade noch in ihrem Tagebuch davon geschrieben hatte. Sie hätte nie gedacht, dass er wirklich vorbeikäme. Ihr stieg augenblicklich die Schamröte ins Gesicht. Clara dachte im ersten Moment nur daran, dass sie sich zum Glück genau an diesem Tag besonders hübsch gemacht hatte und damit etwas Eindruck schinden konnte.

„Guten Morgen", sagte Anton strahlend, als er Clara sah. Sie blickte ihn mit großen Augen an und setzte ein gequältes Lächeln auf.

„Hallo, Anton. Was machst du denn hier?"

Anton legte die Stirn in Falten.

„Na ja, du hast mich doch kürzlich in euren Laden eingeladen, und da dachte ich mir, dass wir vielleicht mal vorbeikommen und uns eure wunderschönen Antiquitäten näher ansehen sollten."

Clara tippelte verlegen mit dem Fuß.

„Oh ja, natürlich. Ich bin einfach nur erstaunt.", antwortete sie und blickte zu Boden.

In ihr breitete sich ein Gefühl von leichter Panik und Unbeholfenheit aus. Sie wusste nicht, wie sie sich verhalten sollte. Es war genauso, wie sie es in ihrem Tagebuch prophezeit hatte: wenn er in ihren Laden käme, dann hätte sie keine Ahnung, wie sie sich verhalten sollte. Aber es kam eine Tatsache noch erschwerend hinzu, an die sie nicht gedacht hatte: er hatte seine Familie dabei, und genau auf diese Begegnung war sie noch viel weniger vorbereitet. Anton ergriff wieder das Wort und riss Clara aus ihren Gedanken.

„Ich sollte dir vielleicht mal meine Familie vorstellen."

Er trat einen Schritt zu Seite und deutete hinter sich auf seine Frau und seinen Sohn. Zuerst konnte Clara sich nicht überwinden nach oben zu schauen, doch es blieb ihr natürlich nichts übrig – sie musste höflich sein und Antons Frau begrüßen: schließlich stand sie in ihrem Laden, und da musste sie Contenance bewahren. Sie blickte auf, schaute direkt in die Augen von Antons Frau und war sprachlos. Vor ihr stand eine wunderschöne schlanke und schwarzhaarige Frau, mit strahlend blauen Augen und langem gewelltem Haar. Sie war das typische Model, mit Beinen bis zum Himmel, markanten Gesichtszügen, sinnlichen Lippen und vollem Haar. Ihre langen Beine wurden noch zusätzlich durch schwarze Overknee Stiefel und einem perfekt anliegenden schwarzen Overall betont. Sie trug eine zarte Goldkette um den Hals und einen passenden Armreif, der sich elegant um ihr Handgelenk schlängelte. Als Kontrast zu dem schwarzen Outfit trug sie einen langen weißen Wintermantel, der ihr schwarzes Haar hervorhob. Sie war die Art von Frau, auf die man in der Schule schon neidisch war, weil sie das hübscheste und beliebteste Mädchen der ganzen Schule war, dem jeder Junge hinterherrannte. Clara schossen in diesem Augenblick zahlreiche Bilder durch den Kopf. Sie wurde von einem Chaos der Gefühle überrannt und spürte, wie sich eine leichte Eifersucht in ihr anbahnte. Sie musste nun einen kühlen Kopf bewahren und sich nicht von der Situation überwältigen lassen. Antons Frau warf graziös das lange Haar nach hinten, stöckelte auf Clara zu und streckte ihr die Hand entgegen.

„Hallo Clara, ich bin Valentina. Es freut mich, Sie kennenzulernen."

Clara hielt ihr nur stumm die Hand hin, ohne etwas zu sagen, so fasziniert war sie von der Aura dieser Frau. Eigentlich konnte sie gar nicht anders, als sie zu mögen, denn sie war nicht nur umwerfend schön, sondern auch noch sehr freundlich und liebenswürdig.

„Anton hat mir von dem kurzen Ausflug in die Vergangenheit erzählt. Es ist ja wirklich faszinierend, dass sich zwei Arbeitskollegen, die früher auch noch zusammen zur Schule gegangen sind, in so einem kleinen Ort über den Weg laufen."

Clara spürte, dass Anton sie von der Seite musterte und auf eine Reaktion hoffte. Sie wusste nicht was sie sagen sollte, also sprach sie einfach das aus, was ihr als erstes in den Sinn kam.

„Wow, Sie sind wirklich attraktiv", platzte es aus ihr heraus.

Valentina begann verlegen zu lächeln. Dabei blitzten perfekt weiße und gerade Zähne in ihrem Mund.

„Oh, das ist aber lieb, vielen Dank. Ich glaube, wir können uns ruhig duzen, wenn das in Ordnung ist."

Clara war gar nicht wirklich bewusst, was sie da gerade gesagt hatte, doch es war die Wahrheit. Antons Frau war noch attraktiver, als Clara es sich vorgestellt hatte. Sie war eine rassige Italienerin, die mit Sicherheit alle Blicke auf sich zog. Sie war einen Kopf größer als Anton, was an ihren Absätzen lag, aber dennoch hatte Clara das Gefühl, sie müsse sich den Hals verrenken, um zu ihr aufzublicken. Sie musste nun aber wieder das Wort ergreifen, sonst wäre sie sich blöd vorgekommen.

„Ja, das ist natürlich kein Problem. Es ist schön dich kennenzulernen."

Den letzten Satz meinte Clara nicht wirklich ernst. Im Gegenteil; sie wünschte sich tief in ihrem Innersten, sie hätte Antons Frau nie getroffen, denn jetzt ging es ihr nur noch schlechter. Es durchfuhr sie das gleiche Gefühl von Übelkeit wie vor einer Woche, als Anton ihr von seiner Frau erzählte. Nun war der Zeitpunkt gekommen, an dem Anton für sie nicht mehr bloß der alleinstehende Mann war, den sie aus der Vergangenheit kannte. Seine Frau war real und greifbar, und dazu noch atemberaubend schön. Kein Wunder, dass Anton sie gewählt hat, dachte Clara enttäuscht. Für einige Sekunden blickte sie ins Leere.

Anton ergriff wieder das Wort.

„Zum Schluss möchte ich dir noch unseren Sohn Raffaele vorstellen. Komm doch mal zu mir Kleiner."

Anton streckte den Arm aus und hielt seinem Sohn die Hand entgegen, der sich etwas schüchtern hinter seiner Mutter versteckte. Als er hinter Valentina zum Vorschein kam, ließ sein Erscheinungsbild sofort Claras Herz erweichen. Sie lächelte ihn freundlich an, ging in die Knie und blickte ihn verträumt an. Sie fand, er war nicht nur der süßeste Junge, den sie seit Langem gesehen hatte, sondern auch das absolute Ebenbild seiner bildhübschen Mutter. Er hatte dunkelbraune lockige Haare und braune Knopfaugen. Trotz seiner drei Jahre konnte man schon deutlich erkennen, wie hübsch er einmal werden würde.

„Hallo Raffaele, ich bin Clara. Schön dich kennenzulernen", sagte Clara und streckte ihm die Hand hin.

Verschämt drückte Raffaele seinen Kopf zwischen Antons Beine.

„Ach Raffaele, du brauchst dich doch nicht zu schämen. Sag hallo zu Clara."

Anton schnappte sich seinen Sohn und nahm ihn auf den Arm. Clara stand aus der Hocke auf und streichelte ihm behutsam über das Beinchen.

„Ist schon gut, er braucht vielleicht einfach einen Moment. Darf ich ihm ein Bonbon geben?", fragte Clara und blickte dabei in Valentinas Richtung. Valentina nickte lächelnd. Clara lief hinter die Verkaufstheke, holte ein dickes Bonbonglas hervor, in dem eine bunte Vielfalt an Süßigkeiten war. Sie nahm ein Zitronenbonbon heraus, lief auf Anton und Raffaele zu, der seinen Kopf immer noch am Hals seines Vaters vergrub, und hielt es ihm entgegen.

„Hier, Raffaele, das ist für dich. Zitronenbonbons liebe ich über alles: vielleicht schmecken sie dir ja genauso gut wie mir."

Clara legte den Kopf leicht schief und schaute Anton liebevoll an. Er nickte lächelnd und hauchte ein leises „Danke" in ihre Richtung.

Valentina streichelte Raffaele den Rücken und sagte: „Ach Bambino, sei nicht so schüchtern und nimm das Bonbon von Clara ruhig an."

Valentina sprach nicht ganz akzentfrei, und man hörte ihre italienische Aussprache immer noch leicht durch, doch gerade das fand Clara faszinierend. Es war wie Musik in ihren Ohren, denn für sie war Italienisch neben Französisch eine der schönsten Sprachen der Welt. Sie fand es unheimlich interessant und angenehm, wenn jemand mit leichtem Akzent sprach: das machte denjenigen irgendwie noch ein wenig interessanter. Sie konnte es nicht leugnen: Valentina schien ihr die perfekte Frau, der sie keineswegs das Wasser reichen konnte. Sie verstand immer mehr, warum Anton sich in diese Frau verliebt und sie zur Frau genommen hatte. Langsam kam sich Clara schlecht vor und wollte am liebsten nur noch weglaufen. Sie wollte nicht nur, so schnell es ging den Laden verlassen, sondern auch ihren Gefühlen davonlaufen.

Sie hatte sich selbst zum Narren gemacht und jahrelang hoffnungslose Liebe für Anton empfunden, der wahrscheinlich niemals mehr in ihr gesehen hatte als eine Bekannte oder Kollegin. Clara hatte ein Gefühl, als ob in diesem Moment eine Dampfwalze all ihr Selbstbewusstsein komplett zunichtegemacht hätte. Sie blickte zwischen Anton und Valentina hin und her und stellte fest, wie glücklich die beiden miteinander aussahen, wie glücklich sie mit ihrem Sohn waren und wie harmonisch sie sich miteinander verhielten. Sie stand buchstäblich wie das fünfte Rad am Wagen einfach daneben und beobachtete das liebevolle Miteinander, was ihr alles nur noch schwerer machte. Gerade als Clara nach den Worten einer Entschuldigung suchte, damit sie gehen und sich verabschieden konnte, drehte Raffaele ihr sein Gesichtchen zu, nahm das Bonbon entgegen und sagte ganz leise: „Grazie."

Clara konnte nicht anders als wieder zu lächeln und ihm über den Kopf zu streicheln. Anton lächelte ebenfalls und setzte Raffaele ab. Der Kleine lief zu seiner Mutter, die ihm sein Bonbon aufmachen sollte. Anton sagte: „Raffaele wächst zweisprachig auf, und wenn er schüchtern oder unsicher ist, spricht er auf italienisch. Vielleicht denkt er, dass die meisten Menschen ihn dann nicht verstehen."

Er steckte seine Hände in die Hosentaschen und blickte stolz auf seinen Sohn, der es kaum erwarten konnte, endlich das Bonbon zu bekommen. Valentina hielt es ihm hin und sah sich dann noch etwas im Laden um. Raffaele stellte sich neben Anton und zupfte ihn am Hosenbein. Anton streichelte ihm über den Kopf.

„Was möchtest du?"

Lächelnd antwortete Raffaele: „Papa, die blonde Frau ist sehr hübsch."

Clara fing an zu lachen und schaute ihn an.

„Oh, vielen Dank, kleiner Mann."

Anton fügte hinzu: „Oh ja, das ist sie."

Dann rannte Raffaele wieder zu seiner Mutter, und Clara stand mit Anton da, der ihr doch tatsächlich gerade ein Kompliment gemacht hatte. Auch, wenn er es zu seinem Sohn sagte, so sprach er doch das aus was Clara sich insgeheim schon so sehnlich gewünscht hatte. Er fand sie also hübsch und sprach das auch noch in aller Deutlichkeit aus, obwohl seine Frau mit im Laden war. Aber da Valentina etwas weiter vorne im Geschäft stand, hatte sie Antons leise gesprochene Worte nicht hören können.

Ein Moment der Stille durchzog den Raum, und Clara und Anton schauten sich tief in die Augen. Clara wusste nicht genau, was sie sagen sollte, also drehte sie verlegen ihre Locken um den Finger und biss sich auf die roten Lippen. Anton kratzte sich ebenfalls etwas verlegen am Kopf und schaute durch den Laden.

Für Clara war es ein magischer Moment, und sie ließ seine Worte nochmals Revue passieren. Sie wollte gerade etwas zu Anton sagen, als Gabriel plötzlich neben ihr auftauchte, ihr die Hand auf die Schulter legte und sagte: „Du scheinst unsere Kundschaft ja zu kennen Liebes, dann stell mich doch bitte vor."

Clara wurde kurzerhand aus ihrer Träumerei gerissen und auf den Boden der Tatsachen zurückgeholt. Sie schaute ihren Mann mit einem eher gekünstelten Lächeln an, nahm seine Hand von ihrer Schulter und stellte ihm Anton vor. „Bitte entschuldige, ich hatte völlig vergessen, dass du noch im Laden bist", sagte sie unwirsch. Gabriel blickte sie entrüstet an.

„Na, entschuldige mal, mir gehört der Laden ja schließlich. Wo sollte ich denn sonst sein?"

Um die Situation zu retten, klopfte Clara ihrem Mann lachend auf die Schulter, denn sie merkte, dass Anton mit hochgezogener Augenbraue dastand und wartete.

„So meinte ich das natürlich nicht. Ich dachte nur, du bist schon unterwegs und erledigst Auslieferungen. Also, das ist Anton Hofer mit seiner Frau Valentina und ihrem Sohn Raffaele. Sie sind vor kurzem hier nach Hallstatt gezogen und wollten sich in unserem Laden etwas umschauen."

Gabriel schüttelte Anton selbstsicher die Hand. Er hatte schon immer einen festen und bestimmenden Händedruck und vermittelte seinem Gegenüber damit gleich von Anfang an, dass er ein selbstbewusster und gestandener

Mann war, dem so schnell niemand etwas vormachte. Es war Gabriels Art, sich etwas in den Vordergrund zu spielen und seine guten Manieren und seine herausragende Allgemeinbildung jedem unter die Nase zu reiben, auch wenn das den anderen nicht interessierte.

„Sehr erfreut, Gabriel Hilldbrand. Ich hoffe, Ihnen gefällt unser kleiner Laden und Sie haben vielleicht schon das Ein oder Andere für sich und Ihre Frau entdeckt."

Gabriel war höflich und kommunikativ wie immer, und ließ den gut betuchten Geschäftsmann raushängen. Clara stand mit den Armen hinter dem Rücken neben ihm und schaute hin und wieder zwischen Anton und ihrem Mann hin und her, die belanglos miteinander redeten. Ihr kam die Tatsache, dass ihr Mann sich gerade angeregt mit ihrer Jugendliebe unterhielt und sie lachend miteinander plauderten, in diesem Moment mehr als eigenartig vor.

Unauffällig ließ sie ihre Blicke zwischen beiden hin und her schweifen und nickte immer nur lächelnd, wenn einer von beiden sie ansah. Sie war wie in Gedanken und hörte der Unterhaltung nicht mal mehr richtig zu.

„Clara?", wiederholte Gabriel fragend.

„Wie bitte? Entschuldige, ich habe einen Moment nicht zugehört.", antwortete sie.

„Ich hatte dich gefragt, woher ihr beiden euch kennt."

Clara schaute Anton fragend an und versuchte sich ihre Gefühle und Blicke nicht anmerken zu lassen, denn sie war zu diesem Augenblick voll gepackt mit Emotionen und hatte sicherlich gerötete Wangen, also antwortete sie ohne Umwege.

„Ach wir kennen uns eigentlich schon lange durch die Schule und haben dann anschließend zusammen bei der Airline gearbeitet."

Clara sagte es mit einer abwinkenden Handbewegung, als wäre es keine große Sache, damit Gabriel keinerlei Verdacht schöpfen konnte. Anton zog wieder seine Augenbraue hoch und sagte zu Gabriel: „Genau, wir kennen uns schon seit ewigen Zeiten, aber man hat sich nie wirklich so viel zu erzählen gehabt wie heute. Man kennt sich einfach."

Clara blickte Anton voller Enttäuschung an. Was hatte er da gerade gesagt? Man kennt sich einfach? Was sollte das? Sie war völlig perplex von seiner Aussage, hatte aber gleichzeitig das Gefühl, dass er es nur gesagt hatte, weil sie auch keine große Sache daraus gemacht hatte. Das war es ja auch nicht. Eigentlich hatte er Recht, denn schließlich kannte man sich zwar durch die Schule und die Arbeit, aber zu mehr war es nie gekommen. Doch das Knistern zwischen ihnen konnte Anton doch nicht einfach außer Acht lassen?! Aber das musste er, denn schließlich erzählt man dem Mann einer Frau, mit der man früher des Öfteren mal geflirtet hatte nicht, dass man sie eigentlich attraktiv findet, dachte Clara. Schließlich hatte er ja gerade vorhin zu seinem Sohn gesagt, dass sie eine hübsche Frau sei, also musste er sie ja schon immer gut aussehend gefunden haben. Weshalb also machte sie sich solche Gedanken? Es war alles in Ordnung und Gabriel schöpfte keinerlei Verdacht. Es gab ja auch nichts zu verheimlichen; zumindest nicht von Antons Seite aus. Keiner der beiden Männer wusste schließlich, wie es um Claras Gefühle stand.

Gabriel ergriff wieder das Wort.

„Ach, dann sind Sie also auch Flugbegleiter?", fragte er.

Clara hatte das Gefühl, dass sie seine Frage direkt beantworten und klarstellen musste, also antwortete sie, bevor Anton dazu kam.

„Nein Liebling, Anton ist Pilot. Also, das war er. Er arbeitet jetzt hier bei der Bergrettung in Hallstatt."

Anton schaute Clara zögerlich lächelnd an und nahm dann das Gespräch mit Gabriel wieder auf.

„So ist es. Ich bin jetzt bei der Bergrettung und viel am Dachstein unterwegs. Sie glauben ja nicht, wie viele Bergsteiger oder Touristen hier im Berg festsitzen, weil sie sich selbst völlig über- und die Natur unterschätzen. Gerade jetzt im Winter ist es dort oben auf dem Berg nicht so ohne. Da kann es schon vorkommen, dass wir mehrmals am Tag fliegen müssen."

Gabriel stand mit verschränkten Armen vor Anton und hörte ihm interessiert zu. Clara klebte förmlich an seinen Lippen und saugte jedes Wort auf, das Anton sprach. Selbst der Klang seiner Stimme ließ sie schwach werden. Sie bemerkte zwischendurch immer wieder, dass Anton sie anlächelte, sobald Gabriel nicht hinsah und in seine eigenen Erzählungen vertieft war. Sie lächelte verlegen zurück und ließ ihre Blicke im Raum umherschweifen.

Valentina stand mit Raffaele in der Nähe des Schaufensters und begutachtete einen großen Spiegel mit schwerem goldenem Rahmen. Es sah so aus, als hätte sie ihre Wahl getroffen und sich für ein Möbelstück entschieden. Raffaele stand neben seiner Mutter und sah so aus, als ob er tanzte. Er versuchte immer wieder in die Knie zu gehen, sich dann auf der Stelle zu drehen und machte dazu ein paar unbeholfene Handbewegungen. Er ist zu drollig, dachte Clara, als sie ihm für einen kurzen Moment zuschaute. Sie dachte wehmütig daran, dass sie und Gabriel wohl nie Kinder haben würden und ihr dieses kleine Glück nicht gegönnt war. Stillschweigend stand sie da und beobachtete Raffaele. Auf einmal stand Anton neben ihr. Sie hatte ihn nicht bemerkt, so vertieft war sie in ihre Gedanken.

„Kinder sind wirklich eine Bereicherung. Man könnte ihnen einfach nur stundenlang zuschauen."

Clara nickte nur stumm. Sie wollte diesen bedrückenden Augenblick nicht durch Reden zerstören.

„Es ist einfach ein tolles Gefühl zu sehen, wie sie groß werden und irgendwann in deine Fußstapfen treten. Auch wenn es nicht immer leicht ist, und man ab und zu das Gefühl hat einfach mal ausflippen zu wollen, weil sie dich nicht schlafen lassen oder dir auf der Nase herumtanzen, ist es doch das Größte, wenn sie dich anlächeln und sich an dich schmiegen."

Das hat er schön gesagt, dachte Clara. Er ist nicht nur ein großartiger Mann, sondern auch noch ein toller Vater. Sie hatte es auch eigentlich nicht anders erwartet.

Er war in ihren Augen einfach der perfekte Mann. Er gab ihr das Gefühl, sie beschützen zu können, für sie zu sorgen und immer da zu sein, doch leider sah die Realität komplett anders aus. Er war zwar der perfekte Mann für sie, doch er hatte sich für eine andere entschieden und war offensichtlich sehr glücklich. Natürlich machte er anderen Frauen auch mal ein Kompliment oder lächelte sie an, aber das waren sicherlich nur Höflichkeitsfloskeln. Anton gab Clara einen sanften Schubs mit dem Ellbogen.

„Was ist mit dir und Kindern?"

Diese Frage musste ja früher oder später kommen. Gabriel war kurzzeitig im Lager verschwunden, also konnte Clara ungestört antworten, ohne dabei zu viel von ihrem Privatleben preiszugeben.

„Ach weißt du, Gabriel ist etwas älter als ich und möchte aktuell noch keine Kinder. Ich würde schon gerne, aber wir haben durch den Laden auch viel zu viel zu tun, und da wir beide selbstständig sind, wäre das etwas schwierig."

Enttäuscht schaute sie zu Boden. Was würde Anton jetzt von ihr denken? Wie reagieren Menschen darauf, die Kinder haben und mit ihrer Entscheidung überglücklich sind, wenn andere sagen, dass sie keine Kinder wollen, oder aus irgendwelchen Gründen keine bekommen können?

„Verstehe. Na ja, das muss natürlich jeder für sich selbst entscheiden. Es gibt viele Paare, die sich selbst genug sind, und das ist auch absolut in Ordnung. Aber ich von meiner Seite aus kann dir nur sagen, dass es das Beste war, was mir passieren konnte."

Diesen Satz hätte man nicht schöner formulieren können. Jedes Wort, das aus seinem Mund kam, ließ ihre Knie weicher werden und ihr Herz höherschlagen, und dann sagte er auch noch solche wundervollen Dinge. Clara hätte Anton in diesem Moment am liebsten einfach nur in den Arm genommen und fest an sich gedrückt. Dieser Mann strahlte so viel Liebe und Wärme aus und hinterließ auf sie den Eindruck eines Ehemannes und Vaters, der im Leben angekommen war. Er hatte anscheinend all das erreicht, was er sich vorgenommen hatte, und war damit mehr als zufrieden. Genau das hatte sie sich immer gewünscht, aber nur einen Bruchteil davon geschafft.

Es war schon immer ihr Wunsch gewesen, irgendwann die Frau an Antons Seite zu sein, doch sie musste immer wieder feststellen, dass all ihre Hoffnungen und Schwärmereien nie eine Zukunft haben würden und reine Illusion waren. Sie musste versuchen loszulassen. Sie musste ihn loslassen. Doch selbst wenn sie das tat, würde der Schmerz, einen Mann zu lieben, den sie niemals erreichen konnte, und dessen Herz einer anderen gehörte, für immer bleiben. Clara merkte, wie ihr langsam die Tränen in die Augen stiegen. Sie durfte nicht zulassen, dass ihre Emotionen sie jetzt überrollten. Sie lief schnellen Schrittes in Richtung Ladentheke. Sie rechtfertigte es damit, dass sie ihr Handy in der Handtasche hatte klingeln hören. Anton ging derweil zu Valentina, küsste sie und begutachtete zusammen mit ihr den Spiegel, den sich Valentina für ihr gemeinsames Haus ausgesucht hatte. Als Clara sah, wie

Anton seine Frau küsste, blitzte wieder ein Funke Eifersucht in ihr auf, der sich aber schlagartig in Traurigkeit und Enttäuschung umwandelte. Sie kramte ihr Handy aus der Tasche und tat, als hätte sie einen wichtigen Anruf verpasst, damit Anton und Valentina nichts merkten. In dem Moment ertönte das Glöckchen an der Ladentür und Emma betrat überraschenderweise den Laden. Sie grüßte freundlich und nichtsahnend Anton und seine Frau, und kam anschließend direkt auf Clara zugelaufen.

„Hallo, Liebes. Ich hatte gerade Pause und dachte mir, ich besuche dich mal auf einen schnellen Espresso im Laden. Passt es denn gerade?"

Emma stellte sich vor die Verkaufstheke und stützte sich mit den Armen darauf ab.

„Hi. Das ist aber eine Überraschung!", sagte Clara und packte ihr Handy wieder zurück in die Tasche.

„Es passt immer, wenn du kommst. Ich freue mich jederzeit über deinen Besuch, das weißt du doch."

Sie lief um die Theke herum und nahm Emma in den Arm.

„Ist dein Mann auch da? Den habe jetzt schon länger nicht gesehen."

Emma schaute neugierig in den hinteren Teil des Ladens.

„Ja, er ist sicherlich noch im Lager, müsste aber gleich wieder hier sein. Was gibt es sonst so Neues?"

Clara tippelte wie so oft leicht nervös mit ihren Pumps auf und ab, und blickte immer mal wieder rüber zu Anton. Emma folgte ihrem Blick.

„Wenn du gerade Kundschaft hast und zu ihnen musst, ist das kein Thema. Ich warte hier."

Clara kam mit ihrem Kopf ein Stückchen näher an Emma heran und flüsterte ihr ins Ohr.

„Das ist Anton da drüben."

Emma riss die Augen auf.

„Der Anton?", fragte sie erschrocken und etwas zu laut, sodass man sie im ganzen Laden hören konnte.

Natürlich hatten auch Anton und Valentina Emmas Frage gehört und schauten zu den beiden hinüber. Clara lächelte nur, packte Emma an der Schulter, und zerrte sie in den hinteren Teil des Ladens.

„Pssst! Musst du denn immer wie ein Trampel alles so laut rausposaunen? Das haben die beiden gehört."

Kopfschüttelnd legte Clara den Kopf in die Hände.

„Entschuldige. Ich kann nichts dafür, ich war einfach total überrascht, was ja wohl verständlich ist. Keine große Sache, die beiden haben sicher nicht viel mitbekommen."

Emma gab Clara einen freundschaftlichen Klaps auf die Schulter.

„Aber sag mal etwas Anderes: warum ist er ausgerechnet hier bei dir im Laden, und was ist mit Gabriel?"

Emma lugte vorsichtig um die Ecke, konnte Gabriel aber nirgends entdecken.

„Na ja ich hatte ihn ja letzte Woche praktisch hier ins Geschäft eingeladen, konnte natürlich aber nicht ahnen, dass er wirklich kurz darauf vorbeischaut. Gabriel hat nichts gemerkt, glaube ich. Ich bin aber immer noch total aus dem Häuschen und stehe irgendwie neben mir. Ein Glück, dass du da bist."

Clara verschränkte die Arme und schaute durch die Regale in den Laden zu Anton und Valentina, die sich mittlerweile in Richtung Verkaufstheke bewegten.

„Ich muss nach vorne gehen. Die beiden wollen, glaube ich, etwas kaufen."

Clara rückte wieder ihren Blazer zurecht, schüttelte kurz die Haare und ging zur Verkaufstheke. Raffaele hüpfte hinter seinen Eltern her, während Valentina das Wort ergriff.

„Clara, wir haben uns in einen der Spiegel mit dem prunkvollen goldenen Rahmen verliebt. Der würde ideal in unseren Flur passen. Was meinst du, könnt ihr ihn an uns liefern?"

Valentina zwinkerte Clara zu.

„Da habt ihr wirklich eine ausgezeichnete Wahl getroffen. Mein Mann kümmert sich um die Auslieferungen. Ich hole ihn und ihr könnt dann gerne alles Weitere mit ihm besprechen."

Clara drehte sich um und lief augenrollend an Emma vorbei, die immer noch im hinteren Teil des Ladens zwischen den Regalen stand und hin und wieder einen Blick auf Anton und Valentina warf. Gabriel war draußen im Hinterhof und räumte den Firmenwagen ein.

„Gabriel, kommst du mal eben in den Laden? Anton und Valentina haben sich einen Spiegel ausgesucht, den du ihnen liefern könntest."

„Ja, ich komme gleich."

Gabriel wuchtete einen alten Sekretär in den Kofferraum des Autos, schloss die Klappe, und ging hinter Clara her.

„Du hast dich aber heute ganz besonders hübsch gemacht", bemerkte er, als er hinter ihr herlief und seine Blicke auf ihren Po fielen. Clara hatte sich eigentlich nur für Anton zurechtgemacht, in der Hoffnung, ihm über den Weg zu laufen, was ja auch unvorhergesehener Weise geklappt hatte. Sie antwortete Gabriel ganz beiläufig: „Ach, das habe ich doch nur rasch übergeworfen. Du kennst mich doch, ich ziehe mich immer gerne etwas schicker an."

Sie blickte über die rechte Schulter und zwinkerte ihm zu. Als sie den Laden betraten, stand Emma bei Anton und Valentina, unterhielt sich angeregt mit ihnen und lachte fröhlich. Clara blickte erstaunt zu ihr hinüber. Leicht nervös trat sie zu ihnen.

Gabriel bat in der Zwischenzeit Valentina um einige Daten und nahm sie mit zur Verkaufstheke. Clara schaute Emma verwirrt an und sagte: „Wie ich sehe, habt ihr euch schon bekannt gemacht."

Emma nickte.

„Oh ja, ich habe Anton und Valentina erzählt, dass du bald auf dem Wintermarkt singen wirst und sie unbedingt vorbeikommen müssen. Das dürfen sie sich doch nicht entgehen lassen."

Clara warf Emma einen entsetzten Blick zu.

„Ach hast du das, ja?"

Emma zuckte nur lächelnd mit den Schultern, legte ein hämisches Grinsen auf, drehte sich um, und verschwand dann wieder im hinteren Teil des Ladens.

Clara versuchte sich bei Anton zu rechtfertigen.

„Tut mir leid, Emma kann manchmal ganz schön geschwätzig sein."

Anton fuhr sich durch die Haare und grinste.

„Schon okay. Wow, ich wusste gar nicht, dass du nun auch unter die Sänger gegangen bist? Das ist ja echt interessant."

Clara bemerkte wie sie rot wurde, und schaute Anton verlegen an. Sie musste nun etwas Selbstsicheres antworten, um sich nicht allzu blöd vorzukommen.

„Tja, da gibt es noch so einiges, das du nicht von mir weißt."

Hatte sie das gerade wirklich laut gesagt? Sie merkte an Antons Reaktion, dass sie es wirklich ausgesprochen hatte, obwohl das normal gar nicht ihre Art war.

„Oh, verstehe", antwortete er neugierig und zugleich etwas verlegen.

„Na dann kann ich ja gespannt sein, was ich in Zukunft noch so alles von dir erfahre."

Anton zwinkerte Clara zu und setzte wieder sein verführerisches Lächeln auf. Hatte er gerade tatsächlich mit ihr geflirtet und war auf ihre Anspielung eingegangen? Nein, das kann nicht sein, dachte sie. Immerhin stand seine Frau nur wenige Meter von ihm entfernt und Gabriel hatte sich ja auch nicht einfach in Luft aufgelöst.

Da sie nicht wusste was sie sagen sollte, fragte sie Anton, ob sie sich schon gut in Hallstatt eingelebt hatten, und lenkte das Gespräch auf alltägliche und belanglose Dinge zurück.

Ihre Unterhaltung war nicht von allzu langer Dauer, denn inzwischen hatten Gabriel und Valentina ihr Geschäft besiegelt und sich wieder zu ihnen gesellt.

Gabriel schüttelte beiden die Hand und verabschiedete sich.

„Vielen Dank für Ihren Kauf. Ich werde Ihnen nächste Woche Ihren neuen Spiegel ausliefern. Es hat mich wirklich gefreut, und ich wünsche Ihnen noch einen schönen Tag."

Anton und Valentina verabschiedeten sich ebenfalls freundlich und bedankten sich für den tollen Service.

„Ich bringe euch noch zur Tür", sagte Clara und ging mit ihnen mit bis vor den Laden. Valentina reichte Clara zum Abschied die Hand.

„Es hat mich sehr gefreut Clara. Ihr habt euch da einen tollen Laden aufgebaut und ich bin mir sicher, dass wir uns jetzt öfter sehen werden."

Clara nickte, gab Valentina ebenfalls die Hand und antwortete: „Vielen Dank, das ist sehr lieb. Ja, wir versuchen unser Bestes. Es hat mich auch gefreut und ich wünsche euch viel Freude mit dem neuen Spiegel."

Clara beugte sich zu Raffaele runter, streichelte ihm über den Kopf und winkte ihm zum Abschied zu. Valentina nahm ihn auf den Arm und schlenderte mit ihm zu einem der gegenüberliegenden Geschäfte, während Anton noch vor Claras Laden stand. Er trat einen Schritt an sie heran, gab ihr einen zarten Kuss auf die Wange und hauchte ihr ins Ohr: „Bis hoffentlich bald."

Dann schaute er sie noch einmal an, drehte sich um, und lief zu seiner Familie.

Clara stand wie angewurzelt vor dem Ladengeschäft und umklammerte fröstelnd ihren Oberkörper. Er hatte es wieder getan: er hatte indirekt wieder mit ihr geflirtet. Er hatte ihr einen Kuss auf die Wange gegeben und ihr insgeheim gesagt, dass er sie bald wiederzusehen hoffte. Was hatte das alles zu bedeuten? Clara war verwirrt.

Sie war nun noch verwunderter als vorher und konnte seine Gesten und Anspielungen überhaupt nicht einordnen. In ihrem Kopf spielten sich die verschiedensten Szenarien ab, und sie versuchte Ordnung in das ganze Chaos zu bekommen. Diese Begegnung hatte sie komplett verunsichert und aus der Bahn geworfen.

Da sie immer mehr anfing zu frieren, drehte sie sich um und betrat wieder den Laden.

Im hinteren Teil des Ladens zwischen den Regalen stand Emma zusammen mit Gabriel. Sie unterhielten sich lachend und machten einen sehr vertrauten Eindruck. Zuerst lächelte Clara, als sie ihren Mann und ihre Freundin so ausgelassen miteinander reden sah, doch als Gabriel seine Hand an ihre Hüfte legte und ihr eine Haarsträhne aus dem Gesicht strich, blieb Clara augenblicklich stehen. Ihr vorheriges Lächeln schwand aus dem Gesicht, und sie spürte Entsetzen. Die beiden fühlten sich unbeobachtet und merkten gar nicht, dass Clara wieder in den Laden gekommen war. Sie beobachtete, wie Gabriel sich zu Emma runterbeugte, ihr einen Kuss auf die Wange gab und ihr etwas ins Ohr flüsterte. Was ging hier vor? Clara konnte nicht glauben, was sie da gerade sah. Bildete sie es sich vielleicht nur ein, oder lief da etwas zwischen ihrem Mann und ihrer Freundin? Nein, das kann nicht sein, dachte sie. Sie wusste nicht, wie sie sich verhalten sollte, und ob sie einfach auf die beiden zugehen oder sich umdrehen, und den Laden verlassen sollte. Sie entschied sich für Letzteres und schlich sich unbemerkt aus dem Geschäft. Sie hatte weder ihren Mantel, noch ihre Tasche mitnehmen können, also musste sie sich beeilen und aufwärmen, bevor sie sich noch verkühlte. Sie war außer sich vor Wut und Enttäuschung, dass ihr augenblicklich Tränen in die Augen stiegen. Schnellen Schrittes lief sie durch die Altstadt, nahm niemanden um sich herum wahr und beeilte sich, auf dem schnellsten Weg nach Hause zu kommen. Sie lief immer schneller, bis sie fast anfing zu rennen. Ihre hohen Schuhe klapperten auf dem Asphalt und zogen die Blicke der Passanten auf sich. Wie im Tunnelblick eilte Clara durch die Straßen, vorbei an den Ladengeschäften und dem Kiosk, bis sie endlich an ihrem Haus angelangt war. Da sie ihren Hausschlüssel noch in der Handtasche hatte, musste sie den Ersatzschlüssel aus dem Versteck hinter einem der Blumenkästen holen. Sie schloss die Tür auf, knallte sie hinter sich zu und sackte weinend zu Boden. Sie weinte bitterlich und brauchte einige Minuten, um sich wieder zu fangen. Ihre Wangen waren schwarz von der hinunterlaufenden Wimperntusche und ihre Augen ganz gerötet vom Weinen. Als sie sich etwas beruhigt hatte, dachte sie an die Situation im Laden und an das, was sie gerade beobachtet hatte. Der Schock saß tief, und sie wusste immer noch nicht genau, was sie davon halten sollte. Doch eigentlich war es nicht nur der Anblick ihres Mannes und ihrer Freundin miteinander, der sie so bitterlich weinen ließ. Als sie einen Moment lang dasaß, wurde ihr bewusste, dass es eine Sache gab, die ihre Traurigkeit noch mehr zum Vorschein brachte. Sie weinte nicht ausschließlich wegen Gabriel und der Tatsache, dass sie ihn mit Emma zusammen in einer sehr eindeutigen Situation gesehen hatte, sondern sie weinte eigentlich hauptsächlich wegen Anton, was ihr zu diesem Zeitpunkt immer mehr bewusste wurde. Wieder stiegen ihr Tränen in die Augen und sie konnte nicht anders, als ihren Emotionen freien Lauf zu lassen. Einige Zeit saß Clara zusammengekauert am Boden, weinte und zerfloss in Selbstmitleid. Als sie sich gefangen hatte, stand sie auf, ging in ihr Schlafzimmer, um ihren Pyjama anzuziehen, und legte sich in ihr Bett. Sie zog die Decke bis fast über ihren Kopf und kuschelte sich fest in sie hinein. Sie schloss ihre Augen und versuchte zu schlafen. Sie wünschte sich, wieder aufzuwachen und festzustellen, dass alles nur ein Traum gewesen wäre. Doch so einfach ging das nicht, dachte sie. Sie dachte an Anton. Sie dachte an den zarten Kuss, den er ihr auf die Wange gegeben hatte, und seinen unbeschreiblich guten Duft. Sie dachte an seine tiefbraunen Augen und sein verführerisches Lächeln. Sie stellte sich vor, wie sie sich romantisch in den Armen liegen würden und leidenschaftlich küssen. Wie er sie feste umklammert hielt und seine Hand an ihren Kopf legte.

Dann schlief Clara ein...

Kapitel 9

Clara riss die Augen auf und schreckte hoch. Das Klingeln des Telefons hatte sie unsanft aus dem Traum gerissen. Sie brauchte einen kurzen Moment, um sich zu sammeln, schlug die Bettdecke zur Seite und lief in Richtung Flur, wo das Telefon auf der Anrichte stand. Sie nahm ab und meldete sich mit leicht verschlafener Stimme.

„Clara, ein Glück! Ich dachte schon dir wäre etwas passiert."

Gabriel war am anderen Ende der Leitung und klang regelrecht besorgt um sie.

„Wo um Himmels Willen bist du denn auf einmal hin? Ich habe mir Sorgen gemacht. Das ist doch sonst so gar nicht deine Art?!"

Clara setzte sich auf den kleinen Stuhl, der direkt neben der Anrichte im Flur stand, winkelte ihre Beine an und schaute leicht desinteressiert ins Leere. Sie musste versuchen eine glaubhafte Notlüge zu erfinden, denn sie wollte Gabriel zu diesem Zeitpunkt nicht sagen, dass sie ihn mit Emma in einer eindeutigen Situation ertappt hatte. Also versuchte sie, so gut es ging, zu flunkern.

„Ja, es tut mir Leid, dass ich so überstürzt den Laden verlassen und dir noch nicht einmal Bescheid gegeben habe. Ich hatte nur auf einmal wieder diese wahnsinnigen Kopfschmerzen und Schwindelanfälle, dass ich nur noch nach Hause wollte. Ich habe in der Eile auch meine Jacke und die Tasche liegen lassen."

Gabriel entfuhr ein erleichterter Seufzer.

„Ja das habe ich gemerkt. Ich hatte es natürlich zuerst auf deinem Handy versucht, aber das lag hier in deiner Tasche im Laden. Geht es dir denn jetzt etwas besser? Soll ich dir Emma schicken, damit sie nach dir sieht? Ich kann den Laden ja nicht alleine lassen."

Postwendend schossen Clara Bilder durch den Kopf. Sie hatte sofort die Szene im Kopf, wie Gabriel seine Wange ganz nah an Emmas schmiegte und sie verlegen lächelte. Emma war jetzt die letzte Person, die sie sehen wollte, und auch Gabriel würde sie in den nächsten Stunden erstmal nicht in ihrer Nähe haben wollen.

Also wimmelte Clara gekonnt Gabriels Versuche ab.

„Nein, danke, das ist ganz lieb von dir. Ich hatte mich kurz hingelegt und eine Tablette genommen. Es geht schon wieder besser. Vielleicht mache ich noch einen kleinen Spaziergang, dann wird es schon weggehen."

„Na gut, dann pass aber bitte auf dich auf. Wenn was ist, komm in den Laden, ansonsten sehen wir uns heute Abend."

Clara schwieg für einen kurzen Moment, bevor sie sich verabschiedete.

„Das mache ich. Bis später."

Sie legte auf und warf vor lauter Wut das Telefon auf den Boden. Sie wusste in dem Moment nicht genau was sie so in Rage brachte; war es der Groll, den sie gegen ihren Mann und Emma hegte, oder die Tatsache, dass sie einfach nur wütend auf sich selbst war und sich hätte ohrfeigen können, weil sie in einen verheirateten Mann verliebt war? Sie wusste es selbst nicht genau. Also tat sie das, was sie in solchen Situationen immer tat: sie musste sich ihren Kummer von der Seele schreiben und außerdem brauchte sie wirklich einen kleinen Spaziergang und frische Luft. Sie konnte es jetzt nicht ertragen Gabriel oder Emma über den Weg zu laufen, denn der Schock saß immer noch tief. Sie zog warme Winterstiefel und eine dicke Jacke an und verließ das Haus. Dieses Mal ging sie nicht ihren gewohnten Weg an der Seepromenade entlang, da sie nicht Gefahr laufen wollte jemandem zu begegnen. Sie musste mit sich und ihren Gedanken alleine sein. Es gab einige Möglichkeiten, um an den alten Friedhof zu gelangen. Eine davon war ein kleiner enger Weg, der an steinigen

112

Felswänden vorbei führte, etwas steil und rutschig war, aber Clara in diesem Moment immer noch lieber als die überfüllte Altstadt. Kurz bevor der Wintermarkt in Hallstatt begann, zog es viele Touristen und Einheimische dort hin, die ihre freien Tage vor Weihnachten nutzten, um Geschenke und Mitbringsel zu besorgen. Clara liebte den Menschenrummel eigentlich immer sehr, doch an diesem Tag wollte sie nur noch alleine sein und sich selbst bemitleiden. Sie ließ sich bei ihrem Spaziergang jede Menge Zeit, inhalierte die winterlich kalte Bergluft und genoss die Stille um sich herum. Sie betrachtete die bunten Herbstblätter, die unter ihren Schuhen bei jedem Schritt knisterten, und bewunderte die bunte Farbvielfalt. Während sie die schmalen Wege zum Friedhof hinaufging, wanderten ihre Blicke über den Hallstätter See, der an diesem Tag recht friedlich und einladend aussah. Trotz der tiefdunklen Farbe des Wassers und der üppig bewaldeten Berge, die sich ringsherum erstreckten und sehr düster aussahen, machte alles einen friedlichen und sogar märchenhaften Eindruck auf Clara. An dunklen, verregneten Herbsttagen, wenn dichter Nebel tief über dem See hing, wirkte die gesamte Kulisse eher unheimlich und regelrecht gespenstisch. Erst wenn sich eine dicke Schneedecke auf den umliegenden Häusern gebildet hatte, und der See mit einer dünnen Eisschicht überzogen war, konnte man seine Augen nicht mehr abwenden. Dann sah alles wie gemalt aus, und man fühlte sich wie in einem Wintermärchen. Zu dieser Jahreszeit gefiel Clara Hallstatt ganz besonders. Als sie über den See blickte, musste sie wieder an den Traum denken, in dem sie zusammen mit Anton in dem Ruderboot auf dem See trieb. Alles drehte sich in Claras Kopf nur noch um Illusionen. Sie dachte an die Träume mit Anton, und daran was sie gerade vor kurzem noch geträumt hatte. Sie musste es zu Papier bringen und es selbst noch einmal durchlesen, um sich ein wohliges Gefühl zu verschaffen.

Als sie an dem alten Friedhof ankam, waren vereinzelt ein paar Touristen und Einheimische vorzufinden, die mit sich und den Gräbern beschäftigt waren. Ein Pärchen stand an der alten Friedhofsmauer und machte gegenseitig Fotos von sich und dem See im Hintergrund. Also nahm sich Clara unauffällig ihr Tagebuch und setzte sich auf eine der alten Holzbänke, die unmittelbar hinter der kleinen Kapelle stand. Sobald sie ihr Tagebuch in den Händen hielt, war sie in einer anderen Welt und versuchte alles um sich herum auszublenden. Sie begann zu schreiben.

Normalerweise liegt immer ein etwas größerer Abstand dazwischen, wenn ich hier reinschreibe, aber heute kann ich meine Gedanken und Gefühle nicht länger zurückhalten und musste zum Schreiben hier hochkommen. Das zeigt mir nur noch mehr, wie verzweifelt ich doch bin. Es ist schrecklich. Mittlerweile ist es nicht nur die Tatsache, dass ich immer noch hoffnungslos verliebt bin, sondern ich bin mir nicht sicher, ob mein Mann mich mit meiner langjährigen Freundin betrügt. Zumindest dachte ich bis dato, dass Emma meine Freundin ist. Es war nicht nur der Schock, der immer noch tief sitzt, sondern auch der Vertrauensbruch. Aber nun frage ich mich, was ich eigentlich wirklich gesehen habe. War es denn tatsächlich eine offensichtliche Situation, in der ich die beiden gesehen habe, oder einfach nur eine etwas überzogene, freundschaftliche Geste? Was würde Gabriel dazu sagen, wenn er mich mit einem anderen Mann in so einem vertrauten Moment sehen würde? Ich meine, es ist ja wohl völlig legitim, wenn man sich zur Begrüßung ein Küsschen links und ein Küsschen rechts auf die Wange gibt, das machen wir selbst mit Stammkunden. Aber sich sekundenlang einen Kuss auf die Wange zu geben und dann noch mit den Haaren zu spielen erscheint mir dann doch etwas zu viel des Guten. Ich glaube auch, dass die zwei sich in dem Moment absolut unbeobachtet vorkamen und sie die Situation ausgenutzt haben, in der

ich Anton und seine Familie verabschiedet habe. Anton. Alleine wenn ich

seinen Namen sage oder hier aufschreibe kribbelt es mich am ganzen Körper.

Und da stellt sich mir doch die Frage: bin ich nicht eigentlich wesentlich

schlimmer mit dem was ich denke, tue, oder mir wünsche? Ich glaube schon.

Natürlich habe ich meinen Mann rein körperlich nie betrogen, aber ich

wünsche mir insgeheim eine Beziehung zu einem Mann, den ich nicht haben

kann. Diese Wünsche und Gedanken sind mit Sicherheit viel schwerwiegender

als das, was er vielleicht getan hat oder tut. Ich bin mir ja noch nicht mal

richtig sicher und es sind alles nur Vermutungen, nein sogar

Anschuldigungen, und ich bin einfach davor weggelaufen, so überrascht und

entsetzt war ich von meiner Beobachtung. Ich muss die Sache zuerst recht

nüchtern und emotionslos beurteilen, soweit ich das kann. Was habe ich

wirklich beobachtet? Ich sah eine Frau, die mit dem Rücken an einem Regal

lehnte und verliebt einen Mann anlächelte, der ihr behutsam eine Haarsträhne

aus dem Gesicht streifte, ihr dabei einen zarten Kuss auf die Wange gab und

für einen kurzen Moment innehielt. Okay, jetzt, wo ich es selbst lese, kommt es

mir wie in einem Kitschroman vor und es liest sich, als schriebe ich hier von

einem frisch verliebten Paar. Das kann aber doch nicht wirklich so sein, wie

ich es mir hier zusammenreime. Ich hätte doch merken müssen, wenn sich da

etwas anbahnt. Vor allem ist es mein Mann und meine enge Freundin. Aber

man hört doch immer wieder solche Geschichten, oder nicht? Im Nachhinein

ärgere ich mich, dass ich nicht einfach auf sie zugegangen bin und sie

angesprochen habe. So nach dem Motto: störe ich bei irgendetwas? Dann

hätte ich ihre Reaktion sehen können und eher gewusst, was Sache ist. Wenn

man nichts zu verbergen hat, dann verhält man sich auch dementsprechend.

Ich habe heute des Öfteren an diese Situation gedacht und sie immer mal

wieder in meinem Kopf abgespielt und erschrecke dann vor mir selbst. Das
Schlimmste ist, dass ich eigentlich gar nicht wirklich sauer auf Emma oder
Gabriel bin, sondern dass ich ihnen ab jetzt etwas weniger vertraue. Ich fühle
mich nun noch mehr mir selbst überlassen und alleine mit meinen Problemen.
Emma werde ich ab jetzt sicher nichts mehr erzählen, das steht fest. Ich weiß
generell noch nicht genau, wie ich damit umgehen soll, aber es wird das Beste
sein, wenn ich mich weiterhin wie gewohnt verhalte, damit sie nichts merken.
Schließlich wissen sie ja nicht, dass ich sie gesehen habe. Gabriel gegenüber
wird es, ehrlich gesagt, keinen großen Unterschied machen, denn in den
letzten Wochen bin ich ohnehin nicht in Stimmung für irgendwelche
Annäherungen, und ihm gegenüber sehr abweisend und kühl. Natürlich, das
ist es. Das ist der Grund, warum er und Emma irgendetwas am Laufen haben
könnten. Ich distanziere mich immer mehr von meinem Mann, der mich mit
Sicherheit immer noch genauso liebt wie am Anfang, aber auch Bedürfnisse
und Gefühle hat und sich von mir zurückgewiesen fühlt. Ich bin praktisch
selbst daran Schuld und habe ihn förmlich in Emmas Arme getrieben. Das
würde ja noch alles Sinn ergeben, wenn man bei Betrug von „Sinn machen"
sprechen kann, aber heißt es nicht immer, dass zu so einer Sache zwei dazu
gehören? Aber was hat Emma dann für eine Ausrede? Sie hat sich schließlich
nicht nur an einen verheirateten Mann rangeschmissen, sondern auch noch
ihre gute Freundin hintergangen. Wie ich es auch drehe oder wende, es ist
eine prekäre Lage in der ich mich befinde. War ich denn wirklich so blind?
Oder einfach nur naiv? Ich glaube, dass ich mich viel zu sehr auf Anton und
etwas konzentriert habe, das gar nicht existent ist und auch nie sein wird.
Meine ganze Welt hat sich in letzter Zeit nur noch um ein Thema gedreht, und
somit habe ich mich selbst in all das Chaos manövriert. Und soll ich dir mal
was sagen? Ich empfinde Gleichgültigkeit. Gleichgültigkeit dieser ganzen

Sache gegenüber. Je öfter ich darüber nachdenke, umso mehr wird mir klar, dass ich nicht wirklich wütend auf Emma und Gabriel bin oder ihnen am liebsten den Hals umdrehen würde - es ist mir fast gleichgültig. Denn man sagt doch, dass das Gegenteil von Liebe nicht Hass sei, sondern Gleichgültigkeit. Ich empfinde keinen Hass oder Groll den beiden gegenüber, sondern habe eher das Gefühl, es sei mir fast egal. Natürlich spukt es mir im Kopf herum, und ich rege mich auch hier darüber auf, um meinem Ärger Luft zu machen, aber eigentlich hätte ich erwartet, dass ich komplett anders reagieren würde. Dann ist da immer noch die Tatsache, dass ich ja eigentlich nicht wirklich sicher bin was da genau ist und ich Theorien aufstelle, oder Verdächtigungen anstelle, die sich vielleicht nicht mal bewahrheiten. Vielleicht bleibe ich deshalb so entspannt und locker. Wenn ich aber mal ganz ehrlich zu mir selbst bin und tief in mich rein höre, weiß ich ganz genau, warum ich immer noch relativ gelassen bin; es ist genau aus dem Grund, warum ich hier sitze und schon so oft geschrieben habe. Es ist wegen Anton. Wenn ich nicht pausenlos an ihn denken würde und keinerlei Gefühle für ihn hätte, sähe die ganze Sache bestimmt komplett anders aus, und es gäbe vielleicht auch keinen Grund für Gabriel, Interesse an einer anderen Frau zu haben. Mein Herz sagt mir, dass ich hoffnungslos verliebt bin und nur noch Augen für diesen einen Mann habe, aber mein Verstand sagt mir, dass ich naiv, dumm und töricht bin und diese kindischen Schwärmereien nichts als Zeitverschwendung sind und dazu auch noch meine Ehe angreifen. Es ist sogar schon so weit gekommen, dass Gabriel seine Bedürfnisse an anderer Stelle befriedigen muss, anstatt bei mir. Aber ich könnte jetzt noch stundenlang darüber referieren: ich drehe mich doch immer wieder nur im Kreis, denn schließlich trage ich einen erheblichen Teil dazu bei, das darf ich nicht vergessen. Ich habe es mit meiner Schwärmerei und abweisenden Art

Gabriel gegenüber sozusagen heraufbeschworen. Ich habe mir vorgenommen
ihn und Emma in Zukunft einfach etwas genauer zu beobachten und auf alles
zu achten, was die beiden übereinander erzählen. Ich glaube sogar, dass ich
sie ganz unauffällig auf den anderen ansprechen werde, vielleicht kann ich ja
anhand der Reaktionen etwas rausfiltern. Das Einzige, was ich mich frage ist,
ob das zwischen den beiden schon länger geht und wie viel sie gegenseitig
preisgeben, also was sie sich erzählen und ob sie auch über mich reden. Ich
glaube zwar nicht, dass Emma Gabriel irgendetwas über mich und meine
Liebe zu Anton erzählt hat, aber man weiß es ja nie. Gerade jetzt, wo ich
vermute dass Emma etwas für Gabriel empfindet und es sowieso schlimm
findet, wie ich mich ihm gegenüber verhalte, und dass ich ihn in meinen
Gedanken und Träume irgendwie betrüge, habe ich Angst, dass sie etwas
ausplaudert. Einfach nur aus Wut.
Doch dann hätte Gabriel schon etwas gesagt, oder es mich spüren lassen.
Doch sicher kann ich natürlich nicht sein, denn schließlich habe ich die
beiden ja auch in einer intimen Situation miteinander gesehen und spreche sie
nicht darauf an. Oh Gott, das hört sich ja alles an, wie in einem schlechten
Film. Man hat Geheimnisse voreinander, spinnt insgeheim Intrigen, ist nicht
aufrichtig zueinander und hat Gefühle für andere Menschen, die man nicht
haben sollte. Es ist wahrscheinlich so, wie ich es schon so oft gesagt habe: ich
brauche Drama in meinem Leben. Ohne das wäre es anscheinend zu
langweilig. Als ich unser Geschäft verließ und nichts mehr wollte, als nur
noch nach Hause, dachte ich zuerst daran, dass ich jetzt komplett alleine mit
allem bin. Ich konnte mich vorher wenigstens Emma anvertrauen, doch mit
diesem Vertrauen ist es jetzt vorbei. Nun habe ich nur noch dieses kleine
Buch, in das ich alles reinschreiben kann, was mich bedrückt. Doch reicht mir
das? Irgendwann wird es mich zerfressen. Ich bin eben ein Typ, der über seine

Probleme mit anderen Menschen reden muss und nicht alles in sich aufstauen kann. Mit Gabriel konnte ich immer über all meine Gedanken und Probleme reden. Natürlich abgesehen von Anton, aber ansonsten war er nicht nur einfach mein liebender Ehemann, sondern auch mein bester Berater und engster Freund, dem ich alles anvertraut habe. Doch nun habe ich das Gefühl, dass ich selbst das nicht mehr kann. Diese Erkenntnis zermürbt mich doch schon sehr.

Als ich durch die Kälte nach Hause lief, hatte ich voranging nicht die Sache mit Gabriel und Emma im Kopf, sondern auch noch an der Begegnung mit Anton und seiner Frau zu knabbern. Ich erwähne es immer wieder, und ich weiß, dass ich es schon so oft geschrieben habe, aber mir steht es absolut nicht zu, eifersüchtig auf eine Frau zu sein, die ich nicht richtig kenne. Es gibt gar keinen plausiblen Grund dafür, aber was ist an dieser ganzen Herzschmerzgeschichte mit Anton schon normal?
Im Nachhinein frage ich mich, ob ich mich richtig verhalten habe und nicht den Eindruck erweckt habe, dass ich Anton anders angesehen habe, als man es normalerweise tun würde. Frauen merken so etwas sehr schnell, und auch Anton ist nicht dumm und hat meine Blicke und Gesten ihm gegenüber sicherlich schon wahrgenommen. Ich frage mich die ganze Zeit, warum er in den Laden gekommen ist. Einerseits hege ich natürlich insgeheim die Hoffnung, dass er es getan hat um mich zu sehen, aber andererseits hätte er das sicherlich alleine gemacht und nicht noch seine Frau und den Sohn mitgenommen. Er hatte mir ja schließlich bei unserem ersten Zusammentreffen hier in Hallstatt gesagt, dass seine Frau antike Möbel mag und er sicherlich mal vorbeischauen würde, also brauche ich mir in der Hinsicht keinerlei Illusionen zu machen. Trotzdem hat es mich wahnsinnig

gefreut und mir eigentlich den Tag versüßt, trotz fadem Beigeschmack. Ich möchte jetzt aber nicht mehr über Gabriel und Emma nachdenken, sondern über Anton. Als er mir das erste Mal von seiner Frau und seinem Sohn erzählte, war das für mich schon ein Stich ins Herz, aber als ich ihn dann mit seiner glücklichen kleinen Familie sah, traf es mich wie ein Blitz. Ich war schockiert und berührt zugleich. Wenn man jemanden aufrichtig liebt, möchte man, dass er glücklich ist. Anton erschien mir sehr glücklich und ausgeglichen. Es ist nicht so, als ob ich ihm das nicht gönnte oder mich dazwischendrängen würde: das könnte ich nicht, aber ich hatte immer die Hoffnung, an Valentinas Stelle zu sein. Valentina, allein der Name ist schon wunderschön. Als ich sie sah, war mir sofort klar, warum Anton sich für sie entschieden hat. Man sollte die Menschen natürlich nicht nur rein nach ihrem Äußeren beurteilen, aber bei Valentina muss selbst ich als Frau sagen, dass sie unheimlich attraktiv ist. Sie hat so eine wahnsinnig anziehende Ausstrahlung, und man kann gar nicht anders als sich nach ihr umzudrehen. Sie ist für mich die klassische Italienerin, wie ich sie mir vorstelle. Natürlich kommt dann noch die Tatsache dazu, dass sie als Model arbeitet und wahrscheinlich schon die tollsten Covers hochrangiger Modemagazine geschmückt hat. Von ihrem Aussehen, ihrer Figur und ihrer Karriere träumen mit Sicherheit viele junge Mädchen. Die Kehrseite der Medaille ist aber, dass man viel unterwegs ist und oft alleine sein muss. Das war Anton aber auch: also haben sich die beiden wohl daran gewöhnt und damit arrangiert. Doch ich glaube, seit Raffaele auf der Welt ist, sieht die ganze Sache schon etwas anders aus und die beiden haben einen Gang zurückgeschaltet, und deshalb sind sie wohl auch hier nach Hallstatt gezogen. Anton hatte ja auch erwähnt, dass ihre berufliche Zukunft immer etwas ungewiss und sprunghaft sein kann. Als ich Raffaele in die Augen sah, war es so, als schaute ich in Antons Augen.

Er hat die gleichen braunen Augen wie sein Vater. Er ist jetzt schon so ein hübscher kleiner Kerl und wird sicherlich mal vielen Mädchen das Herz brechen. Die guten Gene von Valentina und Anton sind bei ihm durchgeschlagen. Als Anton ihn auf dem Arm hatte und so liebevoll mit ihm umging, durchbohrte mich ein stechender Schmerz. Ich musste sofort wieder an meinen Kinderwunsch denken und wie sehr ich mir genauso eine kleine und glückliche Familie wünsche. Aber man kann leider nie hinter die Fassade blicken und weiß nicht, wie es wirklich zwischen den beiden aussieht. Ich habe schon so oft Paare und Familien getroffen, die wohlhabend waren, alles hatten, was man sich erträumt, und einen sehr glücklichen und harmonischen Eindruck machten. Aber wie oft ist dann der Mann fremdgegangen und hatte zahlreiche Affären und Seitensprünge und das trotz Kindern. Damit will ich natürlich nicht sagen, dass ich bei Anton und mir so denke, aber oftmals trügt der schöne Schein. Anton hatte in unserer gemeinsamen Flugzeit auf mich immer den Eindruck eines freien und entdeckungsfreudigen Mannes gemacht, den man so leicht nicht an die Kandare legen kann, doch anscheinend ist es Valentina geglückt.

Irgendwann kommt wahrscheinlich jeder an den Punkt, wo er sich die Hörner abgestoßen hat, eine Familie gründen will und sesshaft wird.

Heute im Laden gab es mehrere Situationen zwischen Anton und mir, bei denen ich mich immer noch frage, wie ich sie deuten soll. Hat er mir tatsächlich Komplimente gemacht und unterschwellige Andeutungen, oder war er einfach nur höflich und charmant wie immer? Ich weiß es einfach nicht und möchte mich nicht zu sehr in etwas hineinsteigern. Jede Frau freut sich über Komplimente und schmeichelhafte Sätze, aber die kommen dann meistens von unverheirateten Männern und richten sich an unverheiratete Frauen. Man flirtet ein wenig und wirft sich gegenseitig den Ball zu. Ich habe bei Anton immer den Eindruck, dass er mir insgeheim damit sagen will, dass er mich

anziehend und attraktiv findet, es aber eigentlich nicht sagen kann, weil er

eine Frau hat. Aber auch das sind nur Vermutungen. Doch was soll ich davon

halten, dass er seinem Sohn sozusagen zugestimmt hat und bejahte, dass ich

sehr hübsch sei? Das ist eigentlich ein Kompliment das jeder machen darf:

auch verheiratete Männer und Frauen können anderen Menschen sagen, dass

sie sie attraktiv finden. Dagegen ist ja nichts einzuwenden. Na ja, ich gebe zu,

als ich zu ihm gesagt habe, dass es noch viele Dinge gibt, die er nicht von mir

weiß, habe ich es irgendwie bewusst auf einen Flirt angelegt. Darauf hat er

eher etwas verhalten reagiert, aber ich glaube er war auch verlegen und

zugleich neugierig. Als wir uns dann vor der Tür verabschiedeten haben und

er mir zum Abschied einen sanften Kuss auf die Wange gab, flüsterte er mir

ins Ohr, er hoffe mich bald wiederzusehen. Das kann doch kein Zufall sein

oder Einbildung. Das sagt man doch nicht einfach so, da muss doch etwas

mehr dahinterstecken. Egal wie es wirklich ist, ich war so glücklich ihn zu

sehen, mit ihm zu reden und ihn in meiner Nähe zu haben. Natürlich waren die

Umstände nicht ganz glücklich gewählt, und ich würde nichts tun, das seine

Familie auseinanderbringt, aber ich glaube, mir reicht es schon, wenn ich ab

und zu in den Genuss komme, ihn zu sehen und ein unverbindliches Gespräch

mit ihm zu führen. Dann kann ich im Stillen schwärmen und an ihn denken,

ohne dass ich damit jemandem schade. Eigentlich müsste ich jetzt denken,

dass Gabriel es gar nicht anders verdient hat, aber so ein Mensch bin ich

nicht. Ich bin ja hier diejenige die schon seit ewiger Zeit heimlich Gefühle für

einen anderen hat und ein Geheimnis mit sich herumträgt. So wie ich mich

verhalte, komme ich bestimmt nicht in den Himmel. Schon gar nicht, wenn ich

überlege, was ich für schmutzige Gedanken und Träume habe. Es ist wirklich

zum Verrücktwerden. Einer Sache bin ich mir absolut sicher: In meinen

Träumen und Gedanken, sehne ich mir insgeheim den Moment herbei, in dem er mich leidenschaftlich küsst und wir unsere Lust aufeinander nicht mehr zurückhalten können. Ich stelle mir immer wieder diese Szene vor und wünsche mir, ich hätte diesen Moment in meinem Leben nicht verpasst. Jetzt ist es zu spät, und es wird immer ein Wunschtraum bleiben.

Ich fühle mich als sei ich in einer Ehe „gefangen", die mich nicht ausfüllt und vollkommen glücklich macht. Es ist schlimm, so etwas zu sagen, und es klingt vielleicht undankbar, aber ich wünschte ich hätte damals einfach meine Schüchternheit überwunden und versucht Anton für mich zu gewinnen. Ich bereue es keineswegs, Gabriel geheiratet zu haben, aber es kommt mir so vor, als belöge ich mich selbst und versuchte mir meine Situation schön zu reden. Der Mann, den ich mir immer an meiner Seite gewünscht habe, ist unerreichbar geworden. Vielleicht war er es damals schon. Es gibt solche Momente im Leben, da soll es einfach nicht sein. Das Einzige, was mir immer noch auf der Seele brennt, und das ich unheimlich gerne wüsste ist, ob er für mich vielleicht genauso empfunden hat. Ich hatte noch nie wirklich die Gelegenheit, in Ruhe mit ihm zu sprechen. Es hat sich einfach nicht ergeben, und das bedaure ich sehr. Vielleicht würde ich dann nicht hier sitzen und so etwas schreiben, denn dann würde es klare Verhältnisse geben und ich wüsste, woran ich bin. Doch soll ich ehrlich sein? Dann hätte ich trotzdem noch dieselben Gefühle für ihn wie jetzt auch. Daran würde sich nichts ändern. Ich würde vielleicht nicht mehr so viel Gewicht auf Worte und Gesten von ihm geben, oder zu viel in Situationen hineininterpretieren, aber ich wäre wahrscheinlich genauso wie jetzt auch in ihn verliebt. Ich glaube, ich käme mir richtig dämlich vor, wenn ich ihm meine Gefühle irgendwann einmal beichten würde, er sie aber nicht erwidern könnte und mich anschaute, als wäre ich eine Stalkerin oder ein verzweifelt verliebter Teenager. Irgendwie bin ich ja auch verzweifelt und ein hoffnungsloser Fall. Jetzt habe ich nicht mal mehr Emma, die mir den Kopf waschen kann und mich wieder zur Vernunft bringt. Wenn ich aber mal zurückdenke und unsere Gespräche genau durchgehe, fällt mir erst jetzt wirklich auf, dass sie immer wieder von Gabriel geschwärmt und gesagt hat, wie glücklich ich mich doch schätzen könnte und dass sie es zu schätzen wüsste, wenn sie so einen Mann an ihrer Seite hätte. Tja, das wirft alles ein komplett anderes Licht auf das Ganze. Erschreckend, aber wahr.

Als ich vorhin kurz im Bett eingenickt bin, hatte ich wieder diesen Traum. Es ist erstaunlich, denn obwohl ich nur eine halbe Stunde weggedämmert bin, träumte ich, und das natürlich auch noch von Anton. Die Szenen die sich in meinen Träumen von Anton zwischen uns abspielen, sind in der Regel immer dieselben, nur die Orte und einzelne Kleinigkeiten verändern sich. Man sagt, dass man eigentlich nie so detailgetreu träumen kann, sondern eher rudimentäre Momente hat, die man später nicht mehr genau zusammensetzen kann, doch ich träume komischerweise wahnsinnig realistisch. Ich habe nicht nur Anton und mich haargenau vor Augen, sondern auch alles andere, was sich in meinem Traum sonst noch abspielt. Wahrscheinlich ist das so, weil ich mich immer wieder in Tagträume flüchte und mir die verschiedensten Szenen zwischen ihm und mir ausmale, sodass ich diese Momente auch in meine Träume projiziere. Und es ist wie verhext; ich wache immer wieder an der gleichen Stelle auf. Es kommt mir so vor, als möchte mir mein Unterbewusstsein diese Stelle vorenthalten. Auch heute hat mich das Telefonklingeln wieder aus dem Schlaf gerissen und genau an dieser Stelle aufgeweckt. Jedes Mal, wenn ich von einem dieser Träume aufwache, bin ich immer noch wie in Trance und so erregt, als wäre es tatsächlich passiert. Ich schwitze am ganzen Körper und glühe förmlich vor Lust und Begierde. Meine Fantasien sind so real und unglaublich lebensecht, dass man sie locker in einen Film packen könnte. Und nun, da ich es noch einmal lese was ich zu meinem Traum niederschreibe, werde ich wieder ganz kribbelig. Das Schöne ist, dass es in meiner Vorstellung keine Tabugrenzen gibt. In meinem Traum sind keine Ehepartner, die wir verletzen würden, keine Menschen, die wir hintergehen würden, und jeder von uns empfindet für den anderen dasselbe. Es ist eben einfach zu perfekt.

In meinen Träumen befinde ich mich mit Anton in einem Raum, der nur durch schwaches Licht erhellt wird. Ich kann nicht sagen, ob es immer wieder der selbe Raum ist, aber das ist mir in diesem Moment, ehrlich gesagt, auch total egal.

Entweder ist es so, dass er bereits in dem Raum auf mich wartet und ich ihn überrasche, oder umgekehrt. Heute habe ich geträumt, dass ich in einem Zimmer auf dem Bett sitze und es an der Tür klopft. Ich trug ein hautenges, knielanges schwarzes Kleid an, das auf der Rückseite einen goldenen Reisverschluss von den Kniekehlen bis hinauf zu den Schulterblättern hatte. Meine Haare waren stark gelockt und fielen mir wallend über die Schulter. Wie immer trug ich meinen roten Lippenstift und ein paar schwarze High Heels, deren Riemchen sich bis über die Knöchel schlängelten.

 Es sah alles danach aus, als hätte ich an diesem Abend ausgehen wollen und war deshalb so zurechtgemacht. Als es an der Tür klopfte, stöckelte ich hin und öffnete sie einen kleinen Spalt. Anton stand in seiner Uniform da und hielt eine Flasche Champagner mit zwei Gläsern in der Hand. Ich bat ihn zu mir herein, schloss die Tür und blieb an sie gelehnt stehen. Er stellte die Flasche mit den Gläsern auf einen Tisch, drehte sich zu mir um, und kam langsam zurück zu mir. Dabei öffnete er ganz bedächtig sein Jackett und lockerte den oberen Hemdknopf. Er sah wie immer unglaublich gut aus, hatte einen betörenden Duft und köderte mich mit seinem verführerischen Lächeln. Als er direkt vor mir stand, presste er mich gegen die Tür, riss meine Arme nach oben und fing an mich wild und leidenschaftlich zu küssen. Seine Lippen wanderten über meinen Hals und mein Schlüsselbein, bis hin zu meinem Dekolleté.

Ich stöhnte bei jeder Berührung und mein ganzer Körper bebte vor Lust und Begierde. Als er den Griff um meine Arme lockerte, zog ich ihm die Krawatte aus, öffnete stürmisch sein Hemd und riss es herunter. Dabei hörte ich nicht auf ihn zu küssen. Er stand mit nacktem Oberkörper vor mir, und ich berührte ihn überall. Seine Brust war vor Erregung feucht und fühlte sich seidig und glatt an. Er hörte auf, mich zu küssen, drehte mich um, sodass ich mich dem Gesicht zur Tür stand, und drückte mich mit den Armen hinter dem Rücken wieder an die Tür. Dann kam er mit seinem Gesicht ganz dicht neben meines, zog meinen Kopf leicht nach hinten, und begann sanft an meinem Ohr zu knabbern. Ich schwitzte nun immer mehr, und mein ganzer Körper war mit Gänsehaut bedeckt. Als er anfing den Reißverschluss an meinem Kleid mit den Zähnen zu öffnen, war es komplett um mich geschehen und ich konnte mich nicht länger zurückhalten. Ich drehte mich um, ergriff seinen Kopf mit beiden Händen und küsste ihn so leidenschaftlich ich konnte. Dann stieg ich aus meinem Kleid, presste meine Hand gegen seine Brust und lenkte ihn in Richtung Bett.

Ich drückte ihn an seinen Schultern leicht nach unten, um ihm zu signalisieren, dass er sich auf den Bettrand setzen sollte. Er setzte sich hin, stützte sich mit seinen leicht muskulösen Armen nach hinten ab und schaute mich voller Begierde an. Ich stand in roter Spitzenunterwäsche und meinen schwarzen High Heels vor ihm da und zwirbelte meine langen Locken. Ich fühlte mich so sexy in diesem Traum wie nie zuvor. Ich hatte das Gefühl, alles in der Hand zu haben. Dann lief ich zurück zur Tür, wissend, dass er mich keine Sekunde aus den Augen lassen würde und mich von oben bis unten musterte, und hob seine Krawatte vom Boden auf. Ich stellte mich vor ihn, band sie ihm um die Augen, sodass er nichts mehr sehen konnte und sich ganz auf meine Berührungen konzentrierte. Ich setzte mich auf ihn, glitt mit den Händen über seinen Oberkörper und krallte mich in seinem Rücken fest. Er stöhnte auf und warf den Kopf in den Nacken. Ich biss ihm liebevoll, aber dennoch bestimmend, in den Hals und brachte ihn damit fast um den Verstand. Dann kniete ich mich vor ihn auf den Boden, fing an seinen Gürtel zu öffnen und wollte ihm gerade die Hose nach unten ziehen, als ich aufwachte...

So ist es fast in jedem Traum. Wenn ich daran denke, beschleunigt sich mein Atem und mein Puls schlägt wie rasend. Vielleicht ist es auch besser, dass ich diese Szenen nicht zu Ende träume. Wenigstens habe ich Fantasien und Illusionen, die mich glücklich machen und mit einem Lächeln auf den Lippen durch den Tag bringen und mich an ihn denken lassen. Wenn man sich in jemanden hoffnungslos verliebt hat, derjenige es aber nicht weiß und es auch nie eine gemeinsame Zukunft geben kann, ist der Schmerz und die Sehnsucht schlimmer, als wenn eine jahrelange Liebe zu Ende geht. Denn die Hoffnungslosigkeit und die Gewissheit, dass man diesen Menschen niemals an seiner Seite haben wird, zermürben einen mit der Zeit, und man befindet sich ständig in einer Art Trauer. Es ist so, als würde man wie eine kleine Puppe in einem Kokon an einem Ast hängen und der Kokon würde sich niemals öffnen

und einen frei lassen, damit man sich richtig entfalten kann. Ich bin diese
Puppe die sich niemals zu einem Schmetterling entwickeln wird...

Clara klappte ihr Tagebuch zu, legte es auf den Schoß und blickte hinüber zu
den Bergen. Tränen sammelten sich in ihren Augen und flossen ihr die Wange
hinunter...

Kapitel 10

Der Herbst hatte sich mittlerweile allmählich verabschiedet und der Winter schien zu kommen. Die Sonne kam nur selten zum Vorschein und versuchte sich hin und wieder durch die dichte Wolkendecke zu drücken. Die Bäume hatten all ihr Laub verloren, beugten sich im Wind, und sahen aus wie Skelette mit ihren dürren Ästen und blätterlosen Zweigen. Die Temperaturen sanken immer mehr und man konnte das Haus kaum noch ohne Handschuhe und Mütze verlassen, so bitterkalt war es. Alles wartete auf den ersten Schnee, doch der ließ noch auf sich warten. Sobald jedoch Hallstatt von einer zarten Puderdecke überzogen war, kam in Clara sofort eine weihnachtliche Stimmung auf, und sie hatte so gute Laune, dass sie singend und tanzend durch das Haus lief. Weihnachten war für sie das Größte, und sie zelebrierte es bis ins kleinste Detail. Sie begann den Laden und das Schaufenster festlich zu schmücken, dekorierte das Haus, und freute sich jedes Mal über die funkelnden Lichterketten an ihren Fenstern, wenn sie nach Hause kam. Auch wenn sie alles sehr üppig und detailreich schmückte, wirkte es nie kitschig und überladen. Alles hatte das gewisse Etwas, und es war keineswegs zu viel des Guten. An den Weihnachtsfeiertagen fuhr sie meistens mit Gabriel zu ihren Eltern nach Bad Aussee, und sie verbrachten den Heiligabend mit gutem Essen, dem ein oder anderen Glas Wein, und harmonischer Musik. Es war das Fest der Familie, was Clara so gerne hatte. Sie liebte es, ihre Mitmenschen zu beschenken und das Leuchten in den Augen der Beschenkten zu sehen. Doch bevor sie sich auf die Feierlichkeiten vorbereiten konnte, stand noch der alljährliche Wintermarkt auf dem Programm. Er fand in der Regel um den Nikolaustag herum statt und war stets gut besucht. Clara mit ihrem Gesangsauftritt war dort der Hauptprogrammpunkt, und zudem hatte sie auf dem Wintermarkt alle Hände voll zu tun, denn Gabriel und sie hatten einen

Stand mit einer kleinen Auswahl von Antiquitäten aufgebaut und boten Punsch und Gebäck an.

Der Markt dauerte zwei Tage, und das bedeutete für Clara ungefähr zwölf Stunden Arbeit pro Tag, denn mit dem Verkauf am Stand war es nicht getan. Clara und Gabriel mussten eine kleine Holzhütte anliefern lassen, alles aufbauen und entsprechend auch wieder abbauen, mussten kleinere Dekorationselemente aus dem Laden auswählen und sie gezielt an ihrem Stand platzieren. Das Gebäck kam selbstverständlich aus dem eigenen Backofen, und so verbrachte Clara zwei volle Tage in der Küche mit der Herstellung von Kipferln, Zimtsternen und Christstollen. Der Wintermarkt war eine gute Werbung für ihr Geschäft und spülte mit dem Verkauf von Essen und Getränken ein zusätzliches Weihnachtsgeld in die Kasse. Außerdem sah man viele Bewohner und Freunde wieder, die einem mit Gesprächen die langen Arbeitsstunden versüßten und dabei auch noch dementsprechend Geld daließen. Clara und Gabriel waren sehr beliebt, und man sagte ihnen oft nach, dass sie das perfekte Paar abgaben. Doch wie sehr die Fassade bereits bröckelte und das perfekte Äußere und harmonische Miteinander oft mehr Schein als Sein waren, das konnte niemand erahnen.

Mittlerweile war einige Zeit vergangen, seit Anton mit seiner Familie in Claras und Gabriels Geschäft aufgetaucht war, und sie völlig aus dem Konzept gebracht hatte und seit Clara Gabriel und Emma in jener fragwürdigen Situation beobachtet hatte. Sie war ihrem Mann gegenüber noch distanzierter und kühler geworden. Die beiden sprachen zwar miteinander, das aber nur oberflächlich und belanglos. Emma war nicht wieder in den Laden gekommen, hatte aber einige Male versucht Clara telefonisch zu erreichen und ihr auf die Mailbox gesprochen. Einmal hatte Clara sie zurückgerufen, um zu verhindern, dass sie wieder zu ihr ins Geschäft kam und sie mit Fragen löcherte. Sie tat am Telefon so, als wäre nichts passiert und lenkte das Gespräch sofort weg, als Emma Anton erwähnte, denn sie wollte nicht zu viel von sich preisgeben. Clara versuchte den Schein zwar zu wahren, ließ sich aber auch nicht zu sehr in die Karten schauen.

Sie war in einer verzwickten Lage, und wusste noch nicht, wie sie sich da herauswinden sollte. Sie wollte auf jeden Fall mit Emma und Gabriel ein Gespräch suchen, aber nicht vor dem Wintermarkt. Auf den freute sie sich das ganze Jahr über, und das wollte sie sich nicht durch irgendetwas vermiesen lassen.

An diesem Morgen war Clara früh aufgestanden, um sich aus dem Haus zu schleichen und in ihr Tagebuch zu schreiben. Gabriel schlief noch und bemerkte nicht, dass Clara sich in der Zwischenzeit fertiggemacht hatte und dabei war, das Haus zu verlassen. Sie hatte ihm einen Zettel auf der Anrichte hinterlassen und ihm geschrieben, sie sei schon früh einige Besorgungen machen. An diesem Tag blieb der Laden geschlossen, denn sie mussten eine kleine Inventur und Büroarbeiten erledigen, also war es nicht allzu schlimm, wenn Clara etwas später in den Laden kam. Clara hatte sich in ihre dicke Winterjacke gekuschelt, Fellstiefel übergezogen und war losgelaufen. Es war draußen zwar eisig kalt, aber da schon am frühen Morgen der Himmel aufklarte und die Sonne für mehrere Stunden zum Vorschein kam, ließen sich die winterlichen Temperaturen gut aushalten. Clara hatte kein Make-up aufgelegt und ihre Haare unter einer Mütze versteckt, denn schließlich wollte sie nur in ihr Tagebuch schreiben und möglichst keinem begegnen.

Wie so oft, machte sie einen kurzen Zwischenstopp am Kiosk, denn auf einen heißen Kaffee wollte sie an so einem kalten Tag erst recht nicht verzichten.

Franz sperrte den Kiosk bereits um sechs Uhr in der Früh auf, egal zu welcher Jahreszeit.

„Guten Morgen Franzl. Wie geht es dir heute?"

Clara rieb sich die Hände und pustete hinein, in der Hoffnung, dass ihr Atem sie etwas erwärmen würde.

„Na so was, guten Morgen, Clara. Du bist heute aber schon recht früh dran. Was hat dich aus dem Bett geworfen?"

Er schmunzelte und schaltete vorsorglich schon einmal den Kaffeeautomaten an.

„Ach, eigentlich nichts Bestimmtes. Mir war heute Morgen nach einem Spaziergang an der frischen Luft. Es ist zwar sehr kalt, aber die Sonne scheint sich ja heute immer mehr durchzusetzen und das muss ich ausnutzen."

Franz stimmte ihr zu, füllte einen Pappbecher mit Kaffee und stellte ihn vor Clara auf die Theke.

„Sag mal, was ich dich die ganze Zeit schon fragen wollte: wer war denn der junge Mann, mit dem du neulich hier vor dem Kiosk zusammengetroffen bist? Es geht mich ja nichts an, aber ich hatte das Gefühl, dass ihr einander kanntet."

Clara öffnete die Handtasche und kramte nach ihrer Geldbörse. Sie antwortete Franz recht nüchtern und neutral, da sie keine große Sache daraus machen wollte.

„Ach, du meinst Anton. Das ist ein ehemaliger Arbeitskollege aus Salzburg, der jetzt hier nach Hallstatt gezogen ist. Es war ein Zufall, dass wir uns begegnet sind. Wie klein die Welt doch ist, nicht wahr?"

Clara legte das Geld plus etwas extra Trinkgeld auf die Theke, nahm den Kaffee entgegen und zog die Handtasche wieder über die Schulter. Sie hielt den Becher zwischen den Händen, um sie zu erwärmen. Franz nickte und konnte ein verschmitztes Lächeln nicht verbergen.

„Ach, so ist das. Wie gesagt, es geht mich ja nichts an, aber ich kenne dich jetzt schon eine ganze Weile, und ich hatte den Eindruck, dass du ziemlich verlegen geworden bist, als du ihn sahst. Du weißt ja, ich sehe hier so viele jeden Tag. Ich kenne die Menschen und habe mit der Zeit herausgefunden, wie sie ticken. Täusche ich mich, oder hast du dich etwas mehr als nur gefreut einen ehemaligen Kollegen zu sehen?"

Clara war schockiert und fasziniert zugleich von Franz' Beobachtungsgabe und Gespür für Menschen. Sie wollte ihm natürlich nichts Näheres darüber erzählen, also wich sie gekonnt und charmant aus.

„Ach Franzl, was du wieder denkst und meinst, gesehen zu haben. Da solltest du nicht zu viel hineininterpretieren. Ich habe mich gefreut, natürlich, genauso wie wenn ich dich jeden Morgen hier sehe und wir uns so nett unterhalten."

Franz setzte sich auf den Hocker den er hinter der Theke hatte und verschränkte die Arme vor seinem Bauch.

„Wahrscheinlich hast du Recht. Aber der Unterschied liegt darin, dass du bei mir nicht rot wirst und deine Stimme anfängt zu zittern."

Er hatte sie wohl doch ein klein wenig durchschaut, und es war schwierig für sie, ihm etwas vorzumachen. Lächelnd nippte Clara an dem Kaffee und antwortete: „Tja, du hast eben eine blühende Fantasie, mein lieber Franzl. Wie du weißt, bin ich verheiratet und habe nur Augen für einen Mann. Natürlich schaue ich auch nach anderen Männern, und jeder von uns hat sicherlich eine Jugendliebe, für die er mal geschwärmt hat, aber meine Liebe gehört Gabriel."

Schon kurz nachdem sie diesen Satz ausgesprochen hatte, merkte sie, wie sie sich selbst belog. Natürlich wusste sie ganz genau, dass sie Franz nichts vormachen konnte, dafür kannte er sie mittlerweile zu gut und war für sie wie eine Art Großvater. Sie hatte ihn genauso sehr ins Herz geschlossen wie er sie.

„Liebes, ich bin seit über vierzig Jahren glücklich verheiratet und liebe meine Martha über alles. Wir haben die schönsten Jahre gemeinsam erlebt und vieles durchgestanden. Doch ich verrate dir etwas, das nicht viele wissen, weil ich denke, dass es dir vielleicht auch mal so ergangen ist. Es gab eine ganz besondere Frau in meinem Leben, die ich vor meiner Martha sehr geliebt habe. Wir hatten eine aufregende Zeit zusammen und ich möchte meinen, dass sie die Liebe meines Lebens war. Selbst als ich schon lange mit meiner Frau verheiratet war, ging sie mir nicht aus dem Kopf und auch heute, da sie leider nicht mehr lebt, werde ich immer einen Teil von ihr in meinem Herzen tragen. Es mag sein, dass man mehrere Menschen in seinem Leben trifft, in die man wahnsinnig verliebt ist, für die man alles geben würde und mit denen man jahrelang den Himmel auf Erden erlebt. Aber ich bin auch überzeugt davon, dass es nur einen Menschen geben kann, den man wirklich liebt. Ich glaube, unser Herz und unser Verstand sind nur einmal im Leben in der Lage, wirklich zu lieben. Und wenn es soweit ist, dann weißt du es einfach."

Clara stand völlig perplex da und schaute Franz fasziniert an, während sie jedes Wort, das er sagte, in sich aufnahm. So hatte sie ihn noch nie reden hören. Er hatte vieles aus seinem Leben mit ihr geteilt und ihr beeindruckende Geschichten und Anekdoten erzählt, aber dieses Geständnis eben war etwas ganz Besonderes. Es war irgendwie poetisch und tiefgründig. Sie wusste zuerst nicht genau, warum er ihr das erzählte, aber sie war sich sicher, dass Franz einen guten Grund dafür hatte, und es nicht nur so nebenher einstreute. Für einen kurzen Augenblick herrschte Stille zwischen ihnen.

Dann ergriff Franz abschließend das Wort.

„Du musst nicht darauf antworten, Liebes. Ich wollte nur, dass du es weißt. Was du daraus machst, bleibt ganz alleine dir überlassen. Ich dachte mir nur, dass es so eine Gelegenheit ist, in der ich dir das erzählen musste. Ich wünsche dir einen sonnigen Tag, liebe Clara."

Er lächelte sie an, stand von seinem Hocker auf und verschwand im hinteren Teil seiner kleinen Kioskhütte. Clara hatte ein Lächeln auf den Lippen, das sie so schnell nicht wegbekam. Sie war immer noch ganz erstaunt über seine Worte. Als sie die Straßen entlang in Richtung Friedhof schritt, dachte sie immer wieder über seine Bemerkungen nach. Woher wusste er, dass Clara ähnlich empfand und sich seit Wochen mit Fragen zu diesem Thema beschäftigte? War es wirklich so offensichtlich, wie sie Anton verlegen und verliebt angesehen hatte? Sie war verwirrt und musste das erst noch verarbeiten. Wenigstens hatte Franz ihr weiteren Stoff für ihr Tagebuch geliefert, dachte Clara. Während seine Worte in ihr nachhallten, fragte sie sich, ob Anton wirklich die große Liebe ihres Lebens war, und ob er dieser eine Mensch war, den sie wirklich liebte. Aber was wäre dann Gabriel für sie gewesen? Ein Mann in den sie wahnsinnig verliebt war, für den sie alles getan hätte, und mit dem sie die längste Zeit ihres Lebens verbracht hatte? Sie war sich nun nicht mehr sicher. Bei dem Gedanken an Anton wurde ihr sofort wieder wohlig warm ums Herz. Wenn sie an sein Lächeln und seine braunen Augen dachte, war alles andere um sie herum unwichtig und wie weggepustet. War es wirklich aufrichtige und bedingungslose Liebe, die sie für ihn empfand, oder nur die Schwärmerei und der stete Nervenkitzel, in einen verheirateten Mann verliebt zu sein, den man nie bekommt? Eigentlich kannte sie ihn viel zu wenig und hatte weder eine gemeinsame Vergangenheit mit ihm noch eine Affäre. Wie konnte sie denn da überhaupt von Liebe sprechen? Doch sie vertraute auf ihr Herz, und das sagte ihr, dass sie litt, wenn sie ihn nicht sah, aufgeregt war, wenn er in ihrer Nähe war, und schneller schlug, wenn er ihr tief in die Augen blickte.

Clara war völlig in ihre Tagträume versunken, als sie fast wie in Zeitlupe die Treppe zum alten Friedhof hinaufstieg. Sie merkte nicht, wie eine Frau sie im Vorübergehen leicht an der Schulter berührte und wie sie beinahe den Kaffee verschüttete. Sie hielt sich am Geländer fest und blickte zurück. Auch die Frau drehte sich zu ihr um. Es war Antons Frau Valentina. Ihr Gesichtsausdruck wirkte gehetzt und unsicher. Clara wollte an diesem Tag wirklich niemandem über den Weg laufen, und schon gar nicht Valentina, doch heute war etwas an ihr anders. Sie hob wie zur Entschuldigung die Hand und wollte gerade weitergehen, als sie Clara erkannte. Clara blieb stehen und sah, dass Valentinas Gesicht tränenüberströmt war.

Sie konnte nicht anders als sie anzusprechen, denn sie in der Öffentlichkeit so weinend zu sehen schockierte sie, und sie wollte wissen, was passiert war.

„Valentina, was ist denn los? Ist alles in Ordnung?“

Clara stieg die Treppen zwei Stufen hinab, ging auf Valentina zu, die verzweifelt und schluchzend den Kopf in die Hände legte, und berührte behutsam ihre Schulter. Selbst als sie weinte, sah sie noch wunderschön aus.

„Clara, es ist furchtbar. Raffaele ist weggelaufen, und ich kann ihn nirgends finden. Ich bin verzweifelt. Hast du ihn gesehen?“

Clara konnte nicht anders, als sie tröstend in den Arm zu nehmen und ihr gut zuzureden.

„Oh nein, das tut mir sehr leid. Aber mach dir keine Gedanken, er wird schon wieder auftauchen. Hallstatt ist ja nicht allzu groß. Ich habe ihn leider nicht gesehen, aber ich bin auch noch nicht lange unterwegs.“

Valentina schaute zu Clara hoch und wischte sich die Tränen aus dem Gesicht.

„Das ist lieb, aber er ist doch noch so klein und für ihn ist hier alles riesengroß und noch so neu. Wer weiß, wo er gerade herumirrt. Ich bin eine schreckliche Mutter!"

Valentina fing wieder an zu weinen.

„Um Gottes Willen, du bist doch keine schreckliche Mutter. Du kannst doch nichts dafür! Das kann passieren! Wie lange ist er denn schon verschwunden? Wo hast du ihn zuletzt gesehen?"

Clara war sofort hilfsbereit und versuchte Valentina zu beruhigen. Auch wenn sie sie erst einmal gesehen hatte und sie die Frau des Mannes war, den sie liebte, musste sie ihr helfen. Ein kleines Kind war verschwunden, da musste sie ihre Gefühle hintanstellen. Es war Antons Sohn, um den es ging, also gab es für sie gar keine andere Möglichkeit, als zu helfen. Ihr Tagebuch war jetzt das Letzte, woran sie denken konnte. Als sie in Valentinas verweinte Augen blickte und ihren hilflosen, angstvollen Blick sah und wie verzweifelt diese Frau war, war all ihre Eifersucht gänzlich verschwunden, und sie wollte nur noch helfen.

Valentina holte ein Taschentuch aus der Jacke und wischte sich die Tränen ab. Dabei sah Clara, wie ihre Hände zitterten. Ihr ganzer Körper sah aus, als ob sie vor Kälte bibberte, doch Valentina zitterte vor Angst und blanker Panik.

„Es ging alles so schnell, weißt du? Ich war mit ihm in der Altstadt in einem Sportgeschäft, weil ich ihm einen Schneeanzug kaufen wollte. Ich hatte ihn die ganze Zeit an der Hand, und als ich an der Kasse stand, um zu zahlen, ließ ich ihn wohl für einen Moment aus den Augen, und schon war er weg. Man hat manchmal das Gefühl, dass kleine Kinder sich einfach in Luft auflösen, so schnell sind sie irgendwo verschwunden. Ich bin dann durch den ganzen Laden geirrt und habe ihn vor dem Geschäft gesucht und auf dem Marktplatz. Ich habe keine Ahnung, wo er mittlerweile umherirrt."

Valentinas Stimme bebte vor Angst um ihren Sohn. Clara hatte sich ihre
Geschichte in Ruhe angehört und versuchte eine Lösung zu finden. Valentina
erwähnte das Sportgeschäft, und da es in Hallstatt nur eines gab, war ihr klar,
dass sie bei Emma im Laden gewesen sein musste. Sie wollte ihre Hilfe
anbieten und Raffaele suchen helfen.

„Okay, verstehe. Wir werden ihn schon finden. Ich mache mich sofort auf den
Weg in die Altstadt und frage Passanten und Ladenbesitzer, ob sie ihn gesehen
haben.

Er wird sich ja nicht einfach in Luft aufgelöst haben, und sicherlich läuft er
weinend durch die Straßen. Irgendjemand hat ihn bestimmt bemerkt. Hast du
ein Foto von ihm, das ich rumzeigen kann? Hast du es denn schon der Polizei
gemeldet, oder meinst du, dass sie sich bei so etwas erst nach einigen Stunden
kümmern?"

Valentina zuckte mit den Schultern.

„Nein, bei der Polizei war ich noch nicht, ich habe mich erstmal selbst, so
schnell es ging auf die Suche gemacht. Ich gebe dir mal unsere
Telefonnummern, damit du uns gleich erreichen kannst, falls du etwas weißt.
Anton ist im Hubschrauber unterwegs und will versuchen, so schnell wie
möglich heimzukommen, damit er sich auch auf die Suche machen kann."
Valentina kramte in ihrer Geldbörse nach einem Foto von Raffaele und einer
Visitenkarte. Sie hielt Clara beides hin und sagte: „Ich kann dir gar nicht
genug danken. Wir sind ja neu hier und kennen uns noch nicht so gut aus. Da
ist es gut zu wissen, dass du uns hilfst. Du wohnst doch hier schon länger und
hast sicherlich eine Idee, wo man suchen oder fragen kann. Sobald du etwas
weißt oder ihn gefunden hast, ruf bitte mich oder Anton an, ja?"

„Natürlich, Valentina, das mache ich. Ich gehe gleich zum Marktplatz und
frage mich durch. Ich melde mich, sobald ich etwas weiß. Vielleicht solltest

du doch noch zur Polizei gehen und Raffaeles Verschwinden melden; ich denke, das wäre das Beste."

Valentina umarmte Clara fest, bedankte sich vielmals bei ihr und lief schnellen Schrittes die Treppen hinunter. Clara blieb auf der Stufe stehen und starrte auf die Visitenkarte mit Valentinas und Antons Adresse und Telefonnummern. Sie schaute sich das Foto von Raffaele an und musste an seine goldigen braunen Knopfaugen denken. Sie versuchte sich in die Lage der Eltern zu versetzen und sich vorzustellen, was sie in so einem Moment durchmachten. Sie wollte alles daransetzen, die beiden bei ihrer Suche zu unterstützen: also lief sie die Treppen hinunter, durch die Altstadt und, so schnell sie konnte, zu einigen der Ladengeschäfte.

Valentina hatte erzählt, dass sie mit Raffaele in einem Sportgeschäft war, also musste Clara über ihren Schatten springen und zu Emma in den Laden gehen. Irgendjemand musste den kleinen Mann doch gesehen haben, dachte sie. Sie warf ihren Becher samt dem Kaffee in den nächsten Mülleimer und ging ins Sportgeschäft, denn schließlich war das der Ort, an dem Raffaele verschwunden war, und da wollte sie zuerst nachfragen. Emma stand hinter der Kasse und unterhielt sich mit einem Arbeitskollegen. Clara zwang sich souverän und abgeklärt zu wirken.

Ihre Beobachtung der Szene zwischen Emma und Gabriel durfte ihr jetzt nicht im Weg stehen. Als Emma sie sah, ergriff sie sofort das Wort.

„Clara, was machst du denn hier? Ich habe dich gestern wieder versucht anzurufen. Gehst du mir etwa aus dem Weg? Du bist seit ein paar Tagen total komisch zu mir."

Sie verschränkte die Arme vor der Brust und zog eine Augenbraue hoch. Clara lief auf die Verkaufstheke zu und hielt Emma Raffaeles Foto unter die Nase.

„Emma, wir reden wann anders, ich muss unbedingt wissen, ob du den kleinen Raffaele heute gesehen hast. Er ist Antons Sohn, und seine Frau war vor Kurzem mit ihm hier und hat etwas gekauft. Sie hat ihn wohl für einen Moment aus den Augen gelassen und seitdem ist er verschwunden."

Clara war ganz außer Atem, so sehr hatte sie sich beeilt. In ihrer dicken Winterjacke stand sie da, schnaufte und spürte, wie sie schwitzte. Emma nahm das Foto und zeigte es ihrem Kollegen. Er nickte und bestätigte, dass er Valentina bedient und auch Raffaele gesehen hatte. Emma sagte: „Ich war wahrscheinlich gerade hinten im Lager, als sie hier im Laden war. Tut mir leid, ich habe den Kleinen nicht gesehen. Aber sag mal, woher hast du das Foto? Was ist denn eigentlich passiert?"

Clara nahm Emma das Bild aus der Hand und antwortete: „Ich habe Valentina gerade getroffen und ihr meine Hilfe angeboten. Raffaele irrt wahrscheinlich hilflos und verängstigt durch die Altstadt und weint nach seiner Mutter. Ich muss den Eltern helfen, ihn zu finden."

Sie war gerade dabei sich umzudrehen und zu gehen, da sagte Emma mit leisem Lachen: „Du hilfst also der Frau deines Herzbuben? Das ist ja echt verrückt."

Da drehte sich Clara um, stemmte ihre Arme auf die Theke und blickte Emma wütend an.

„Ein Kind wird vermisst, ist dir das klar? Da ist es doch ganz egal, was drum herum passiert ist, oder nicht? Herr Gott, wie kannst du nur so herzlos sein?!"

Kopfschüttelnd drehte sie sich um und verließ den Laden. Emma rief ihr nach, sie habe es doch gar nicht so gemeint, doch Clara winkte nur mit einer abweisenden Handbewegung ab. Sie war ohnehin enttäuscht von ihrer Freundin und konnte ihre vorlaute Art in dieser Situation erst recht nicht gebrauchen. Sie setzte ihre Suchaktion fort, zeigte das Foto herum und fragte

Passanten und Ladenbesitzer, ob sie Raffaele gesehen hätten. Eine Person glaubte einen kleinen Jungen gesehen zu haben, und der sei zum See hinuntergelaufen. Zum See. Clara lief es eiskalt den Rücken hinunter. Sie überlegte, ob Raffaele vielleicht zu den Enten ans Wasser gelaufen war. Nicht auszudenken, was passieren würde, wenn er zu nah ans Wasser geriete. So schnell sie konnte rannte sie zum Bootsanlegesteg, in der Nähe des Restaurants. Hier gab es eine Stelle, an der die Straße sich verengte und in den See führte. Dort fütterten Spaziergänger bei warmem Wetter gerne die Schwäne und Enten. Am Bootssteg angekommen, schaute Clara über den See und an die Stelle, wo immer ein reger Betrieb beim Entenfüttern herrschte. Keine Menschenseele war zu sehen. Das Wasser schwappte an die umliegenden Mauern. Eiskalt musste es sein. Wenn Raffaele in dieses Wasser gefallen wäre, dann hätte er sicherlich keine Chance gehabt. Bei den Temperaturen und als Nichtschwimmer würde man sofort ertrinken. Clara hatte einen Kloß im Hals, und ihr war elend zumute. Sie stand am Bootssteg und schaute ängstlich suchend über das Wasser. Doch sie durfte ihren pessimistischen Gedanken keinen Raum geben. Es war keine Zeit zu verlieren. Mittlerweile hatte sie sich in fast jedem Geschäft nach dem Kind erkundigt, war suchend durch viele Restaurants und Cafés gegangen und hatte fremde Menschen befragt, die ihr entgegenkamen. Da fiel ihr ein, in den Antiquitätenladen zu gehen und nachzusehen, ob Gabriel schon dort war. Ob er eine Ahnung hatte, wo Raffaele sein könnte? Möglicherweise hatte er ja etwas mitbekommen. Zugleich war sie ziemlich sicher, dass sie keinen Erfolg haben würde. Als sie am Hintereingang des Geschäfts ankam, wunderte sie sich, dass die Tür ein Spaltbreit offenstand. Gabriel musste bereits im Laden sein. Vielleicht hatte er schon mit der Inventur begonnen. Aber es war nicht seine Art, die Tür offen stehen zu lassen, denn da konnte sich jeder ohne

Probleme Zutritt verschaffen. Clara wurde etwas mulmig, als sie den Laden betrat. Im Geschäft war es noch dunkel, und es sah so aus, wie sie es am Tag zuvor verlassen hatte. Sie ging zum Sicherungskasten und schaltete die Beleuchtung an.

„Gabriel? Bist du da?"

Keine Antwort. Alles war still. Sie betrat langsam und vorsichtig den Laden und vermutete das Schlimmste. Es kam zwar recht selten vor, aber der Gedanke an Einbruch war nicht ganz abwegig. Gerade ein Antiquitätenladen ist eine beliebte Anlaufstelle für Einbrecher, denn der Verkauf von alten und seltenen Möbelstücken ist überaus rentabel, und da Clara und Gabriel immer viel Geld in der Kasse oder dem Tresor hatten, könnte man dort einiges mitgehen lassen. Auf einmal hörte Clara ein Geräusch. Es klang, als fiele ein Glas zu Boden und zersprang. Sie blieb erschrocken stehen, umklammerte ängstlich ihre Handtasche. Mit zitternden Beinen schlich sie sich Schritt für Schritt in den Laden und versuchte etwas zu erkennen.

„Gabriel? Bist du das?"

Wieder keine Antwort. Was war hier los? Clara fasste mutig den Entschluss nachzusehen. Sie ging an einem der hinteren Regale vorbei, ergriff beherzt einen schweren Kerzenständer, der dort lag, und schlich weiter nach vorne ins Geschäft. Nun konnte sie die Verkaufstheke sehen. Scherben lagen auf dem Boden. Ihre Hand mit dem Kerzenständer begann zu zittern. Noch drei Schritte und sie konnte den kompletten Laden einsehen. Ihr Herz klopfte wie verrückt. Die Holzdielen unter ihr knarrten und verrieten jeden ihrer Schritte. Mit zusammengekniffenen Augen erreichte sie die Ladenmitte und blickte hinter die Theke. Ihre Überraschung und Erleichterung war nicht zu beschreiben, als sie niemand anderen als Raffaele sah, der dort ganz still am Boden saß. Sofort legte sie den Kerzenständer aus der Hand. Raffaele sah unversehrt aus und fühlte sich sichtlich wohl. Zuerst schaute er etwas ängstlich zu Clara hinauf, doch als er sie erkannte, begannen seine Augen zu leuchten und ein Lächeln tat sich in seinem kleinen Gesicht auf. Er saß auf dem Boden, neben sich die Scherben des Bonbonglases, und versuchte die Hülle eines Zitronenbonbons zu öffnen. Anscheinend hatte er sich durch die offene Hintertür geschlichen und gehofft im Laden jemanden anzutreffen. Clara kniete sich erleichtert vor ihn hin und streichelte ihm sanft über den Kopf.

„Raffaele, da bist du ja! Geht es dir gut?"

Mit seinen braunen Rehaugen sah er sie an und nickte.

„Ja.", war alles was er herausbekam, so vertieft war er in das Öffnen des Bonbons.

„Gib her, ich mache das Papier ab."

Clara nahm eines der Bonbons, packte es aus und hielt es ihm hin. Strahlend nahm er es entgegen und stopfte es sich in den Mund. Clara setzte sich vor ihn auf den Boden und schaute ihn an.

„Du hast uns aber einen ganz schönen Schrecken eingejagt, Raffaele. Deine Mama und dein Papa suchen dich überall. Ich bringe dich zu ihnen, kleiner Mann."

Raffaele antwortete nur leise: „Mama", und kaute auf seinem Bonbon herum. Clara streichelte ihm über die Wange, voller Erleichterung, dass sie ihn gefunden hatte. Wie eigenartig, dass er ausgerechnet in ihrem Geschäft gelandet war und sich über die Zitronenbonbons hergemacht hatte! Sie wunderte sich, dass er so selbstsicher in den Laden gegangen war, ohne Angst und Scheu. Jedes andere Kind würde weinend und schreiend durch die Straße irren und nach seiner Mama rufen, doch Raffaele war offenbar ein tapferer kleiner Kerl und traute sich, ein fremdes Geschäft zu betreten. Clara wunderte sich, zumal er bei ihrer ersten Begegnung eher schüchtern und zurückhaltend gewirkt hatte. Sie stand auf, holte ihr Handy aus der Handtasche und wählte eine der Nummern auf Valentinas Visitenkarte. Kein Empfang oder Handy ausgeschaltet? Die Mailbox antwortet und Clara legte auf. Nun wählte sie die andere Nummer. Ob sie gleich Antons Stimme hören würde? Als sie die Ziffern eingab, fingen ihre Finger leicht an zu zittern. Sie hatte zuvor noch nie mit Anton telefoniert, und wenn es unter diesen Umständen auch unpassend war, so freute sie sich doch darauf seine Stimme zu hören. Das Freizeichen ertönte.

„Hallo?"

„Anton, hier ist Clara. Valentina hat mir deine Nummer gegeben. Ich habe Raffaele gefunden."

Anton am anderen Ende der Leitung stieß einen erleichterten Seufzer aus.

„Oh Gott, Clara, das ist ja großartig. Ich war krank vor Sorge. Wo bist du? Geht es ihm gut? Wo hast du ihn gefunden?"

Clara lächelte und schaute zu Raffaele hinunter, der immer noch auf dem Boden saß und mit dem Bonbonpapier spielte.

„Ja, es geht ihm gut. Er ist bei mir im Laden. Anscheinend ist er durch die offene Hintertür hineingekommen und hat das Bonbonglas entdeckt. Ich habe schon versucht, Valentina anzurufen, aber sie geht nicht dran."

„Ja, vielleicht ist sie bei der Polizei und meldet Raffaele als vermisst. Oder sie hat keinen Empfang. Ich kann sie auch nicht erreichen."

„Verstehe. Soll ich Raffaele zu dir bringen? Bist du zu Hause? Valentina hat mir ihre Karte mit der Adresse gegeben."

Clara spürte, dass Anton erleichtert und glücklich war und überaus dankbar für ihr Angebot.

„Das ist sehr lieb von dir, aber das musst du nicht. Du hast ihn ja schon gefunden, da kann ich nicht noch von dir verlangen, dass du ihn zu uns bringst. Ich habe, so schnell ich konnte, meinen Flug beendet und bin jetzt auf dem Weg nach Hause."

Clara ließ sich nicht von ihrem Angebot abbringen, denn insgeheim wollte sie Anton sehen, und überredete ihn: „Das ist wirklich kein Problem für mich. Raffaele und ich sind in fünfzehn Minuten bei dir."

„Danke, Clara. Wirklich, ich danke dir. Bis gleich."

Clara legten auf, und atmete tief ein. Auch wenn es nicht angebracht war und sie sich durchaus bewusst war, dass es für solche Gefühle gerade in dieser Situation keinen Platz gab, war sie doch erleichtert, dass sie sein Kind gefunden hatte, und froh, ihn gleich zu sehen. Sie kniete sich vor Raffaele, hielt ihm die Hand entgegen und sagte: „Komm, Raffaele, ich bringe dich nach Hause."

Raffaele strahlte und streckte seine kleine Hand aus. Sie nahm ihn auf den Arm, ging mit ihm durch den Hinterausgang hinaus, und lief geradewegs zu Antons Haus. Sie wunderte sich erneut, warum die Hintertür offen gestanden hatte, und fragte sich, ob sie sie vielleicht am Vorabend nicht richtig abgeschlossen hatte oder ob sie so in Gedanken war, dass sie vergessen hatte, sie richtig zuzudrücken. Wie sonst hätte Raffaele in den Laden kommen sollen? Viele Fragen spukten in Claras Kopf umher, als sie mit Raffaele auf dem Arm die steilen Straßen zu Antons Haus hinaufging. Sie kannte seine Wohngegend recht gut, denn zwei ihrer Stammkunden wohnten dort, und Gabriel lieferte öfters Möbel dort hin. Sie warf noch einmal einen Blick auf die Visitenkarte, um die richtige Hausnummer anzupeilen, als sie Anton auch schon auf sich zukommen sah. Er trug noch seine Bergretteruniform, einen roten Overall, und lief strahlend auf sie und Raffaele zu. Clara wusste, dass er wegen Raffaele so ein breites Lächeln auf dem Gesicht hatte, und sie freute sich sehr, ihn so erleichtert zu sehen. Er kam mit schnellen Schritten auf sie zu, breitete die Arme aus und nahm seinen Sohn entgegen, den Clara ihm bereits entgegenhielt.

„Raffaele, mein Schatz, da bist du ja. Wir haben uns solche Sorgen gemacht." Anton küsste ihn auf die Stirn und drückte ihn fest an sich. Er umfasste seinen kleinen Kopf, und es wirkte als wollte er ihn am liebsten nie wieder loslassen.

Clara schaute zu und freute sich mit ihnen. Ihr stiegen Tränen in die Augen, als sie sah, wie erleichtert Anton seinen Sohn auf dem Arm hielt. Dieser Moment löste in ihr ein regelrechtes Gefühlschaos aus. Sie wischte sich unbemerkt eine Träne aus dem Gesicht, streichelte Raffaele über den Rücken und wollte sich von Anton verabschieden.

„Es ist schön, dich so erleichtert zu sehen, und ich bin heilfroh, dass alles gut ist. Ich lasse euch zwei dann mal alleine."

Anton setzte Raffaele ab, gab ihm einen Kuss auf die Wange und öffnete ihm das Gartentor, damit er auf seine Schaukel klettern konnte.

„Clara!", sagte Anton und hielt sie am Arm fest.

„Du willst doch nicht etwa schon wieder gehen? Ich habe noch nicht mal Zeit gehabt, mich zu bedanken und mit dir zu reden."

Clara stand mit dem Rücken zu Anton, als er sie am Arm packte, und sie spürte, wie seine Berührung und seine Worte sofort wieder dieses ganz bestimmte Kribbeln in ihr auslösten. Sie drehte sich um, schaute ihn an, und ihre Lippen formten sich zu einem zaghaften Lächeln. Bevor sie etwas sagen konnte, ergriff Anton wieder das Wort.

„Ich weiß gar nicht, wie ich dir danken soll. Ich stehe tief in deiner Schuld." Clara schaute verlegen zu Boden. Dort stand sie nun, mit Tränen in den Augen, vor dem Mann den sie heimlich liebte und dessen verschwundenen

Sohn sie gerade gefunden hatte. In dieser Situation die richtigen Worte zu finden schien schier unmöglich.

„Du musst mir nicht danken Anton. Es war einfach ein großer Zufall, dass er ausgerechnet in unserem Laden saß. Wir können nur froh sein, dass nichts Schlimmeres passiert ist. Zuerst dachte ich, er sei vielleicht runter an den See gelaufen, doch als ich ihn dann im Geschäft auf dem Boden sitzen sah, war ich mehr als nur erleichtert, das kannst du mir glauben. Gott sei Dank ist alles gut gegangen."

Antons Augen sahen so sanftmütig aus, dachte Clara. Er trat auf sie zu, umarmte sie und hielt sie für einen Moment lang fest. Clara wusste nicht wie ihr geschah, also legte sie auch ihre Arme um ihn und schloss die Augen. Sie genoss diesen Moment in vollen Zügen, auch wenn Anton sie mit Sicherheit aus reiner Dankbarkeit umarmte. Sie inhalierte seinen Duft und versuchte ihn sich einzuprägen. Sie lag dem Mann ihrer Träume in den Armen, wissend, dass sie wahrscheinlich nicht mehr so schnell in den Genuss einer solchen Umarmung kommen würde. Er löste sich von ihr, gab ihr einen Kuss auf die Wange und hauchte: „Du bist wirklich ein Engel, ich danke dir."

Clara schaute ihm tief in die Augen und spürte, wie ihr Herz immer schneller schlug und ihr Gesicht leicht zu bitzeln anfing. Trotz der Kälte hatte sie das Gefühl, dass sie eine Hitzewallung nach der anderen bekam. Sie blickte in seine warmherzigen, braunen Augen und sah so viel Liebe und Güte darin. Doch es war nicht etwa die Liebe zu ihr oder sonst einer Frau, was seine Augen so leuchten ließ; es war die Liebe, die ein Vater für sein Kind empfand. Clara wurde bewusst, dass sie mit ihren Gefühlen hier völlig fehl am Platz war. Es war Zeit Anton mit seinem Sohn alleine zu lassen, so gerne sie noch geblieben wäre. Sie nahm all ihren Mut zusammen, legte ihre Hand an Antons Wange, nicht wissend, wie er darauf reagieren könnte, und sagte: „Glaub mir, ich bin kein Engel. Ich war vielleicht durch schicksalhafte Umstände nur zur richtigen Zeit am richtigen Ort. Das Schicksal hält so vieles für uns bereit, das wir nicht beeinflussen können und dessen Macht wir uns nicht bewusst sind, auch wenn es manchmal Situationen im Leben gibt, in denen das Schicksal es mit uns nicht gut meint. Manchmal bereut man es, zu spät gewesen zu sein und seine Chance vertan zu haben, doch das Schicksal führt einen immer wieder zusammen. Man muss einfach das Beste daraus machen."

Anton legte seine Hand auf ihre und schaute Clara einfach nur an. Er sprach kein Wort und das war in diesem Moment auch nicht nötig. Er hatte verstanden. Er wusste einfach was Clara ihm damit sagen wollte, und schwieg. Wieder lief ihr eine Träne über die Wange, die sie sich rasch wegwischte. Sie schaute ihn noch einmal an, bevor sie sich umdrehte, und so schnell es ging, davonging, ehe Anton merkte, dass sie ihre Tränen und ihr Schluchzen nicht mehr zurückhalten konnte. Sie hörte noch, wie er ihr hinterherrief, bevor sie um die Ecke bog. An der nächsten Hauswand blieb sie stehen und lehnte sich dagegen. Nun konnte sie ihren Gefühlen für einen Moment freien Lauf lassen, solange niemand sie beobachtete. Rasch wischte sie dann die Tränen weg, atmete tief ein und machte sich auf den Weg zurück in die Altstadt. Gabriel war sicherlich mittlerweile im Geschäft angekommen und wartete auf sie. Sie musste versuchen sich zu beruhigen, damit er ihr die Traurigkeit nicht anmerkte. Sie konnte selbst nicht glauben, was sie da gerade gesagt und wie Anton darauf reagiert hatte, doch sie hatte nicht anders gekonnt, als ihm das zu sagen, was ihr in diesem Moment durch den Kopf gegangen war. Sie hatte ihm ihr Herz geöffnet, und auch wenn sie ihm nicht wörtlich und bis ins kleinste Detail ihre Liebe gestanden hatte - Anton wusste was sie ihm da hatte sagen wollen. Clara wurde auf dem Weg in die Altstadt schmerzlich bewusst, dass sie ab jetzt versuchen musste, Anton nicht mehr über den Weg zu laufen, auch wenn das in einem kleinen Ort wie Hallstatt fast unmöglich schien. Doch sie würde sich damit nur immer wieder aufs Neue selbst wehtun. Seine Gegenwart würde sie wahnsinnig machen und ihr nur noch mehr das Herz brechen. Das Erlebnis mit Raffaele war für sie ein Schlüsselmoment. Schon zuvor war ihr zwar bewusst gewesen, dass Anton seine Frau und seinen Sohn über alles liebte und sie sich niemals zwischen ihn und seine Familie stellen würde, doch als sie gesehen hatte, wie liebevoll Anton seinen Sohn anblickte, wie voller Erleichterung nach der ausgestandenen Angst, da war ihr eindeutig klargeworden:

sie musste ihm, so gut es ging, aus dem Weg gehen und versuchen, ihn mit anderen Augen zu sehen. Doch war es nicht auch naiv zu glauben, dass sie ihre Gefühle einfach so abstellen, und von heute auf morgen aufhören könnte ihn zu lieben? Sie musste es einfach versuchen und sich mit anderen Dingen ablenken. Schließlich war sie verheiratet, und ihr Mann wartete in diesem Moment in ihrem gemeinsamen Geschäft auf sie. Clara wollte Gabriel an diesem Tag noch nicht auf die Situation zwischen ihm und Emma ansprechen, denn das eben Erlebte musste sie zunächst verarbeiten. Sie war glücklich und stolz, dass sie Raffaele gefunden hatte und auch, dass sie Anton so gegenübertreten und ihm - sozusagen durch die Blume - einen Teil ihrer Gefühle hatte offenbaren können. Einerseits war eine enorme Last von ihrer Seele genommen worden, und sie war sich sicher, dass sie das Richtige getan und gesagt hatte. Doch anderseits hatte sie irgendwie das Gefühl, etwas verloren zu haben, das sie eigentlich nie wirklich besessen hatte...

Kapitel 11

Es war bitterkalt, leicht dämmrig und man konnte seinen Atem sehen, sobald man sprach. Der Winter hatte eine dicke Eisschicht über den gesamten Hallstätter See gelegt und ihn in eine große Eisfläche verwandelt. Clara hatte ihre Schlittschuhe aus dem Keller hervorgeholt und sich am späten Nachmittag alleine auf den Weg gemacht, um vorsichtig eine Runde über den See zu laufen. Viele Kinder waren an diesem Tag mit ihren Eltern auf dem See unterwegs, um Schlittschuh zu laufen. Sobald die frostigen Temperaturen über mehrere Wochen anhielten, bildete sich am Rand des Sees, wo er nicht zu tief war, eine dicke Eisschicht, die einen ohne Probleme trug. Clara setzte sich ans Ufer auf den Rand eines Bootsstegs und schnürte ihre weißen Schlittschuhe zu. Sie war von oben bis unten dick eingemummelt und hatte sich ihren roten Lieblingsschal umgewickelt. Er fiel durch seine Farbe nicht nur besonders stark auf, sondern spendete auch noch viel Wärme an kalten Tagen. Clara stöpselte die Kopfhörer ins Ohr und ließ eines ihrer Lieblingsweihnachtslieder abspielen. Sie drehte ein paar zaghaften Runden auf dem Eis, bis sie im Rhythmus der Musik war und mit der Melodie hin- und herschwang. Um den See herum fingen die Laternen der Seepromenade an zu leuchten und warfen ein gedimmtes Licht auf das Ufer. Immer mehr Leute drehten die letzte Runde bevor sie sich auf den Heimweg machten. Clara fuhr schließlich fast alleine auf dem Eis, bis sie im Dämmerlicht eine dunkle Gestalt auf sich zugleiten sah. Als sie etwas genauer hinschaute erkannte sie Anton, der direkt auf sie zu kam. Kurz bevor sie aufeinandertrafen, stoppten sie ab und blieben dicht voreinander stehen.
„Hallo, schöne Frau.", sagte er.
Clara antwortete zaghaft: „Hallo."

Anton zog die Handschuhe aus, warf sie aufs Eis und umfasste Claras Gesicht mit beiden Händen. Er schaute sie an, lächelte und küsste sie sanft auf die Lippen.

Clara erwiderte seinen Kuss und klammerte sich an seinen Oberarmen fest. Sie war so vertieft in den Kuss, dass sie kaum mitbekam, was um sie herum geschah: Es hatte ganz leicht angefangen zu schneien. Zarte Flocken fielen auf Claras Wangen und hinterließen ein feuchtes Gefühl auf der Haut. Sie lösten ihre Lippen voneinander, schauten beide nach oben und sahen, wie die Schneeflocken immer dichter und schneller vom Himmel fielen und nach und nach eine dünne Puderschicht ringsherum hinterließen. Clara und Anton fassten sich an den Händen und liefen gemeinsam eine kleine Runde über den See, bis Anton mit seinen Schlittschuhen abrupt stoppte, Clara an sich zog und sie mit einem Ruck auf seine Arme hob. Er hielt sie fest umfasst, drehte eine Pirouette und hielt inne. Dann begann er erneut, sie zu küssen. Es gab nichts zu sagen; sie ließen einzig ihre Gefühle füreinander sprechen. Es schneite immer heftiger, und mittlerweile war auch ihre Kleidung fast gänzlich mit dicken Schneeflocken bedeckt. Clara fühlte sich in Antons Nähe so geborgen, frei und unbeschwert. Sie hätte in diesem Moment alles stehen und liegen gelassen und wäre mit ihm irgendwohin ausgewandert, so sehr liebte sie ihn. Sie wollte jede Minute mit ihm gemeinsam erleben und auskosten, ihn, so oft es ging, an ihrer Seite haben und jeden intimen Moment im Gedächtnis behalten.

Anton setzte Clara ab, stellte sich dicht hinter sie und umarmte sie fest. Er schmiegte seinen Kopf an ihren und küsste sie am Hals. Clara überlief ein wohliger Schauer am ganzen Körper und Gänsehaut breitete sich über ihren Armen aus. Sie griff nach hinten an seine Mütze und streichelte ihn am Kopf.

Dann drehte sie sich herum, stellte sich, so gut es auf den Schlittschuhen ging, auf die Zehenspitzen und wollte ihn gerade küssen, als...

„Clara? Träumst du? Ich habe dich etwas gefragt."

Clara rieb sich den Kopf und blinzelte kurz, bis sie merkte, dass sie wieder mal in einen ihrer Tagträume versunken gewesen und während der Buchhaltung in Schwärmereien verfallen war. Schon wieder. Sie saß auf einem Hocker hinter der Ladentheke und war mit den Rechnungen aus dem vergangenen Jahr beschäftigt. Die Steuer musste erledigt werden, und da sie bereits seit über drei Stunden vor dem Computer saß, ließ ihre Konzentration merklich nach. Gabriel hatte sie sanft angetippt und aus ihrer Träumerei gerissen.

„Entschuldige bitte, ich war kurz in Gedanken. Was wolltest du?"

Gabriel stand neben ihr und küsste sie sanft auf die Schläfe. Er hatte seit Kurzem wieder eine liebevolle Art an den Tag gelegt und versuchte Clara, so gut er konnte, zu verwöhnen und ihr jeden Wunsch von den Augen abzulesen. Sie hatte den Eindruck, dass das an seinem schlechten Gewissen lag. Sie hatte ihn immer noch nicht auf Emma angesprochen, aber damit hatte es auch keine Eile. Noch nicht. Zuerst wollte sie mit Emma reden, bevor sie einen Streit auslöste, der vielleicht gar nicht nötig war.

„Ich wollte eben fragen, ob du deine Arbeit mal kurz unterbrechen und vielleicht mit mir etwas essen gehen möchtest."

Clara legte einen Stapel Papiere in ihren Ordner, klappte ihn zu und antwortete: „Ja, warum nicht, ich kann eine kleine Pause gebrauchen."

Gabriel gab ihr noch einen Kuss und verschwand schon mal im Pausenraum, um die Jacken und Claras Tasche zu holen. Clara schaltete den Computer aus, stand auf und wollte gerade zu Gabriel gehen, als die Glocke über der Ladentür ertönte und jemand den Laden betrat. Über die Schulter rief Clara: „Wir machen jetzt Mittagspause. Bitte kommen Sie in einer Stunde wieder." Dann drehte sie sich um und sah, dass es Valentina war, einen prachtvollen Strauß von rosafarbenen Rosen in der Hand.

„Oh, Valentina, du bist es. Was machst du denn hier? Für wen ist dieser fabelhafte Strauß?"

Clara ging um die Theke herum auf Valentina zu.

„Na, für dich natürlich, liebe Clara. Anton und ich wollen uns für deine Hilfe bei der Suche nach Raffaele bedanken. Entschuldige, dass ich erst jetzt mit den Blumen komme, aber ich habe es nicht eher geschafft."

Seit Raffaeles Verschwinden waren drei Tage vergangen. Clara hatte fast jeden Tag daran gedacht und sich immer wieder gefragt, wie es Anton und seiner Familie wohl gerade ging. Sie strahlte über das ganze Gesicht und nahm den opulenten Strauß entgegen.

„Wow, da bin ich aber überwältigt. Das wäre doch nicht nötig gewesen. Vielen Dank, er ist wunderschön. Aber dass ich euch geholfen habe, war doch selbstverständlich und wirklich keine große Sache."

Valentina nahm Clara in den Arm und drückte sie kurz an sich.

„Nein, das war es nicht. Es gibt so viele Menschen, die sich nicht um das Wohl ihrer Mitmenschen sorgen und stumm vorbeigehen, als hätten sie nichts bemerkt. Du bist da anders, und dafür möchten wir dir danken. Also: Mille grazie."

Da war er wieder, dieser wohlklingende italienische Akzent, den Valentina an sich hatte und den Clara so gerne hörte. War es nicht seltsam: da stand sie mit Antons Frau in ihrem Laden und unterhielt sich mit ihr, und es fühlte sich an, als wären sie alte Bekannte. Es fiel ihr immer leichter, mit der Situation umzugehen, und auch die quälende Eifersucht hatte abgenommen. Sie fragte sich, ob es anders wäre, wenn Anton mit dabei wäre und ob dann nicht vielleicht wieder alles in ihr hochkochen würde beim Anblick des glücklichen Paares.

„Das ist wirklich sehr lieb von euch. Nochmals vielen Dank."

Sie wusste nicht, was sie sonst noch sagen sollte, also ergriff Valentina wieder das Wort.

„Sehr gerne. Anton lässt auch grüßen, er fliegt wieder und rettet verunglückte Bergsteiger vom Dachstein. Die Leute sind einfach zu leichtsinnig bei dem Wetter."

Als Valentina Grüße von Anton ausrichtete, spürte Clara wieder eine Gänsehaut und musste sofort an ihre letzte Begegnung mit ihm denken. Wie er seine Hand auf ihre legte und ihr mit seinen Blicken sagen wollte, dass er sie verstanden hatte. Bevor ihre Gedanken wieder abdrifteten, musste sie Valentina antworten.

„Oh, danke, wie lieb von ihm. Ich hoffe Raffaele geht es auch gut?! Gabriel und ich wollten gerade Mittagspause machen und sind auf dem Sprung. Es hat mich wirklich sehr gefreut, dass du hier warst und nochmals tausend Dank für die schönen Blumen."

Valentina umarmte Clara und verabschiedete sich schließlich.

„Natürlich, ich will euch nicht aufhalten. Bis bald."

Es lag wohl an der italienischen Mentalität, dass man sich ständig in den Arm nahm und Küsschen gab, dachte Clara. Sie war generell ein offener und aufgeschlossener Typ und immer sehr herzlich anderen gegenüber, doch an die ständigen Umarmungen von Valentina musste sie sich noch gewöhnen. Gabriel kam aus dem hinteren Teil des Ladens und hielt Clara den Mantel entgegen. Dann erst sah er den Blumenstrauß in ihrer Hand.

„Donnerwetter, wo kommt denn der Strauß her? Hast du etwa einen heimlichen Verehrer, von dem ich nichts weiß?"

Gabriel zog seine Augenbraue hoch und grinste. Clara wusste natürlich sofort, dass er sie aufziehen wollte.

„Natürlich nicht, Liebling. Valentina hat mir Blumen gebracht als Dankeschön dafür, dass ich bei der Suche nach Raffaele behilflich war. Ist das nicht nett?"

Gabriel begutachtete den Strauß und sagte dann scherzhaft: „Na, die beiden lassen mich jetzt aber als Ehemann schlecht dastehen mit so einem opulenten Strauß! Der muss ja ein Vermögen gekostet haben. Es wird höchste Zeit, dass ich meine Frau auch mal wieder mit einem Strauß überrasche."

Er zog seinen Mantel an und reichte Clara ihre Handtasche. Sie wunderte sich immer mehr über sein auffällig galantes Verhalten. Sie holte eine der Vasen aus dem Verkaufsraum und befüllte sie mit Wasser für ihren Strauß.

„Du willst doch nicht etwa diese Vasen nehmen! Die gehört zum regulären Angebot! Die will ich verkaufen.", rief Gabriel.

„Und warum sollte ich meine Blumen nicht hineintun? Ich stelle sie hier auf die Ladentheke: dann sticht sie einem gleich ins Auge, wenn man unser Geschäft betritt."

Gabriel gab ihr Recht und lenkte ein.

„Na dann drücke ich noch mal ein Auge zu. Nein, Spaß beiseite, das ist eine tolle Idee."

Clara drapierte die Vase mit dem Strauß auf der Theke und roch an den frischen Rosen. Ihr Duft erfüllte den ganzen Laden mit seiner natürlichen Frische. Clara betrachtete die Rosen für einen Augenblick und dachte an ihren Tagtraum zurück. Wie sie zusammen mit Anton auf dem vereisten See Schlittschuh gelaufen war und wie sie sich romantisch küssten. Vielleicht war es ja sogar Anton, der den Strauß ausgesucht hatte, ihn aber nicht persönlich abgeben wollte. Clara hatte sich vor wenigen Tagen noch selbst geschworen, dass sie mit der Träumerei und Schwärmerei aufhören wollte, und nun war sie wieder an demselben Punkt wie vorher angekommen und keinen Schritt weiter.

„Das sieht aber hübsch aus!" rief Gabriel erfreut und riss sie aus ihren Gedanken.

Clara streifte sich eine Haarsträhne hinter das Ohr. Ihr war, als hätte sie etwas zu verbergen, und sie fühlte sich ertappt.

„Ja, hübsch, sehr hübsch." sagte sie leise

„Und Anton? Der ist auch nett anzusehen, oder was meinst du?"

Clara riss die Augen weit auf. Zum Glück hatte sie Gabriel den Rücken zugedreht, sodass er ihren Gesichtsausdruck nicht sehen konnte. Sie räusperte sich, drehte sich zu ihm um und fragte: „Wie meinst du das denn? Wie kommst du darauf?"

Gabriel half Clara in den Mantel und begleitete sie zur Tür, während er weiterredete.

„Na ja, er ist ziemlich attraktiv, oder nicht? Genau dein Typ, würde ich sagen. Du kannst mir nicht erzählen, dass du ihn nicht gutaussehend findest. Das ist okay, wirklich."

Clara runzelte die Stirn. Sie wusste nicht genau warum Gabriel das gesagt hatte. Wollte er, dass sie ihm ins offene Messer lief, indem sie voll darauf ansprang? Sie wusste es nicht. Also tat sie das, was sie in letzter Zeit in solchen Situationen machte: sie versuchte ihm auszuweichen.

„Ach was. Er ist doch das komplette Gegenteil zu dir. Natürlich sieht er nicht schlecht aus, aber ich bin mit dir verheiratet. Ich weiß gar nicht, wie du darauf kommst?!"

Clara zog die Handschuhe über, steckte die Hände in die Manteltasche, lief stillschweigend neben Gabriel her und wartete auf eine Antwort.

„Ich hab doch nur Spaß gemacht. Alles gut, du brauchst dich nicht herauszureden. Ich hab dich nur ein wenig aufgezogen."

Gabriel nahm sie lachend in den Arm und schlenderte mit ihr zum Marktplatz, wo sie in ihrem Stammrestaurant etwas essen wollten. Clara lächelte Gabriel etwas mühsam zu und nahm seine Antwort hin, ohne etwas darauf zu sagen. Wieso kam er ausgerechnet jetzt mit so einer Frage um die Ecke? Sie dachte in dem Moment wieder an die Sache mit Emma, und dass er sich eigentlich so einen Scherz nicht erlauben sollte, wenn man bedenkt, wie heftig er da geflirtet hatte. Eigentlich hätte sie kontern und ihm ihre Beobachtung direkt unter die Nase reiben sollen, aber sie wollte lieber den richtigen Zeitpunkt abwarten und vorher noch Emma auf die Angelegenheit ansprechen. Sie musste ohnehin auf Emma zugehen und sich für ihr Aufbrausen entschuldigen, als sie auf der Suche nach Raffaele war. Da waren die Emotionen mit ihr durchgegangen, und sie hatte deutlich überreagiert, doch Emmas Bemerkung hatte sie tatsächlich aus der Fassung gebracht. Sie wollte sich mit ihr an einem ruhigen Ort treffen und in aller Ruhe und sachlich darüber sprechen.

Nachdem Clara und Gabriel zu Mittag gegessen hatten, schlenderten sie noch eine Weile durch die Altstadt.

„Wäre es für dich in Ordnung, wenn ich noch kurz bei Emma im Geschäft vorbeischaue?", fragte Clara.

Gabriel nickte.

„Natürlich, kein Problem, ich warte im Laden auf dich. Sag ihr schöne Grüße von mir."

Clara spürte, dass Gabriel immer sofort hellhörig wurde, wenn es um Emma ging, und lächelte, sobald er ihren Namen hörte. Sie erkannte an seiner Reaktion, dass sie sich selbst eigentlich gar nicht anders verhielt, wenn es um Anton ging, und das erschreckte sie etwas. Wahrscheinlich konnte man es ihr ebenso ansehen, wenn Anton in der Nähe war oder man von ihm sprach, sodass sie rot wurde oder gleich gut gelaunt war und lächelte. Sie fragte sich, ob Valentina vielleicht auch schon gemerkt hatte, dass sie sich seltsam verhielt, wenn Anton dabei war. Hatte sie sich vielleicht zu aufmerksam verhalten, wenn es um Anton ging?

Clara bog in das Sportgeschäft ab, in dem Emma arbeitete, und versicherte Gabriel, dass es nicht zu lange dauern würde. Emma war gerade noch dabei, eine Kundin zu beraten: also wartete Clara in der Nähe der Kasse auf sie. Emma hatte sie schon wahrgenommen und ihr zugenickt, allerdings etwas verhalten.

Clara durchfuhr ein komisches Gefühl, denn sie hatte einerseits ein schlechtes Gewissen und andererseits das Bild vor Augen, wie Emma und Gabriel flirteten. Das stand nun zwischen ihnen und ihr war klar, dass sie das Problem dringend aus der Welt schaffen musste. Sie war sehr gespannt, wie Emma auf die Fragen in puncto Gabriel reagieren würde, die Clara sich bereits im Kopf zurechtgelegt hatte. Emma kassierte die Kundin noch ab und widmete sich dann Clara.

„Hallo. Na, was treibt dich denn hier her?", fragte sie recht mürrisch.

Clara seufzte.

„Hallo. Ich kann mir denken, dass du vielleicht sauer auf mich bist, oder keine große Lust hast mit mir zu reden, aber ich bin hier, weil ich mich bei dir entschuldigen wollte. Als ich dieser Tage wegen Raffaele hier war, bin ich etwas unfair gewesen."

Emma stand mit verschränkten Armen hinter der Kasse und schaute Clara an.

„Okay, Entschuldigung angenommen.", sagte Emma kurz und knapp.

„Sehr gut. Du musst verstehen, ich hatte mich einfach zu sehr in diese ganze Suchaktion hineingesteigert, und da habe ich wohl etwas überreagiert, als ich dich herzlos genannt habe. Das meinte ich nicht so. Ist wieder alles gut zwischen uns?"

Sie schaute Emma versöhnlich an.

„Natürlich, es ist alles gut. Ich kann dich ja verstehen. Gibt es denn etwas Neues von Anton? Hast du ihn seitdem wiedergesehen?"

Clara wusste, dass diese Frage früher oder später kommen würde: deshalb wusste sie auch schon genau, was sie darauf antworten würde.

„Nein, nicht mehr. Aber was das angeht, wollte ich generell nochmal mit dir reden, und ich habe da noch ein anderes Thema, das mir am Herzen liegt, worüber ich mit dir sprechen möchte, aber das gehört jetzt hier nicht her. Ich würde gerne mal in Ruhe mit dir irgendwo hin, wo wir ungestört reden können."

Emma schaute Clara mit großen Augen an.

„Oh je, ich bin ja mal gespannt, worum es geht, wenn du extra mit mir ungestört reden willst. Wann passt es dir denn?"

„Wenn es für dich in Ordnung ist, würde ich es gerne nach dem Wintermarkt machen, denn vorher habe ich noch so viel zu tun und den Kopf nicht wirklich frei. Also, was schlägst du vor? Wo wollen wir hingehen?"

Emma runzelte die Stirn und überlegte kurz.

„Gut, das sehe ich ein. Was hältst du denn davon, wenn wir eine kleine Schneewanderung machen? Nur wir beide, ungestört, um mal wieder etwas anderes zu sehen und den Kopf freizubekommen. Das tut dir gut, glaub mir."

Clara war zuerst skeptisch, lenkte dann aber ein.

„Okay, wenn du meinst. Wo genau wollen wir diese Schneewanderung machen? Ich kenne mich da überhaupt nicht aus und habe wahrscheinlich nicht mal die richtige Outdoor- Kleidung dafür."

Emma kam hinter der Kasse hervor und gab Clara einen Klaps auf die Schulter.

„Ach du mal wieder. Schau dich doch mal hier um: wir sitzen doch praktisch an der Quelle. Wir nehmen uns etwas von hinten aus dem Lager mit. Dort liegen so viele Jacken und Schneeschuhe von der letzten Saison, die keiner mehr kauft. Ich organisiere uns da schon was. Was hältst du davon, wenn wir auf den Dachstein gehen?"

Clara schaute Emma ungläubig an.

„Der Dachstein? Da sind doch aber in letzter Zeit so viele Bergsteiger verunglückt. Meinst du wirklich, das ist eine gute Idee? Ist es nicht zu gefährlich dort oben?"

Emma winkte mit einer lockeren Handbewegung ab und verhielt sich so, als hätte Clara etwas unglaublich Lächerliches gesagt.

„Ach was! Immerhin bist du ja mit mir, einer erfahrenen Bergsteigerin, unterwegs. Außerdem klettern wir nicht mit Steigeisen die Bergwand rauf, sondern gehen auf befestigten Wegen durch den tiefen Schnee, das ist etwas ganz anderes. Vertrau mir."

Wenn es um solche Dinge ging, konnte Clara Emma immer vertrauen und hatte stets ein gutes Gefühl dabei, doch seitdem sie Gabriel mit ihr zusammen gesehen hatte, war ihr Vertrauen um einiges geschmälert. Sie überlegte einen kurzen Moment, bis sie dann doch schließlich zustimmte.

„Na gut, auf deine Verantwortung. Du kümmerst dich um die richtige Ausrüstung, und ich organisiere uns etwas Proviant für den Aufstieg. Wenn es dir recht ist, gehen wir gleich an dem Morgen nach dem Wintermarkt los."

„Geht klar, meine Liebe.", antwortete Emma und hielt Clara die Hand entgegen, in die sie einschlagen sollte.

„Auf einen tollen Wanderausflug in Eis und Schnee. Ich bin ja jetzt schon gespannt, was du mit mir bereden willst."

Clara lächelte und begann sich von Emma zu verabschieden.

„Super, ich bin erleichtert, dass wir alles soweit geklärt haben, und freue mich sehr auf unseren Ausflug. Dann würde ich mal sagen, dass wir uns auf dem Wintermarkt sehen, oder?"

Emma drückte Clara an sich und sagte: „Auf jeden Fall! Ich bin schon sehr gespannt, was du dieses Mal singen wirst. Doch wie ich dich kenne, hast du wieder etwas Großartiges vorbereitet."

Clara war noch etwas unwohl zumute, als Emma sie in den Arm nahm, denn bevor die Angelegenheit nicht aufgeklärt war, würde Clara weiterhin ein misstrauisches Gefühl haben.

„Ja, ich habe mir etwas ganz Schönes ausgesucht denke ich. Aber vorher muss ich es noch ein paar Mal durchgehen, sonst stehe ich auf der Bühne und vergesse noch den Text."

Sie lachte und verabschiedete sich.

„Also mach´s gut, bis zum nächsten Wochenende."

Clara zog ihre Handschuhe über und verließ den Laden. Sie brauchte nicht weit zu laufen, da hatte sie schon das Antiquitätengeschäft erreicht, denn beide Läden lagen nah beieinander. Gabriel stand mitten im Laden und archivierte einige Dinge für die Buchhaltung. Die Inventur und die Buchhaltung dauerten doch etwas länger als gedacht, und so blieb der Laden einen Tag länger geschlossen, als ursprünglich geplant.

„Da bist du ja wieder.", sagte er „wie war es denn? Geht es Emma gut?"

Clara legte ihren Mantel ab und rollte die Augen. Sie stand mit dem Rücken zu Gabriel, also konnte er ihren leicht genervten Gesichtsausruck nicht wahrnehmen.

„Ja, alles gut. Ich habe mit Emma ausgemacht, dass wir an dem Morgen nach dem Wintermarkt eine Schneewanderung auf dem Dachstein machen wollen."

Gabriel stoppte sofort die Arbeit und schaute Clara entsetzt an.

„Was? Das ist nicht euer Ernst! Du weißt doch selbst, wie viele Bergsteiger in letzter Zeit dort oben verunglückt sind."

Gabriel schüttelte fassungslos den Kopf. Clara versuchte ihn zu besänftigen.

„Ja, das habe ich Emma auch erst gesagt, weil ich die gleichen Zweifel hatte wie du. Dann sagte sie aber, dass wir ja nicht an der Bergwand raufklettern, sondern auf den gesicherten Wegen wandern, und das sei ein Unterschied. Du weißt doch, dass Emma eine erfahrene Bergsteigerin ist und ich mit keiner besseren Begleitung diese Tour machen könnte."

Sie stellte sich neben Gabriel und streichelte ihm über die Wange.

„Es ist süß von dir, dass du dir solche Sorgen machst: das ist ja auch in Ordnung. Aber ich muss einfach mal hier raus, um den Kopf etwas freizubekommen, und brauche Zeit mit Emma alleine, verstehst du?"

Gabriel nickte verständnisvoll.

„Das verstehe ich ja, aber ich frage mich immer noch, warum ausgerechnet der Dachstein? Ihr könntet doch auch eine Schneewanderung um den See herummachen."

Clara lachte.

„Und wie soll das ohne Schnee gehen? Auf dem Dachstein sind wir in knapp dreitausend Metern Höhe, da ist um uns herum nichts als Schnee. Das ist doch perfekt, und ich hätte auch wirklich Lust auf ein wenig Abwechslung. Wir leben jetzt schon so lange hier in Hallstatt, und ich war noch nie auf dem Dachstein."

Clara schob die Unterlippe schmollend nach vorne und blickte Gabriel bittend an.

„Ja, es ist okay für mich, obwohl ich nicht gerade begeistert bin, das weißt du. Du nimmst dein Handy bitte mit und meldest dich zwischendurch, falls du da oben überhaupt Empfang hast."

Clara gab Gabriel einen Kuss auf die Wange und sagte: „Eben, ich habe mein Handy dabei, und Emma nimmt ihres sicher auch mit. Es wird schon nichts passieren. Wir sind weder lebensmüde und hängen mit Kletterseilen am Berg, noch gehen wir auf schmalen Wegen, direkt am Abhang entlang. Wir werden ja auch schon relativ früh losgehen und bis zum Abend bin ich dann auch schon wieder da."

„Auch wenn mir nicht ganz wohl dabei ist, möchte ich natürlich, dass du Spaß hast und dir einen Tag Auszeit nimmst", antwortete Gabriel.

„Das ist sehr lieb von dir."

Clara zwinkerte zu Gabriel rüber, während sie einige alte Vasen und Kerzenständer, sowie Bilderrahmen in die Inventurliste aufnahm.

Sie arbeiteten den Rest des Tages still und friedlich zusammen, ohne dass Clara einen negativen Gedanken gegenüber Gabriel hegte. Sie scherzten hin und wieder miteinander, unterhielten sich das erste Mal seit Langem über vergangene Zeiten und hatten so viel Spaß zusammen wie schon lange nicht mehr. Clara schien losgelöst und entspannt und machte den Eindruck, als wäre nie etwas in ihrem Kopf herumgespukt, das sie von ihrer Ehe hätte ablenken können. Sie dachte an diesem Tag kaum an Anton und versuchte sich auf ihren Mann und die Arbeit zu konzentrieren. Sobald sie eine ruhige Minute hatte, ging sie im Kopf ihren Songtext durch, damit sie sich beim Wintermarkt nicht blamierte und womöglich auf der Bühne keinen Ton herausbekäme, weil ihr der Text nicht einfiel. Sie hatte sich eine ganz besondere Ballade ausgesucht, die sehr gefühlvoll war. Sie hoffte, dass sie viele Besucher damit beeindrucken und tief im Herzen berühren könnte. Für sie war es das schönste Kompliment, wenn die Zuschauer von ihrem Gesang so gerührt waren, dass sie Tränen in den Augen hatten und voller Begeisterung applaudierten.

Der Arbeitstag verging wie im Flug, und gegen achtzehn Uhr begann Clara die Möbel vor dem Geschäft einzuräumen, während Gabriel die letzten Unterlagen sortierte. Im Winter hatten sie den Platz vor dem Geschäft nur recht spartanisch bestückt, da das Risiko zu groß war, dass einige der Möbelstücke bei der feuchten und kalten Luft kaputtgingen. Einzig ein Bistrotisch mit passenden Stühlen aus altem Gusseisen stand vor dem Schaufenster. Die gegenüberliegenden Geschäfte schlossen auch nach und nach ihre Türen, und die letzten Kunden verließen die Geschäfte. Clara winkte der netten Ladenbesitzerin von gegenüber zu, die eine zauberhafte kleine Patisserie hatte, in der man allerlei Köstlichkeiten kaufen konnte. Als sie gerade dabei war, den letzten Stuhl wegzuräumen, fiel ihr Blick auf die andere Straßenseite, wo sie Anton zusammen mit Raffaele erblickte, der gerade einen Lebkuchen in seinen kleinen Händen hielt. Nun hatte sie sich gerade mit dem Gedanken angefreundet, ihn aus ihrem Kopf zu bekommen, und sich abzulenken versucht, da lief er ihr wieder über den Weg. Es war zum Verrücktwerden, dachte sie. Sie schaute zuerst unauffällig zu ihm hinüber und musterte ihn, bevor er sie entdeckte. Da erblickte er sie, blieb stehen und hob zögerlich die Hand. Clara blieb ebenfalls stehen, den Stuhl in den Händen, und nickte ihm zu. Beide schauten sich für einen kurzen Moment an. Als Anton gerade dabei war, auf sie zuzugehen, nahm Clara den Stuhl in eine Hand und signalisierte ihm mit der anderen, dass er lieber weitergehen solle. Sie brachte es zwar kaum übers Herz, ihn abzuweisen, doch sie musste sich selbst schützen und versuchen, so wenig wie möglich mit ihm zu sprechen. Alles andere würde sie wieder in eine hoffnungslose Schwärmerei versetzen, aus der sie so schnell nicht wieder herauskäme. Sie hatte die Entscheidung getroffen, dass sie seine Gegenwart meiden musste, so gut es eben ging, sonst würde sie niemals von ihm loskommen. Er sah wieder wahnsinnig gut und elegant aus, dachte sie. Er trug einen dunkelgrünen Parka zu schwarzen Winterboots und einem dicken Schal. Seine Haare waren wie immer leicht zerzaust, und seine Bartstoppeln, die sie besonders anziehend fand, konnte sie sogar von ihrer Straßenseite aus sehen. Tat ihr eine Begegnung mit ihm nun gut oder war sie eher schädlich? Sie konnte sich nicht entscheiden - einerseits genoss sie seinen Anblick, sein Lächeln und seine sanfte Stimme, doch auf der anderen Seite zerriss es ihr das Herz, ihn immer wieder zu sehen und zu wissen, dass es für sie keine gemeinsame Zukunft geben würde. Sie trug den Stuhl in den Laden, stellte ihn ab und schloss die Ladentür. Einen Moment lang blickte sie durch das Fenster in der Tür nach draußen, und schaute Anton und Raffaele wehmütig nach. Dann trat sie zusammen mit Gabriel den Heimweg an...

Kapitel 12

Jetzt sind es noch zwei Tage bis zum Wintermarkt und ich gehe dieses Mal mit gemischten Gefühlen an die Sache ran. Auch, wenn ich mich in den letzten Tagen wirklich zusammenzureißen versucht habe, ist es mir trotzdem sehr schwer gefallen, mich von Anton fernzuhalten und nicht einmal einen Gedanken an ihn zu verschwenden. Die letzte Begegnung tat mir in der Seele weh, und ich hätte ihn wirklich nur zu gerne begrüßt und umarmt, aber ich habe beschlossen, mich selbst zu schützen, und versuche deshalb recht neutral mit ihm umzugehen. Doch kann ich das denn? Bin ich wirklich in der Lage, ihn als ganz normalen Kunden, Spaziergänger, der meinen Weg kreuzt, oder Mitbürger zu sehen? Ich weiß es nicht, doch mir bleibt kaum eine andere Möglichkeit, als es zu versuchen. Mir zuliebe und auch ihm und seiner Familie zuliebe. Es wäre nicht richtig, ihn in Verlegenheit zu bringen, denn ich glaube, er weiß nicht recht, wie er damit umgehen soll. Nachdem ich ihm das letzte Mal relativ eindeutige Signale gesendet habe, müsste er eigentlich wissen, wie es um mich steht. Gut, vielleicht ist ihm nicht im Detail bewusst, wie ich wirklich empfinde und dass es schon so lange geht und meine Gefühle für ihn sehr intensiv sind, aber ich bin mir sicher, dass er ganz genau verstanden hat, wie es um mich steht. Unter den zehn Geboten besagt das neunte: „Du sollst nicht begehren deines Nächsten Weib...“

Das gilt mit Sicherheit auch umgekehrt, also sollte ich auch nicht den Mann einer anderen Frau begehren, oder?

Ich versuche mich gedanklich wieder mehr mit Gabriel zu beschäftigen und mich auf Dinge zu konzentrieren, die vor mir liegen. Das Winterfest nimmt mich komplett ein und fordert meine volle Aufmerksamkeit. Ich kenne meinen Song mittlerweile in- und auswendig und kann es kaum erwarten, ihn auf der Bühne zu singen und die Besucher damit zu berühren. Das Lied hat für mich eine ganz besondere Bedeutung und einen wirklich emotionalen Hintergrund, und insgeheim hoffe ich, dass Anton es hören kann. Wer weiß, wenn er überhaupt kommen wird, ob er bis zu meinem Auftritt da sein wird, aber irgendwie wünsche ich mir, dass er da ist und mich sieht. Auch wenn ich sehr aufgeregt bin, und es für mich jedes Mal aufs Neue eine Herausforderung ist, ich von Lampenfieber geplagt bin und fürchte meinen Text zu vergessen, ist es doch eines der schönsten Ereignisse des Jahres. Ich versuche mit diesem Lied meine Gefühle für Anton abzulegen und singe es sozusagen zum Abschied. Ich weiß, das hört sich ziemlich theatralisch und lächerlich an, aber was soll ich sagen? Ich bemühe mich ja wirklich, nicht mehr so oft an ihn zu denken, ihm nicht über den Weg zu laufen, oder ihm in meinen Träumen zu begegnen, aber das Herz macht, was es will, dafür kann ich nichts. Es ist Gabriel gegenüber immer noch unfair und absolut unentschuldbar, aber ich denke, dass ich auf einem guten Weg bin. Vielleicht sehe ich den Wintermarkt als kleinen persönlichen Abschluss und hoffe, dass ich danach wieder einen klaren Kopf bekomme. Dann ist da natürlich noch die Schneewanderung mit Emma, auf die ich mich schon wahnsinnig freue. Natürlich hat alles einen faden Beigeschmack, denn immerhin will ich sie zur Rede stellen und auf die Sache mit Gabriel ansprechen. Ich hoffe ja doch noch, dass ich da einfach zu viel hineininterpretiere und mich damals getäuscht habe. Andererseits bin ich irgendwie schon so abgestumpft, dass ich ihnen alles verzeihen würde, denn ich kenne mich selbst gut genug. Mit meiner heimlichen Liebe bin ich auch nicht gerade ein Unschuldslamm; im Gegenteil: das was ich tue, finde ich, ist fast noch schlimmer. Es gibt nur einen Unterschied: ich betrüge nicht körperlich. Doch ich bin natürlich nicht sicher, ob zwischen Gabriel und Emma wirklich etwas ist oder ob es nur ein kleiner Flirt unter Freunden war. Dann frage ich mich immer wieder, ob meine Art der Liebe, Schwärmerei und

Sehnsucht, auch eine Art von Fremdgehen ist. Ich habe wirklich keine Ahnung. Wie gerne würde ich mit Emma darüber reden, aber ich kann einfach nicht. Sie ist in letzter Zeit sehr komisch zu mir gewesen, aber auch sehr ehrlich, was ich wirklich an ihr zu schätzen weiß, denn in einer guten Freundschaft geht es auch darum, sich gegenseitig den Spiegel vorzuhalten und dem anderen den Kopf zurechtzurücken, sobald er sich zu verrennen droht. Emma hat das immer getan, das kann ich nicht anders sagen. Doch ich habe irgendwie ein komisches Gefühl in der Magengegend, was sie betrifft, und hoffe, dass die Schneewanderung mir etwas mehr Klarheit verschafft. Ich werde es einfach spontan ansprechen und dann entscheiden, wie es weitergeht. Es kann sein, dass sich alles klärt und ich mich nur geirrt habe. Dann werde ich vielleicht auch noch mal das Thema Anton ansprechen und ihr sagen, dass ich versuchen will, über ihn hinwegzukommen. Zumindest werde ich es versuchen, auch, wenn es mir sehr schwerfallen wird. Ich bin auch davon überzeugt, dass man nie wirklich über jemanden hinwegkommen kann, den man so sehr geliebt hat. Vielleicht gelingt es, nicht mehr so oft an ihn zu denken, aber wirklich vergessen können wird man seine große Liebe wohl niemals. Ich spreche hier von großer Liebe zu einem Mann, den ich nicht mal richtig kennengelernt habe. Dagegen sollte mein Mann eigentlich derjenige sein, von dem ich schwärmen und der mein Herz erobert haben sollte. Das hat er ja auch in gewisser Art und Weise. Es ist auch nicht so, als ob ich ihn nicht aufrichtig liebe - aber es ist einfach zu kompliziert. Anders kann ich das nicht sagen oder beschreiben. Ich frage mich sehr oft, ob es anderen Menschen genauso geht wie mir, oder ob ich die einzige bin, die solche Gedanken und Gefühle hat. Ich fühle mich so alleine damit und kann meine Empfindungen mit niemandem teilen. Diese Tatsache zermürbt mich am meisten. Dann ist da noch die Ungewissheit, ob es jemals aufhört. Hört die

Liebe jemals auf? Wird es besser werden oder irgendwann komplett

vergehen? Das kann mir niemand beantworten, also muss ich es wohl selbst

herausfinden...

Clara legte ihr Tagebuch zurück in sein kleines Versteck und ging zurück zu ihrem Haus. Sie hatte noch alle Hände voll zu tun und musste einiges an Plätzchen und Christstollen für ihren Stand auf dem Wintermarkt vorbereiten. Ihre Nachbarin half ihr meistens dabei, denn sie war eine begnadete Bäckerin und verbrachte ihre Zeit sehr gerne mit Clara. Mit den Jahren hatte sich eine wunderbare Nachbarschaft entwickelt, und sogar eine gute Freundschaft war entstanden. Es ging über den üblichen Eier- und Milch-Austausch hinaus, und man traf sich hin und wieder auf eine Tasse Kaffee und tauschte Neuigkeiten aus. Clara war sehr dankbar, dass sie Hilfe in der Küche hatte und die Hälfte der Arbeit abgenommen bekam. Am Abend würde sie nicht allzu geschafft ins Bett fallen. Sie brauchten ganze zwei Tage, um alles fertig zu backen, einzupacken, und anschließend an ihrem Stand wieder aufzubauen. Als Dankeschön für die tatkräftige Unterstützung, luden Clara und Gabriel ihre Nachbarin zum Essen ein und schenkten ihr einen kleinen Präsentkorb mit einigen Köstlichkeiten aus der Umgebung. Das war das Mindeste, was beide als kleine Gegenleistung erbringen konnten, nachdem ihre Nachbarin auch noch Hilfe beim Aufbau der kleinen Holzhütte angeboten hatte, in der Clara und Gabriel standen und verkauften.

Der erste Tag des Wintermarkts war gekommen, und Clara und Gabriel waren bereits seit einigen Stunden in eisiger Kälte hinter der Theke in ihrem Stand und verkauften fleißig ihr Gebäck. Es war Samstag und viele Besucher waren den ganzen Tag über den Markt geschlendert und hatten an den einzelnen Buden Halt gemacht, um zu schauen und zu stöbern.

Der Wintermarkt erstreckte sich über den kompletten Marktplatz der Altstadt und bestand aus zahlreichen Holzbuden, alle weihnachtlich bunt geschmückt. Mitten auf dem Marktplatz hatte man einen Tannenbaum von beträchtlicher Höhe errichtet, der nun direkt neben dem großen Brunnen stand und das Herzstück der märchenhaften Kulisse darstellte. Einige Geschäftsleute hatten Tische direkt vor ihren Läden aufgestellt und verkauften, von Nussknackern über Lebkuchen, bis hin zu handgeschnitzten Figuren, alles, was man sich nur wünschen konnte. Sobald man den Marktplatz betrat, umschwebte einem ein herrlicher Duft von gebrannten Mandeln, Zuckerwatte und heißem Punsch. Die Stadtkapelle war um den großen Brunnen versammelt und spielte ein Weihnachtslied nach dem anderen. Quer über den ganzen Marktplatz war eine prächtige Lichterkette angebracht, von der vereinzelt glitzernde Engel herabhingen, die besonders Kinderaugen zum Leuchten brachten. An fast jedem Stand gab es außer dem üblichen Nippes entweder ein heißes Getränk, oder eine Leckerei auf die Hand. Man wusste gar nicht, wo man zuerst hingehen oder von was man kosten sollte, so viele verschiedene Köstlichkeiten gab es zu probieren. Es war zu verführerisch und verlockend, besonders für Eltern mit kleinen Kindern, denn natürlich wollte jedes Kind eine große Zuckerwatte, Lebkuchen oder einen kandierten Apfel und das so dringlich und so heftig, dass die Eltern ihnen die Wünsche kaum abschlagen konnten. Tagsüber bestach der Wintermarkt schon mit seiner pittoresken Kulisse, doch abends, wenn es dunkel wurde und die Lichterketten angeschaltet waren, wusste man gar nicht, wo man zuerst hinschauen sollte. Nicht nur die Kinder waren von dem Farbenmeer fasziniert - auch die

Erwachsenen konnten den Blick kaum abwenden. Wo man auch hinschaute, sah man eine Attraktion nach der anderen.

Es war das schönste Wochenende des Jahres und jeder sprach noch tagelang danach über das Ereignis.

Clara und Gabriel ergänzten sich bei der Arbeit auf dem Wintermarkt genauso gut wie in ihrem Antiquitätengeschäft und waren mit den Jahren ein eingespieltes Team geworden. Auch in der recht kleinen Hütte und bei der regen Laufkundschaft stolperten sie einander nie über die Füße oder kamen sich in die Quere. Selbst nach vielen Stunden Arbeit waren sie stets gut gelaunt. Clara zwinkerte Gabriel immer mal wieder zu, und er gab ihr im Vorbeigehen einen Kuss auf die Wange. Sie machten den Eindruck eines frisch verliebten und glücklichen Paares, strahlend wie im Bilderbuch. Niemand hätte bei diesem Anblick ahnen können, was sich hinter den Kulissen abspielte und dass Clara oft nur so tat, als ob. Sie versuchte sich zusammenzureißen und sich nichts anmerken zu lassen, wenn sie ihren Mann küsste und dabei an einen anderen dachte. An diesem Wochenende waren es jedoch aufrichtige Blicke und ehrlich gemeinte Liebesbekundungen, die sie ihrem Mann schenkte. Sie machte einen sehr gelösten und fröhlichen Eindruck und wirkte zufrieden und glücklich. Sie summte immer wieder das Lied vor sich hin, das sie am Abend singen wollte, und schenkte jedem Kunden ein zauberhaftes Lächeln. Das sprach sich natürlich schnell herum, und so kamen zu ihrem Stand immer mehr Besucher, die sich leckeres Gebäck und ein extra Lächeln dazu abholten. Clara versprühte gute Laune und steckte die Leute damit an, auch wenn es tief in ihr drin manchmal ganz anders aussah. Sie war eine Meisterin darin, ihre Gefühle zu überspielen und es gelang ihr stets, einen positiven Eindruck zu machen. Gabriel wusste ihre Art sehr zu schätzen und hatte mit ihr eine adäquate Partnerin an der Seite, die man mit ruhigem Gewissen auf die Kundschaft ansetzen konnte. An diesem Tag schaute er sie oftmals von der Seite an und freute sich an ihrem strahlenden Lächeln und ihrer Fröhlichkeit.

„Was ist heute nur mit dir los Liebling? Du bist so gut gelaunt und glücklich. Das gefällt mir", sagte Gabriel erstaunt.

Clara zuckte die Schultern.

„Ach, ich weiß auch nicht. Ich glaube es sind viele verschiedene Dinge, die mich glücklich machen. Schau dir doch alleine mal diese fabelhafte Kulisse an! Jedes Jahr wieder ist der Wintermarkt einfach umwerfend schön."

Clara deutete auf die umliegenden Stände und den Weihnachtsbaum, dessen silberne Kugeln sanft im Wind schaukelten. Verträumt und mit einem Lächeln auf den Lippen blickte sie über den Markt. Gabriel nickte zustimmend.

„Das stimmt, es ist wirklich malerisch. Und unser Stand ist wie immer am günstigsten Platz und mit dem besten Blick über das Geschehen."

Ihr Stand lag direkt neben dem großen Marktbrunnen und man erblickte ihn als Erstes, wenn man über den Platz schlenderte und den Tannenbaum betrachtete. Über der Hütte war ein beleuchtetes Banner mit der Aufschrift „Hilldbrands Antiquitäten" angebracht, der sofort ins Auge stach. Zu ihrem Glück befand sich unmittelbar neben ihrer Holzbude ein Stand mit allerlei Süßigkeiten, die wohl den größten Umsatz an diesem Wochenende machte, denn fast jeder Besucher hielt ein Mal an, um sich Zuckerwatte, Lebkuchen, oder Magenbrot mit auf den Weg zu nehmen.

Clara nahm ihren Becher mit Punsch zwischen die Hände und wärmte sich daran, während sie stillschweigend über den Markt blickte. Es wurde langsam dunkel, die Laternen und Lichterketten wurden eingeschaltet, und immer größer werdende Menschentrauben schoben sich an den einzelnen Ständen vorbei. Es war ein reges und lautes Treiben und Clara fand es trotz Hektik und Stress wunderschön und besinnlich. Für die Eltern, die mit ihren Kindern an ihrem Stand Halt machten, hatte sie extra eine große Schüssel mit Himbeerbonbons bereitgestellt. Gabriel stand neben ihr, die Arme auf die Theke gestützt und fragte: „Woran denkst du gerade?"

Clara antwortete ihm, ohne den Blick vom regen Treiben des Wintermarktes zu richten: „Ach, eigentlich an nichts Bestimmtes. Ich genieße nur den Anblick - die wundervollen Dekorationen, die Vielfalt der Menschen und die strahlenden Augen der kleinen Kinder. Die Musik, die Gerüche und das ganze Ambiente verzaubern mich jedes Jahr. Wir können uns wirklich glücklich schätzen in so einem kleinen, verträumten Ort zu wohnen, meinst du nicht auch?"

Clara blickte Gabriel an. Er nickte.

„Da gebe ich dir Recht, es ist wirklich zauberhaft. Man weiß es oft zu wenig zu schätzen. Auch wenn es für uns an diesem einen Wochenende im Jahr meist sehr hektisch und kräftezehrend ist, finde ich, dass es immer wieder eine schöne Erfahrung ist und ich möchte es nicht missen."

Clara stimmte ihrem Mann zu und schaute wieder in Gedanken versunken durch die Menschenmassen. Hin und wieder hielten einige Passanten an, betrachteten die kleineren Möbelstücke und nahmen sich etwas Gebäck mit. Clara sah Pärchen vorbeispazieren, die sich verliebt in den Armen hielten und küssten.

Sie konnte nicht anders – sie musste an Anton denken. So sehr sie sich auch dagegen wehrte, sie bekam ihn einfach nicht aus dem Kopf, und immer wieder blitzten Erinnerungsfetzen in ihr auf. Insgeheim hoffte sie Anton unter den vorbei flanierenden Menschen zu sehen, doch so sehr sie sich auch bemühte – sie entdeckte keine Spur von ihm, von Valentina oder von Raffaele.

Mittlerweile war es dunkel geworden, und Claras Auftritt rückte immer näher. Sie trat meistens kurz vor Mitternacht auf, bevor der Wintermarkt seine Tore schloss und alle Besucher gut gesättigt und etwas angeheitert vom Punsch den Markt verließen. Sie war der letzte Programmpunkt an diesem Abend, und man wartete schon gespannt auf ihren Auftritt und fragte sich, was sie wohl dieses Jahr singen würde und wie sie gekleidet war. Clara ließ sich jedes Jahr von einer befreundeten Schneiderin ein langes Kleid oder einen Zweiteiler anfertigen und lagerte die Kostüme in ihrem alten Weichholzschrank in ihrem Keller. So bewahrte sie jedes Jahr ein kleines Stück Erinnerung an ihre Auftritte für sich und freute sich immer, wenn sie den Schrank öffnete und die funkelnden Kostüme betrachtete. Für dieses Jahr hatte sie sich ein ganz besonderes Kleid anfertigen lassen, das mit Sicherheit für Aufsehen und Gesprächsstoff sorgen würde. Sie zeigte es vorher niemandem, um für einen atemberaubenden Moment der Überraschung zu sorgen. Selbst Emma zeigte sie ihre Kostüme vorher nie, auch wenn sie immer wieder bohrte und nachfragte, Clara blieb eisern. Bei ihrem großen Auftritt sollte nicht nur ihre Stimme beeindrucken, sondern auch ihre äußere Erscheinung. Sie sang nur dieses eine Mal im Jahr, und da gönnte sie sich den großen Glamour. Clara tippelte nervös hin- und her. Gabriel zog die Augenbraue hoch.

„Na, wer ist denn da schon aufgeregt vor seinem großen Auftritt?"

Er nahm Clara in den Arm und küsste sie.

„Du wirst das wie jedes Jahr fabelhaft meistern."

Clara schaute lächelnd zu ihm hoch.

„Ich hoffe es. Du kennst mich ja, ich habe immer wieder Angst, ich könnte meinen Text vergessen, oder die Töne nicht treffen. Das wäre eine Blamage! Ich hoffe nur, ich vermassel es nicht."

Sie drückte sich fest an ihren Mann und umklammerte ihn.

„Ach was, du packst das. Stell dir einfach vor, da unten stünden keine Menschen, sondern Kohlköpfe, dann fällt es dir schon viel leichter. Außerdem wirst du doch von einigen Scheinwerfern angeleuchtet – da nimmst du die Gesichter gar nicht so wahr. Du packst das! Ich glaube fest an dich!"

Gabriel küsste sie noch einmal, bevor er sich dem nächsten Kunden widmete.

Nach und nach versammelten sich viele der Besucher um den Brunnen herum, und nur noch einzelne blieben an den Ständen stehen. Die Budenbetreiber gaben ihre letzten Runden aus, bevor auch sie schließlich zum Marktplatz eilten.

Emma, die an einem Stand etwas weiter entfernt gearbeitet hatte, kam schnellen Schrittes auf Clara und Gabriel zu und winkte strahlend.

„Hallo, ihr beiden. Wie sind die Geschäfte heute bei euch gelaufen?"

Sie beugte sich über die Theke, um Clara einen Kuss auf die Wange zu geben und auch Gabriel freudig zu umarmen. Clara beobachtete die zwei ganz genau, doch sie konnte an dem Abend nichts Außergewöhnliches feststellen. Weder ein Zwinkern oder ein Lächeln zu viel, noch ein paar flirtende Blicke wurden ausgetauscht. Es schien ihr, als verliefe alles wie immer.

„Ja, wir hatten heute wirklich einen stressigen Tag, aber das bedeutet ja auch, dass die Kasse klingelt.", entgegnete Clara. Emma hüpfte wie ein kleines Kind aufgeregt auf und ab.

„Du hast bald deinen Auftritt. Bist du denn nicht schon total aufgeregt? Ich kann es kaum erwarten und bin schon wahnsinnig auf dein Kostüm gespannt: du nicht auch, Gabriel?" Sie schaute ihn erwartungsvoll an.

„Natürlich, ich freue mich auch schon und bin genau wie du gespannt, mit was sie uns dieses Mal verzaubern wird. Mir zeigt sie ihr Outfit auch nie vorher." Er zuckte mit den Schultern, goss eine Tasse Punsch ein und hielt ihn Emma hin.

„Hier, koste mal, wie er dir schmeckt."

Emma nahm die Tasse entgegen und wärmte zuerst die Hände daran, bevor sie zögernd nippte.

„Heiß, aber köstlich. Den Becher behalte ich jetzt bis zu deinem Auftritt, Clara, damit ich dir zuprosten kann. Du solltest dir vielleicht auch noch einen genehmigen, bevor du da oben vor all den Leuten dein Lied trällerst."

Emma zwinkerte Clara zu und verabschiedete sich dann.

„Also wir sehen uns dann gleich wieder, und dir drücke ich ganz feste die Daumen. Du packst das! Du wirst sie mit deinem Gesang wie jedes Jahr begeistern und verzaubern."

„Danke, das ist sehr lieb von dir."

Clara drückte Emma noch schnell zum Abschied, bevor sie Gabriel noch einmal umarmte und sich Mut zusprechen ließ.

„Also mein Schatz, ich wünsche dir viel Glück und ganz besonders Spaß, denn das ist doch die Hauptsache dabei. Es soll dir doch selber Freude machen, für all die Menschen zu singen. Also genieß deinen Auftritt in vollen Zügen!"

„Das werde ich. Ich gehe nun hinter die Bühne und ziehe mich um. Es wird Zeit."

Clara nahm ihre Handtasche und ließ Gabriel am Stand zurück. Da die meisten Passanten nicht mehr viel kauften oder bestellten, schaffte er es bis zum Schluss auch noch gut ohne Clara die Käufer bei Laune zu halten. Clara durfte sich jedes Jahr in der Gaststätte direkt hinter der Bühne umziehen und zurechtmachen, denn von dort aus hatte sie nur einen kurzen Weg bis auf die Bühne, und dadurch wurde sie nicht von vielen Leuten gesehen, denn sie wollte ihren großen Auftritt erst auf der Bühne haben.

Hastig eilte sie in die Gaststätte, wo man ihr einen kleinen Raum als Garderobe bereitgestellt hatte, in der das Nötigste vorzufinden war. Clara hatte eine kleine Toilette, in der sie sich umziehen konnte und einen Frisiertisch mit Spiegel und großzügiger Beleuchtung drum herum, damit sie sich schminken konnte. Ihr Bühnen-Make-up gestaltete sie immer etwas auffälliger und dennoch nicht allzu farbenfroh. Im letzten Jahr hatte sie einen roten Zweiteiler angehabt, bestehend aus einem langen Rock und einer ärmellangen Jacke, die mit weißen Puscheln besetzt war. Sie trug dazu passend eine rote Nikolausmütze mit einem goldenen Glöckchen am Zipfel. Sie hatte die Haare zu einem langen Zopf geflochten und die Lippen in einem satten Rot geschminkt, sodass man es auch von der hinteren Reihe aus sehen konnte. Dieses Jahr hatte sie sich aber etwas ganz Besonderes und Elegantes überlegt, denn sie wollte nicht immer das tragen, was die Zuschauer vielleicht erwarteten. Man vermutete immer etwas Weihnachtliches in Rot, Grün oder Gold, doch Clara hatte einen anderen Plan. Es passte natürlich auch zum Thema Weihnachten, aber es war etwas Besonderes. Sie hatte ihrer Schneiderin immer wieder einzelne Ausschnitte aus Zeitschriften mitgebracht, oder versucht ihr aufzuzeichnen, wie sie sich das Kleid vorstellte, und nun war sie mehr als glücklich mit dem fertigen Ergebnis.

Sie brauchte eine halbe Stunde, bis sie ihr Kleid angezogen, die Haare fertig gelockt und ihrem Make-up den letzten Schliff verliehen hatte. Sie trank noch mal einen großen Schluck Wasser und nahm einen kleinen Löffel Honig ein, um die Stimmbänder geschmeidiger zu machen, damit ihr Gesang klar und strahlend war.

Clara warf einen letzten Blick in den Spiegel, nahm ihr Mikrofon, das sie schon auf dem Tisch bereitgelegt hatte, und atmete noch einmal tief ein und aus, als es plötzlich an der Tür klopfte und der Bürgermeister von Hallstatt, der die Anmoderation übernommen hatte, eintrat, um Clara noch schnell einen Glückwunsch auf den Weg mitzugeben. Er war selbst guter Kunde im Antiquitätengeschäft, und man kannte einander bestens.

„Clara, Sie sind gleich an der Reihe", sagte er beim Eintreten. Dann blieb er wie geblendet stehen.

„Wow, Sie sehen ja atemberaubend schön aus. Mir fehlen die Worte. Wirklich, wie ein Engel. Sie haben sich selbst übertroffen."

Er schaute sie mit großen Augen an und küsste ihr respektvoll die Hand. Clara wurde ein wenig rot von seinen Schmeicheleien.

„Ach, Sie sind ja ein richtiger Gentleman. Danke Ihnen vielmals. Ich hoffe, dass es den Zuschauern auch gefällt, aber viel wichtiger ist, dass ich meinen Text nicht vergesse, oder schief singe", sagte Clara lachend.

„Das kann ich mir kaum vorstellen, doch wenn es so kommen sollte, würde Ihr Anblick die Leute sicherlich davon ablenken."

Er begleitete sie hinaus und sprach ihr noch einmal gut zu.

„Also, Sie kennen das ja alles schon: Ich werde jetzt wie immer eine kleine Ansprache halten und Sie dann als letzten Programmpunkt des Abends ankündigen. Ich wünsche Ihnen gutes Gelingen."

Er drückte Clara liebevoll den Arm, bevor er die kleine Treppe zur Bühne hinaufstieg.

Clara stand mit dem Mikrofon in der Hand hinter der Bühne, sodass weder sie das Publikum, noch die Menge sie sehen konnte. Das trug nicht gerade zu ihrer Entspannung bei. Sie tippelte wie so oft nervös hin und her und merkte, wie ihre Hände anfingen leicht zu zittern. Es lag aber mit Sicherheit nicht nur am Lampenfieber, sondern auch an der eisigen Temperatur, die mittlerweile herrschte. Es musste um die Null Grad sein und Clara hatte nicht gerade viel an, das sie warm hielt. Der Auftritt dauerte zwar nicht lang und auf der Bühne würden die Scheinwerfer sie wenigstens etwas wärmen, doch sie konnte ihr Frieren und Zittern nicht verbergen. Meistens war es so, dass, sobald sie auf der Bühne stand, die Aufregung etwas nachließ und sie die Kälte um sich herum für einen kurzen Moment vergaß. Dann war es soweit: der Bürgermeister sprach die letzten Worte seiner kleinen Rede und moderierte Clara schließlich an.

„Zum Abschluss dieses gelungenen ersten Tages unseres Wintermarktes darf ich Ihnen nun den letzten Programmpunkt des Abends ankündigen. Wie jedes Jahr freuen sich viele Besucher über ihren Auftritt, und auch für mich ist es immer wieder ein Erlebnis, dem Klang ihrer Stimme zu lauschen. Bitte begrüßen Sie mit einem herzlichen Applaus unsere Sängerin des Abends: Clara Hilldbrand.“

Es war soweit. Dies war Claras Zeichen. Sie musste auf die Bühne und ihren Song singen. Das Publikum applaudierte und jubelte. Sie umklammerte mit der linken Hand fest das Mikrofon, hob mit der rechten ihr Kleid hoch, und stieg die Treppe zur Bühne hinauf. Oben angekommen nickte sie dem Bürgermeister noch einmal zu, der schon am anderen Ende der Bühne hinter dem Vorhang verschwand, und lächelte verlegen ins Publikum. Clara spürte die Blicke der Zuschauer auf sich ruhen und hörte von vielen ein staunendes „Oh“ und „Wow“ und vereinzelte Pfiffe. Anscheinend hatte sie mit ihrem Outfit genau das erreicht, was sie wollte: einen Moment, in dem sie den Zuschauern den Atem raubte und sie in Staunen versetzte. Dort oben stand sie nun, in einem Traum aus Weiß und Gold. Sie trug ein bodenlanges Kleid, das über und über mit kleinen, funkelnden Strasssteinen und Pailletten besetzt war. Es hatte lange Ärmel, die sich ab den Ellenbogen wie Tulpen nach unten öffneten, und einen hochgeschlossenen, engen Kragen, der sich glitzernd um ihren Hals schmiegte. Am Oberkörper war das Kleid wie eine Korsage

179

gearbeitet und lag eng am Körper an. Der untere Teil war ab den Knien transparent, und man sah goldene Riemchenschuhe hervorblitzen. Claras blonde Haare waren gelockt und schmiegten sich locker um ihr Gesicht. Sie war in zarten Goldtönen geschminkt, und sogar ihre Lippen hatte sie mit Goldstaub bepudert. Man konnte es nicht anders beschreiben; sie sah aus wie ein bildschöner Engel. Sie hatte sich dieses Jahr selbst übertroffen, und es war sicher, dass die Leute viele Tage danach noch über ihren Auftritt reden würden. Clara war in der Regel eher zurückhaltend und nicht gerade bekannt für große Auftritte, doch einmal im Jahr genoss sie es, im Mittelpunkt zu stehen. Nicht nur sie und ihr ganzes Erscheinungsbild ließen die Leute staunen, sondern es gab noch etwas Anderes auf der Bühne, das geradezu perfekt zu ihrem Auftritt passte. Den ganzen Tag über musizierten Stadtkapelle, Kinderchöre und andere Vereine auf der Bühne und gaben ihre Weihnachtslieder zum Besten. Deshalb stand auf der linken Seite ein prunkvoller weißer Konzertflügel, der einem sofort ins Auge stach. Zusammen mit Clara und ihrem Kleid gab die Bühne damit das perfekte Bild eines Weihnachtsmärchens ab. Es hätte nur noch eine Harfe in der Ecke gefehlt, und man hätte das Gefühl gehabt, man sei im Himmel angelangt.

Am Flügel saß ein Pianist der Stadtkapelle, der ein wahrer Könner auf seinem Gebiet war und fehlerfrei jedes Musikstück spielte, das man ihm vorsetzte. Er hatte bereits die Noten zu Claras Song vor sich liegen und war bereit für seinen Einsatz.

Aus einem Lautsprecher, der an der äußeren Ecke der Bühne angebracht war, ertönte ein dezentes Playback, das zusammen mit dem Klavierspiel und Claras Gesang eine melodische Kombination ergeben sollte. Clara stellte sich direkt neben den Flügel, legte die rechte Hand behutsam darauf und erhob mit der anderen ihr Mikrofon. Das Playback ertönte leise im Hintergrund, der Pianist schlug die ersten Töne an, und jeder wartete auf Claras Gesang.

Doch Clara stand da, schaute ins Publikum und blieb stumm. Aller Augen waren auf sie gerichtet, und auch der Pianist schaute nun zu ihr rüber. Sie brachte keinen einzigen Ton heraus und blickte einfach nur geradeaus. Ihre Lippen waren leicht geöffnet, und man hatte den Eindruck, dass sie gleich anfangen würde zu singen, doch nichts geschah. Wieder ließ der Pianist die ersten fünf Töne der Ballade erklingen, um Clara daran zu erinnern, dass nun ihr Einsatz folgen sollte. Doch Clara schwieg. Auch wenn sie, von den Scheinwerfern angestrahlt, das Publikum nur schemenhaft erkennen konnte – da war ein Gesicht, das aus allen anderen Gesichtern hervorstach und das sie sofort erblickte. Sie hatte nicht mehr damit gerechnet und es schon völlig vergessen, doch da stand er nun: Anton.

Kapitel 13

Für einen Augenblick war Clara wie versteinert, unfähig, sich zu bewegen, und schaute in die Menge, starrte wie gebannt auf Anton, der zusammen mit Valentina, seinen Sohn Raffaele auf den Schultern, in einer der hinteren Reihen auf den Auftritt wartete. Clara hatte zwar in den letzten Tagen mit allen Kräften versucht ihn aus ihren Gedanken zu verjagen, doch als sie ihn nun wieder dort stehen sah und spürte, wie er sie anschaute, wurden ihre Knie weich, und ihr Herz schlug wie wild in ihrer Brust. Sie hatte es sich insgeheim gewünscht, dass er sie bei ihrem Auftritt und in ihrem atemberaubenden Kleid sehen konnte, aber damit gerechnet hatte sie nicht mehr. Nun gab es kein Zurück – sie stand dort oben in einem Traum aus Weiß und musste singen. Alle Besucher starrten sie an und warteten. Der Pianist hatte mittlerweile zum dritten Mal die Anfangsmelodie ihrer Ballade angestimmt, und langsam wurde das Publikum unruhig. Man begann sich verwundert anzuschauen und mit den Schultern zu zucken. Clara musste sich zusammenreißen und anfangen zu singen, sonst würde sie sich womöglich noch blamieren. Also tat sie das, was sie schon die ganze Zeit vorhatte: sie sang ihr Lied ganz speziell nur für Anton. Sie wollte all ihre Emotionen hineinpacken und versuchen sich auf diese Weise von ihren Gefühlen für ihn freizumachen. Doch würde ihr das wirklich nur durch das Singen eines Songs gelingen?

Clara hob das Mikrofon, schaute zu dem Pianisten hinüber, nickte ihm zu und begann. Sie stand immer noch neben dem weißen Flügel, mit der Hand darauf gelehnt, und begann zu singen. Sofort merkte sie, dass das Publikum sich begeistert im Rhythmus der Musik wiegte. Clara bekam Gänsehaut am ganzen Körper, und ihre Stimme zitterte ganz leicht. Die Kälte hatte sie fast ausgeblendet, und so konzentrierte sie sich nur noch auf den Text und den Gesang.

Nach den ersten paar Zeilen sah sie, wie die Zuschauer Feuerzeuge und Wunderkerzen in die Luft hielten und im Takt der Melodie langsam nach links und rechts schwenkten.

Clara wurde mit jeder Zeile die sie sang, selbstsicherer und merkte, wie gut sie ankam, also trat sie einen Schritt weiter nach vorne an die Rampe heran und steckte jeden noch so kleinen Funken Liebe, Gefühl und Leidenschaft in ihr Lied. Ihre Stimme wurde zum Refrain hin immer kraftvoller, und das Zittern hatte sich verloren.

Sie hielt ihre Augen geschlossen und ließ sich voll und ganz in die Musik hineinfallen. Sie blendete das Publikum komplett aus und fühlte sich in diesem Moment ganz mit sich alleine. Als sie die Augen wieder öffnete, schaute sie zu Anton hin, der mit Raffaele auf den Schultern wie gebannt dastand und sie anblickte. Hatte sie das nicht immer gewollt? War es nicht ihr sehnlichster Wunsch gewesen, dass er für einen kurzen Augenblick nur sie anschaute, sie bezaubernd und wunderschön fand und sich vielleicht sogar ein wenig in sie verliebte? Nichts wäre schöner gewesen, doch seine Frau stand direkt neben ihm, mit dem Kopf an seiner Schulter, und lauschte der romantischen Musik. Clara spulte in ihrem Kopf die Erinnerungen an die letzten Begegnungen mit Anton ab, schloss dann wieder die Augen und dachte nur noch daran, wie Anton sie angeschaut hatte, als sie ihm die Hand an die Wange gelegt und ihm gesagt hatte, dass sie ihn liebte.

Der Text ihrer englischsprachigen Ballade handelte von einem Mann, der die erste große Liebe war, der immer die unendliche Liebe sein wird und dessen Charme man nicht widerstehen kann. Zwei Herzen, die wie eins schlagen, als ob das Leben gerade erst begonnen hätte. Eine Frau, die stets in diesen Mann vernarrt sein wird, der immer ihr Geliebter sein wird und der Einzige, den sie jemals geliebt hat. Sie sang davon, dass er wissen solle, dass sie nicht leben kann, wenn es ein Leben ohne ihn ist.

Er sei jeder Atemzug, den sie nimmt, jeder Schritt, den sie geht und sie wolle all ihre Liebe mit ihm teilen.

Ja, es war eines der romantischsten und ergreifendsten Liebeslieder, die man einem anderen Menschen widmen konnte. Es enthielt so viel Gefühl und Herzschmerz, dass Clara bei vielen Zuschauern Tränen auf den Wangen sah. Im Schein der vielen Feuerzeuge und Wunderkerzen waren viele Gesichter deutlich zu erkennen, und Clara war selbst zu Tränen gerührt, als sie sah, wie viele Menschen sie mit ihrem Gesang bewegte. Der Song neigte sich dem Ende zu, und gerade als Clara noch mal alles geben wollte und ihre Stimme auf den Höhepunkt brachte, geschah etwas, auf das die vielen Menschen sehnsüchtig gewartet hatten – es begann ganz zart zu schneien. Es war der erste Schnee des Winters, und er schwebte wie Puderzucker vom Himmel und brachte den Zuschauern große Freude. Es hätte keinen passenderen Zeitpunkt dafür geben können. Claras Ballade war zu Ende, das Publikum jubelte, pfiff ihr zu, und sie verneigte sich dankend, während es immer heftiger schneite. Wie im Märchen stand sie dort oben in ihrer engelsgleichen Erscheinung und hatte die Menschen mit ihrer Stimme verzaubert. Die dicken Schneeflocken rundeten das Bild ab und verbreiteten winterliche und vorweihnachtliche Stimmung. Das Publikum jubelte immer noch, als Clara sich von ihrer Verneigung erhob und ihre Blicke direkt zu Anton hinübergleiten lassen wollte. Er war nicht mehr da. Wie vom Erdboden verschluckt, in Luft aufgelöst. Valentina stand noch an der Stelle, wo sie die drei zuletzt gesehen hatte, mit Raffaele auf dem Arm, der jubelnd eine Wunderkerze in die Luft hielt. Clara lächelte und winkte ins Publikum, verabschiedete sich und ging von der Bühne. Warum war sie so enttäuscht? Was ging nur wieder in ihrem

Kopf vor? Sie hatte es sich so fest vorgenommen, sich nicht von ihren Gefühlen überwältigen zu lassen und die Situation unter Kontrolle zu halten, doch ihr war alles wieder entglitten. Sobald sie Anton sah, war es um sie geschehen. War es das Lied, das Kleid, oder die romantische Stimmung? Sie wusste es nicht, und es war ihr auch egal, denn sie war einerseits wütend auf sich, ihre Sehnsucht und Liebe zu dem Mann, der immer unerreichbar für sie blieb, und andererseits erleichtert, dass er dort gewesen war und sie hatte singen hören. Sie war sogar etwas stolz auf sich, da sie die Ballade ohne Texthänger und mit vollem Gefühl gesungen und so viele Menschen damit begeistert hatte. Das Einzige, das ihr wichtig war, war Antons Anwesenheit, die sie in vollen Zügen genossen hatte. Sie sah es als krönenden Abschluss ihrer langjährigen Schwärmerei und war bereit nun endlich loszulassen. Was hatte sie sich denn auch sonst noch erhofft? Doch konnte sie wirklich loslassen, oder redete sie sich das nur ein?

Sie hatte ihn nach so vielen Jahren wiedergesehen, mit ihm gesprochen, ihm sogar ihre Gefühle gestanden, wenn auch nur über Umwege, und sie hatte nur für ihn gesungen und gehofft, dass er ihre Botschaft vielleicht sogar erkannte. Sie konnte sich also mehr als glücklich schätzen, denn sie hatte mehr von ihm bekommen, als sie sich jemals erhofft hatte. Sein bezauberndes Lächeln hatte ihr schon genügt. Das alleine machte sie mehr als glücklich, doch genauso traurig machte es sie auch, wenn sie daran dachte, dass es nur von kurzer Dauer war und sie es nicht jeden Tag genießen konnte. Clara stand an der unteren Stufe des Bühnenabgangs und verharrte dort für einen kurzen Moment. Sie umklammerte ihr Mikrofon und musste die Tränen gewaltsam zurückhalten, so groß, war ihre Sehnsucht nach Anton. Doch neben den Gefühlsausbrüchen tauchte plötzlich die Frage auf, wo Gabriel wohl gewesen war. Sie hatte ihn nicht an ihrem Stand gesehen und wusste nicht, ob er ihren

Auftritt überhaupt gesehen hatte. Sie hatte nur Augen für Anton gehabt und alles andere komplett ausgeblendet. Neben den Gefühlen der Sehnsucht schlichen sich Schuldgefühle ein, und sie dachte mit schlechtem Gewissen an ihren Mann. Wie hatte sie nur so dumm sein können, so verrannte in etwas, das nicht real war und dessen sie überhaupt nicht Herr war.

Sie hielt sich mit der einen Hand am Treppengeländer des Bühnenabgangs fest und legte die andere mit dem Mikrofon vor ihre Stirn. Sie hasste sich in diesem Moment selbst und wäre am liebsten vor Scham im Erdboden versunken, so schlecht fühlte sie sich. Warum hatte sie nur ununterbrochen an diesen einen Mann gedacht? War sie eine schlechte Ehefrau? Sie wusste es nicht. Was war es nur, das sie in Antons Arme trieb? Unzufriedenheit? Verzweiflung, oder Unsicherheit? Egal was es war, es schien mehr als falsch zu sein, das wusste sie nur zu gut. Als sie mitten in Gedanken war und mit den Tränen kämpfte, spürte sie, wie jemand seine Hand auf ihre rechte Schulter legte. Claras Kopf ging sofort nach oben, ihre Augen waren vor Schreck aufgerissen, denn sie vermutete Gabriel hinter sich. Wie sollte sie ihm erklären, warum sie Tränen in den Augen hatte und ein Liebeslied gesungen hatte, das von einem unerreichbaren Mann handelte, nach dem sie sich sehnte? Er war ihr mit Sicherheit auf die Schliche gekommen und wollte sie zur Rede stellen, und das mit guten Grund.

Sie atmete tief ein, drehte sich um und blickte nach oben. Da stand er und schaute sie an. Anton!

Clara wusste zunächst nicht, wie sie reagieren oder was sie sagen sollte, doch dann ergriff sie das Wort.

„Hi. Was machst du denn hier?"

Er schaute etwas unsicher zu Boden, dann sagte er:

„Ich wollte dir nur zu deinem Auftritt gratulieren. Wow, Clara, du hast mich wirklich umgehauen, das muss ich schon sagen. Als deine Freundin Emma mir in eurem Laden von dem Wintermarkt und deinem Gesangsauftritt erzählte, dachte ich mir, dass ich mal vorbeischauen muss, doch dass du so eine gute Sängerin bist, hatte ich nicht erwartet."

Clara blickte ihn strahlend an. Ein erneutes Gefühlschaos tat sich auf, und sie merkte, wie ihre Hände wieder zu zittern begannen.

„Oh, das freut mich sehr zu hören. Schön, dass du mit deiner Familie gekommen bist. Ich hoffe, Valentina hat es auch gefallen. Ich habe euch in der hinteren Reihe stehen sehen, und es war wirklich niedlich, wie der kleine Raffaele auf deinen Schultern saß."

Clara umfasste ihr Mikrofon mit beiden Händen, weil sie nicht wusste, wohin sonst damit. Sie war unsicher, schüchtern und wusste nicht, wie sie sich verhalten sollte. Anton zog eine Augenbraue nach oben.

„Es interessiert dich wirklich, wie Valentina es fand?"

Clara schluckte. Hatte Anton sie ertappt?

„Ja, warum denn nicht? Ich freue mich immer über Lob genauso wie Kritik von meinem Publikum."

Als sie es ausgesprochen hatte, glaubte sie es selbst nicht, doch irgendetwas musste sie ja sagen. Ihr Herz schlug ihr vor lauter Aufregung bis zum Hals. Warum brachte dieser Mann sie so in Verlegenheit?

„Ich denke, ihr hat es auch gefallen. Du hast es wirklich toll gemacht und kannst stolz auf dich sein. Das wollte ich dir nur sagen."

Clara errötete. Sie hätte wirklich nicht mit so einem Kompliment gerechnet.

„Das ist lieb von dir, danke. Vielleicht kommt ihr ja morgen auch noch mal auf den Markt und an unserem Stand vorbei, wir haben leckeres Gebäck, das wäre sicherlich etwas für Raffaele."

Clara verfluchte sich in Gedanken selbst, weil sie Anton schon wieder eingeladen hatte. Zuerst lud sie ihn in den Antiquitätenladen ein und jetzt auch noch an ihren Stand. Was dachte sie sich eigentlich dabei? War das vielleicht einfach ihre Unsicherheit und die Tatsache, dass sie nicht wusste, wie sie mit Anton umgehen sollte? Er brachte sie regelrecht um den Verstand.

„Das würde ich gerne, aber ich muss morgen leider arbeiten. In meinem Job habe ich nicht viele Sonntage frei, denn gerade in dieser Jahreszeit gibt es immer viel zu tun, weißt du?"

Clara nickte.

„Das glaube ich dir. Der Dachstein und unsere umliegenden Berge sind immer wieder verlockend für unvorsichtige Bergsteiger, aber Gott sei Dank seid ihr mit der Bergrettung ja immer schnell zur Stelle. Ich werde gleich am Morgen nach dem Wintermarkt mit meiner Freundin Emma eine Schneewanderung auf dem Dachstein machen. Das hatte ich schon immer mal vor und Emma ist eine erfahrende Bergsteigerin, da wird das sicherlich eine schöne Tour."

Anton riss entsetzt die Augen auf.

„Ist das dein Ernst?", fragte er ungläubig.

Clara blickte ihn verdutzt an.

„Ja, warum denn nicht?"

Anton hob verständnislos die Arme.

„Na weil es dort oben sehr gefährlich ist und mein Job nun mal daraus besteht, verunglückte Wanderer und Bergsteiger zu retten. Ich erlebe es fast täglich, dass auf dem Dachstein Leute verunglücken, weil sie sich überschätzen. Das ist für euch doch viel zu gefährlich."

Er schaute sie besorgt an und legte seine Hand auf ihre Schulter.

„Ich kann dich nicht davon abhalten, aber vertrau mir bitte, es ist nicht ganz ungefährlich. Wenn du mit deiner Freundin da raufgehst, nimm ein Handy mit und haltet euch an die befestigten Wege. Das Wetter kann schon schnell mal umschlagen, und da verliert man leicht die Orientierung."

Clara schaute Anton an und hörte ihm wie gebannt zu. Sie klebte förmlich an seinen Lippen und hatte das Gefühl, dass er sich wirklich um sie sorgte. Aber würde er das nicht bei jedem so machen? Schließlich war es sein Beruf, andere Menschen zu retten, und da wollte er sich bei Clara bestimmt nur vergewissern, dass sie auch wirklich wusste, worauf sie sich da einließ. Sie schaute ihn an und zwinkerte ihm zu.

„Das weiß ich doch. Es ist sehr lieb, dass du dir Sorgen machst, aber Emma weiß genau, was sie tut. Sie geht oft mit Touristengruppen auf den Dachstein und führt Wanderungen an: da vertraue ich ihr. Ohne sie würde ich mich da auch nicht hinaufwagen, aber wir passen schon auf."

Anton nickte.

„Wenn ihr gleich morgens aufbrecht, habt ihr vielleicht noch Glück mit dem Wetter. Wie gesagt, das schlägt schnell um, und man wird außerdem von der plötzlichen Dunkelheit überrascht. Oh je, ich rede ja schon total belehrend, tut mir leid. Es wäre einfach nur schön, wenn du aufpassen würdest."

Er zwinkerte ihr ebenfalls zu. Clara durchfuhr ein Kribbeln am ganzen Körper. Er wirkte so fürsorglich, und sie hatte in diesem Augenblick das Gefühl, als würde er sich ernsthaft um sie sorgen.

„Danke, das ist sehr lieb von dir. Wir passen schon auf. Ich sehe es als kleine Flucht aus dem Alltag und bin froh, wenn ich mal ein paar Stunden den Kopf freibekomme. Außerdem habe ich noch nie eine Schneewanderung gemacht und da passt das doch.

Apropos Schnee: ich werde jetzt mal reingehen und mich umziehen, denn so langsam fange ich an zu frieren."

Sie legte beide Arme um den Körper, um sich warmzuhalten. Nachdem ihr Auftritt vorbei war und das Lampenfieber abgeklungen, spürte sie die Kälte zunehmend.

Anton nickte und verabschiedete sich.

„Natürlich, hol dir nicht noch eine Erkältung. Es war schön, dich wiederzusehen Clara."

Er drehte sich um und war gerade dabei zu gehen, als er sich noch einmal umdrehte.

„Und was deine ganze Optik heute angeht, kann ich nur sagen: Wow."

Mit diesem Satz verschwand er im Getümmel der Menschen.

Clara atmete tief ein, pustete ihren Atem als Wölkchen in die kalte Luft und lächelte vor Glück. Für sie war es ein perfekter Abend: sie hätte nicht zufriedener sein können. Der Auftritt war reibungslos und ohne größere Patzer verlaufen und ihre große Liebe hatte ihr zugeschaut und ihr sogar noch ein Kompliment gemacht. Sie war so voller Glück und Liebe, dass sie gar nicht mehr aufhören konnte zu lächeln. Als sie gerade dabei war, die Gaststätte zu betreten, um sich umzuziehen, kam ihr Emma entgegen und rief:

„Wow, Clara, das war ja mal der Wahnsinn."

Emma umarmte sie und drückte ihr einen Kuss auf die Wange.

„Dein Kleid ist wirklich super scharf, das gibt's ja gar nicht. Du siehst wirklich aus wie ein Engel mit deinen blonden Locken und dem goldenen Make-up. Ich muss schon sagen, du hast dich ganz schön ins Zeug gelegt für deinen Traummann."

Clara runzelte die Stirn und schob sich verlegen eine Locke hinters Ohr.

„Danke dir, aber wie meinst du das?"

Fragend schaute sie Emma an.

„Ich meine natürlich Anton, wen denn sonst. Er stand doch mit seiner Frau auf dem Marktplatz und hat dir zugeschaut. Wenn ich mich nicht täusche, war er auch eben gerade bei dir und hat sich mit dir unterhalten."

Clara wollte gerade Luft holen und sich verteidigen, als Emma ihr zuvorkam.

„Ist schon okay, ich behalte es für mich. Du bist aber auch ein böses Mädchen meine Liebe. Wenn man die ganze Geschichte mit dir und Anton kennt, war doch ganz offensichtlich, wer gemeint war mit deinem Lied. Wenn Gabriel das wüsste!"

Emma schüttelte den Kopf.

„Ach Emma, was willst du mir denn damit sagen? Du kennst mich doch mittlerweile. Du weißt, ich liebe meinen Mann und würde nichts tun, was ihn verletzt. Ich habe einfach ein tolles Lied gesungen, dessen Inhalt zufällig mit der Sehnsucht zu tun hat. Nicht mehr und nicht weniger! Anton kam hinterher nur vorbei, um mir zu dem Auftritt zu gratulieren, das war alles."

Sie gingen zusammen zur Garderobe. Clara beachtete Emma nicht sonderlich. Sie wollte vor allem schnell wieder etwas Warmes anziehen. Emma ließ nicht locker und setzte sich zu ihr in den Umkleideraum.

„Du hast Recht, ich kenne dich mittlerweile, und deshalb weiß ich auch ganz genau, wenn du mir etwas vormachst. Und ich verstehe dich auch sehr gut: du hast Gefühle für einen anderen Mann, und das, obwohl du verheiratet bist. Ich kann und will dir nichts vorschreiben, aber ich kann dir nur sagen, es ist falsch. Doch du bist alt genug und musst wissen, was du tust, ich rede dir da nicht mehr rein."

Sie schaute Clara erwartungsvoll an. Clara war dabei, sich hinter einem Paravent umzuziehen, und schälte sich gerade aus ihrem Kleid.

„Das stimmt, es ist falsch, und das weiß ich auch, aber ich will da jetzt wirklich nicht mit dir drüber reden, wenn das okay für dich ist."

Emma nickte und antwortete: „Kein Problem, dafür haben wir ja bei unserer Schneewanderung noch genügend Zeit."

„So ist es. Ach und was das betrifft, Anton hat mir eben bei unserem Gespräch auch davon abgeraten. Er meinte, dass sich das Wetter so schnell ändern kann und es ziemlich gefährlich dort oben werden kann. Ich bin mir inzwischen etwas unsicher geworden, ob das so eine gute Idee ist mit der Schneewanderung morgen."

Clara lugte fragend hinter dem Paravent hervor und schaute Emma an. Doch die winkte kopfschüttelnd ab.

„Ach Clara, mach dir nicht immer so viele Gedanken um alles. Du weißt doch, dass ich auf diesem Gebiet eine der Besten hier im Umkreis bin. Ich mache so etwas ständig und kenne die Gegend wie meine eigene Westentasche.

Ich gebe zu, das Wetter kann man nicht beeinflussen, und unvorhergesehene Naturgewalten können immer und überall auf einen lauern, aber wenn man nur an solche unheilvollen Zufälle denkt, dürfte man das Haus ja gar nicht mehr verlassen."

Clara schwieg für einen Moment, als sie sich ihren dicken Pulli überzog und eine Hose überstreifte.

„Du hast Recht, ich bin oft viel zu ängstlich und mache mir unnötige Gedanken. Wir nutzen den Tag einfach für einen schönen Mädelsausflug und um etwas zu reden."

Emma nickte.

„Na also, das ist der richtige Ansatz. Ich verabschiede mich dann auch mal. Morgen haben wir alle hier auf dem Markt noch mal einen langen Tag vor uns und dann haben wir den Wintermarkt für dieses Jahr auch wieder hinter uns gebracht. Du bist bestimmt auch total kaputt und froh, wenn du ins Bett fallen kannst. Mit Gabriel."

Clara kam hinter dem Paravent hervor und band sich ihre Haare zu einem Zopf nach oben.

„Das stimmt. Apropos, wo war Gabriel eigentlich während meines Auftritts? Hast du ihn gesehen?"

Clara schaute Emma an und erwartete eine ausweichende Antwort. Sie hatte das Gefühl, als wären Gabriel und Emma zusammen irgendwo gewesen und hätten ihren Auftritt gar nicht mitbekommen. Doch warum wusste Emma dann, worüber Clara in ihrem Lied gesungen hatte? Das konnte nicht stimmen.

„Keine Ahnung, ich habe ihn zuletzt bei euch am Stand gesehen. Hast du ihn nach deinem Auftritt noch nicht gesprochen?"

Clara zuckte die Schultern.

„Nein, ich habe ihn seitdem auch nirgends gesehen. Na ja, er wird schon irgendwo zu finden sein."

Clara packte ihre Sachen zusammen und ging mit Emma zurück nach draußen. Der Schnee fiel mittlerweile immer heftiger und hatte auf den Straßen eine dichte, weiße Puderschicht hinterlassen. Nach Claras Auftritt hatten sich die meisten Besucher nach und nach auf den Heimweg gemacht, und so leerte sich der Wintermarkt zusehends. An den einzelnen Ständen wurden die Lichterketten ausgeschaltet und die ausgestellten Dinge eingeräumt, damit man Feierabend machen konnte. Einzig der große Weihnachtsbaum und einige Laternen warfen noch ein gedämpftes Licht auf den Marktplatz. Clara blickte suchend über den Platz und versuchte Gabriel irgendwo zu entdecken. Sie hätte gar nicht lange zu suchen brauchen, denn er stand hinter der Holzhütte und war damit beschäftigt, Sachen wegzuräumen und die letzten Becher zu spülen.

Clara wunderte sich etwas darüber, denn während ihres Auftritts hatte sie immer mal wieder zu ihrem Stand hinübergeblickt und ihn nirgends dort entdecken können. Hatte sie ihn wirklich nicht gesehen, oder war er womöglich gar nicht da gewesen? Hatte er sich mit Emma getroffen? Clara gingen plötzlich seltsame Gedanken und Bilder durch den Kopf, die sie zu verdrängen versuchte. Als Gabriel sie erblickte, winkte er ihr freudestrahlend zu.

„Clara, Liebes, du warst wirklich umwerfend. Du hast bildhübsch ausgesehen."

Er kam aus der Holzhütte hervor und nahm sie in den Arm.

„Ich bin so stolz auf dich. Das Publikum war begeistert, findest du nicht auch?"

Er schaute ihr in die Augen und küsste sie. Clara genoss seinen Kuss. Ja, dass tat sie wirklich, und doch konnte sie einfach nicht aufhören an Anton zu denken. Die Begegnung mit ihm war noch zu frisch und hatte sie immer noch voll und ganz in ihrem Bann. Sie kam sich wieder einmal falsch und betrügerisch vor. Wie konnte sie ihren Mann küssen und dabei an einen anderen denken! Sie schaute Gabriel in die Augen und sagte: „Danke dir, es freut mich, wenn dir mein Auftritt gefallen hat. Komisch, ich hatte von der Bühne immer mal wieder runter zu dir an den Stand geblickt, dich aber nicht gesehen."

Gabriel zog eine Augenbraue nach oben und widmete sich wieder dem Wegräumen der letzten Sachen.

„Wirklich? Merkwürdig, ich war doch die ganze Zeit über hier. Vielleicht hast du dich verguckt, denn wenn du dort oben vom Licht der Scheinwerfer angestrahlt wirst, dann kannst du ja nicht alles hier unten erkennen."

Clara schaute ihn etwas misstrauisch an und entschied sich dafür, einfach nicht länger nachzuhaken. Sie würde Emma bei der Schneewanderung zur

Rede stellen und ihr von den Vermutungen, die sie ihr und Gabriel gegenüber hatte, erzählen.

„Wahrscheinlich hast du Recht, und ich habe es bestimmt nicht richtig gesehen."

Clara half Gabriel noch die letzten kleineren Ausstellungsstücke einzuräumen, und nachdem sie ihren Stand geschlossen hatten, liefen sie gemeinsam nach Hause. Der Schneefall hielt die ganze Nacht über an. In dieser Nacht tat Clara kaum ein Auge zu.

Sie wälzte sich von einer auf die andere Seite und konnte partout nicht zur Ruhe kommen. Eigentlich war sie so kaputt und geschlaucht von den Strapazen des ganzen Tages, dass sie sofort hätte einschlafen müssen, sobald sie sich hinlegte, doch das geschah nicht. Zu viel spukte ihr im Kopf herum, das sie quälte und nicht einschlafen ließ. Waren es Schuldgefühle ihrem Mann gegenüber? War es die Angst, dass ihr Mann eventuell ein Verhältnis mit ihrer Freundin hatte? Oder war es die quälende Sehnsucht nach Anton und die schmerzliche Wahrheit, dass sie ihn gehen lassen musste? Sie wusste es nicht. Clara war fest entschlossen, mit Anton und ihren Gefühlen für ihn abzuschließen und einen Haken daran zu machen, doch sie war noch nicht in der Lage dazu. Zu sehr hatte sie der vergangene Abend aufgewühlt und aus der Bahn geworfen. Sie war einfach überfordert.

Um fünf Uhr in der Früh schloss sie endlich die Augen und fiel in einen tiefen Schlaf, bevor zwei Stunden später wieder der Wecker klingelte.
Clara schlug verschlafen und wie gerädert die Augen auf und blickte neben sich. Gabriel lag nicht mehr neben ihr. Verwundert stieg sie aus dem Bett, zog ihren Morgenmantel an und schlurfte noch leicht schlaftrunken in die Küche.
Die Kaffeemaschine schien unberührt, und auch der Rest des Hauses war leer.

Gabriel war nirgends aufzufinden. Einen Zettel hatte er auch nicht hinterlegt, was sehr merkwürdig war. Clara versuchte ihn über das Handy zu erreichen, doch das hatte er zu Hause liegen lassen, was noch weniger zu ihm passte. Langsam wurde Clara etwas unruhig, und sie fragte sich, wo er so früh schon hingegangen war, zumal sie erst gegen zwölf Uhr auf dem Wintermarkt sein mussten, um den Stand vorzubereiten.

Vielleicht war er noch mal in den Laden gefahren, um etwas zu holen, dachte sie, doch als sie aus dem Fenster schaute, sah sie seinen Wagen stehen. Verunsichert schenkte sie sich eine Tasse Kaffee ein, setzte sich, eingewickelt in eine dicke Wolldecke auf den Balkon und beobachtete die Umgebung. Es hatte die ganze Nacht über geschneit, und der kleine Ort Hallstatt war zu einem bezaubernden Wintermärchen geworden. Die Dächer der Häuser waren mit einer satten Schicht Schnee bedeckt, und die Kinder aus der Nachbarschaft waren in aller Früh auf die Straße gekommen, um einen Schneemann zu bauen. Clara wärmte ihre Hände an der heißen Kaffeetasse und erfreute sich an dem Anblick der verschneiten Landschaft und der fröhlichen Kinder, die im Schnee spielten.

Als sie auf die Straße direkt vor ihrem Haus blickte, erkannte sie auf einmal Gabriel, der um die Ecke bog und auf das Haus zulief. Clara wollte gerade aufstehen und ihm zurufen, als sie abrupt stoppte. Sie traute ihren Augen kaum. Dicht hinter Gabriel lief Emma, die seine Hand ergriff und ihn verliebt anlächelte.

Kapitel 14

Clara musste sich erst einmal setzen. Es traf sie wie ein Schlag und absolut unvorbereitet. Sie hatte es sich zwar die ganze Zeit schon gedacht, und es kam ihr alles etwas seltsam vor, aber es jetzt wahrhaftig zu sehen schockierte sie. Deshalb war Gabriel auch nicht zu Hause gewesen und hatte weder einen Zettel hingelegt, noch sein Handy dabeigehabt.

Hatte er vielleicht gehofft, Clara würde noch schlafen, und er könnte sich unbemerkt davonschleichen? Clara wurde augenblicklich mulmig zumute, und sie überlegte, wie sie sich nun verhalten sollte. Sie beschloss Gabriel gegenüber weiterhin die Nichtsahnende zu spielen und Emma zuerst darauf anzusprechen. Also huschte sie still und leise zurück in ihr Schlafzimmer, kuschelte sich unter die Decke und tat, als schliefe sie noch tief und fest. Sie wollte Gabriel nicht zeigen, dass sie seine Abwesenheit bemerkt hatte. Womöglich verstrickte er sich in Ausreden, wenn sie ihn darauf ansprach. Bis er eintraf, dachte Clara nach. Sie überlegte, wie lange das schon zwischen Gabriel und Emma laufen könnte und ob es mehr war als ein Flirt mit Händchen halten. Was war es, das Gabriel anscheinend fehlte und Clara ihm nicht geben konnte? Lag es daran, dass der Alltag in ihre Ehe eingekehrt war? Brauchte er Abwechslung? Hatte Clara selbst dazu beigetragen, indem sie sich immer mehr von Gabriel distanziert hatte? Sie versuchte alle Möglichkeiten im Kopf durchzugehen, doch es half nichts – sie musste Emma auf der Schneewanderung zur Rede stellen und für Gewissheit sorgen. Normalerweise hätte sie anfangen müssen zu weinen, so entsetzt war sie über ihre Entdeckung, doch sie befand sich in einer Art Schockstarre und konnte keine Träne vergießen. Da sie so etwas schon geahnt hatte, war sie womöglich nicht allzu überrascht gewesen und sogar etwas erleichtert, da sie es nun mit eigenen Augen gesehen hatte. In dieser Situation kam sie sich mit ihrer

Schwärmerei und den Gefühlen für einen anderen Mann schon gar nicht mehr so falsch und betrügerisch vor, denn ihr Mann schien ja keinen Deut besser zu sein als sie. Er machte es auch noch offensichtlich und so, dass es jeder sehen konnte. Doch egal, ob man es offensichtlich, oder im Stillen machte, es war beides falsch, und das wusste Clara. Sie konnte es nicht schönreden: dafür war es längst zu spät.

Die Haustür fiel ins Schloss, und Clara verhielt sich still und regungslos. Gabriel stieg die Treppen nach oben, ging ins Bad, um sich wieder seinen Schlafanzug überzuziehen, und legte sich leise und vorsichtig zu Clara ins Bett zurück. Clara lag, den Rücken zugedreht neben ihm, und öffnete nun langsam die Augen. Sie spürte, wie ihr Tränen in die Augen stiegen. Sie wurde von ihren Gefühlen übermannt und konnte nichts dagegen tun. Schnell versuchte sie sich wieder zu fangen und die Tränen wegzuwischen. Wie sollte sie ihrem Mann nun gegenübertreten? Was sollte sie sagen? Würde er merken, dass sie es wusste? Sie war ratlos, doch ihr blieb nichts übrig, als den Schein zu wahren und sich so zu verhalten, wie sie es immer tat. Da sie in den letzten Wochen generell sehr distanziert und etwas abweisend zu ihm war, dürfte es ihr nicht allzu schwerfallen, sich ihm gegenüber neutral zu verhalten.

Also drehte sie sich zu ihm um, gab ihm einen Kuss auf den Kopf und schlüpfte aus dem Bett. Gabriel grummelte etwas vor sich hin und tat, als schliefe er. Clara fühlte sich seltsam. Was sie am meisten beunruhigte, war, dass sie zwar sehr verletzt über ihre Entdeckung war, es sie aber nicht so schmerzhaft traf, wie sie es gedacht hätte. Nicht, dass es ihr gleichgültig gewesen wäre, denn das war es wirklich nicht, aber sie hatte es hingenommen und versuchte damit umzugehen. Sie konnte es sich nur so erklären, dass ihre Gefühle für Anton zu diesem Zeitpunkt einfach so stark waren, dass sie alles andere ausblendete und für nicht so tragisch befand. Diese Tatsache ließ sie nachdenklich werden. Liebte sie ihren Mann etwa nicht mehr? Doch, das tat sie, aber ihre Liebe zu ihm hatte sich geändert.

Clara stand wie so oft in ihrer Küche am Fenster und blickte hinaus auf den See, der an diesem Morgen etwas freundlicher wirkte als sonst, da die Landschaft ringsherum mit einer zarten Schneeschicht bedeckt war. Alles wirkte ruhig und friedlich, und auf dem See war kein einziges Boot zu erblicken. Viele Einwohner schliefen noch, und da der Wintermarkt erst gegen Nachmittag seine Tore öffnete, waren die Straßen noch wie leergefegt. Clara nippte an ihrer zweiten Tasse Kaffee des Tages und starrte vor sich hin. Gabriel betrat die Küche.

„Guten Morgen, meine Schöne, wie hast du geschlafen?"

Er gab ihr einen Kuss auf die Wange, schenkte sich ebenfalls eine Tasse Kaffee ein und setzte sich mit der Tageszeitung in der Hand an den Esstisch. Clara stand ihm mit dem Rücken zugewandt da und fragte sich, wie er nur so gut gelaunt und unbeschwert in die Küche kommen konnte, obwohl er sie so hintergangen hatte. Doch tat sie nicht genau das Gleiche, und das schon seit geraumer Zeit - nur eben in Gedanken?

„Na ja, ich habe nicht besonders gut geschlafen. Als ich das letzte Mal auf den Wecker sah, muss es kurz nach vier gewesen sein. Dann konnte ich erst richtig einschlafen. Und wie hast du geschlafen?"

Sie drehte sich zu ihm, um seinen Gesichtsausdruck zu sehen. Er schlürfte seinen Kaffee und schaute in die Zeitung, während er nur kurz und knapp antwortete:

„Wie ein Stein."

Clara entfuhr ein abschätziger Laut.

„Ach wirklich? Mir kam es so vor, als wärst du schlafgewandelt."

Gabriel schaute sie verdutzt an.

„Wie meinst du denn das?"

„Ach, ich habe bestimmt nur geträumt, aber ich hatte das Gefühl, dass du heute früh nicht mehr da warst."

Gabriel schüttelte verwundert den Kopf.

„Du hast bestimmt geträumt. Wo sollte ich denn hin sein?"

Clara drehte sich um, spülte ihre Tasse aus, und ihr Gesicht nahm einen leicht ironischen Gesichtsausdruck an.

„Du wirst Recht haben. Ich habe wohl einfach nur schlecht geträumt."

Gabriel widmete sich wieder seiner Zeitung und zeigte somit, dass das Gespräch für ihn erledigt war. Diesmal war er noch einmal davongekommen. Clara war kurz davor gewesen, ihn darauf anzusprechen, aber sie brachte es einfach nicht fertig, ihren eigenen Mann zur Rede zu stellen. Bei Emma schien es ihr etwas anderes zu sein. Sie konnte es kaum noch erwarten, sie bei der Schneewanderung zur Rede zu stellen. Seit diesem Morgen hatte sie für sich selbst beschlossen, die Freundschaft mit Emma vorerst auf Eis zu legen, denn der Vertrauensbruch von Gabriel war schon schlimm genug, da konnte sie nicht noch weiterhin mit Emma befreundet sein und so tun, als wäre nichts Schlimmes passiert. Wie konnte sie ihrem Mann und ihrer Freundin überhaupt jemals wieder vertrauen? Sie konnte ihnen vielleicht verzeihen, aber vergessen konnte sie nicht.

Der Wintermarkt neigte sich seinem Ende zu. Gabriel und Clara hatten an diesem Tag viel verkauft und waren heilfroh, dass der Andrang allmählich abnahm. Clara hatte an diesem Tag nicht viel zu Gabriel gesagt, sondern sich auf das Nötigste beschränkt. Da bis zum Abend noch reger Andrang herrschte, war das auch nicht so schwierig, denn beide hatten alle Hände voll zu tun. Der

Schnee hatte viele Besucher angelockt, die bei dieser vorweihnachtlichen Stimmung umso lieber ihre Geldbörsen zückten und ihr Geld für Süßigkeiten und Krimskrams ausgaben.

Emma war kein einziges Mal am Stand gewesen, was sehr untypisch für sie war, denn egal wie viel sie an ihrem eigenen Stand zu tun hatte, ließ sie sich ein Schwätzchen zwischendurch nicht entgehen. Clara hatte das Gefühl, als würde sie ihr absichtlich aus dem Weg gehen, oder Gabriel nicht in ihrem Beisein über den Weg laufen wollen.

Nachdem Clara und Gabriel die letzten Gläser Punsch ausgegeben hatten und das Gebäck aufgebraucht war, begannen sie nach und nach alles in Kisten zu räumen und die Holzhütte zu leeren. Ein erfolgreiches Wochenende ging zu Ende und die Kasse hatte sich durch den Verkauf von Köstlichkeiten zusehends gefüllt. Eigentlich hätte Clara stolz sein müssen, denn sie hatte nicht nur gutes Geld eingenommen, sondern sie war auch noch der Star des diesjährigen Wintermarkts gewesen.

Viele Besucher und Passanten, die bereits am Abend zuvor auf dem Markt gewesen waren, kamen zu ihr an den Stand und machten ihr Komplimente. Einige schwärmten von ihrem Kleid und ihrer engelsgleichen Erscheinung, andere lobten ihren herausragenden Gesang, und wieder andere erzählten ihr, wie gerührt sie von den einzelnen Textpassagen waren. Clara bekam so viele Komplimente, dass sie vor Verlegenheit ganz rot wurde und gar nicht recht wusste, wie sie damit umgehen sollte. Sie freute sich über die Maßen, aber sie hätte sich noch mehr gefreut, wenn Anton an diesem Tag noch einmal vorbeigekommen wäre. Doch was hätte ihr das genützt? Sie wollte doch eigentlich auf Abstand gehen, oder nicht? Sie wollte ihren Auftritt als krönenden Abschluss sehen und sich damit von ihm und ihren Gefühlen für ihn endgültig verabschieden und freimachen. Doch das ging nicht, ganz besonders nicht nach ihrer morgendlichen Beobachtung. Gerade jetzt wünschte sie sich umso mehr, in Antons Nähe zu sein, so verletzt war sie. Mittlerweile sah sie die Schneewanderung mit Emma nicht mehr als Ablenkung von Anton an, sondern eher als passende Gelegenheit, um ihre Freundin zur Rede zu stellen und ihr eventuell sogar die Freundschaft aufzukündigen. Doch war sie sich wirklich sicher, dass es dann besonders klug von ihr war, ganz alleine mit ihr auf einen Berg zu steigen, ein Gespräch zu führen, bei dem es sein konnte, dass ihre Freundin die Beherrschung verlieren, und sie womöglich vor lauter Wut alleine irgendwo zurücklassen würde? Doch so war Emma nicht und dafür hatte sie auch wirklich keinen triftigen Grund. Clara war es, die hätte sauer sein müssen und alles Recht dazu hätte, ihrer Freundin einen ordentlichen Dämpfer zu verpassen. Clara war von ihrem Naturell her ein warmherziger, hilfsbereiter und gütiger Mensch, der stets auf das Wohl seiner Mitmenschen bedacht war. Sie war nie nachtragend oder böse mit anderen, doch diese Situation war für sie schrecklich ungewohnt. Emma kannte Clara nur zu gut, und wahrscheinlich nahm sie sich deshalb so viel heraus, weil sie davon ausging, dass Clara ihr alles verzeihen würde, weich und liebevoll, wie sie immer war. Doch da hatte sie sich getäuscht, dachte Clara. Sie hatte noch eine andere Seite und würde ihrer Freundin direkt und ohne Umwege die Meinung sagen können. Trotz allem hatte Clara gemischte Gefühle was die Schneewanderung anging. Doch Aufgeben und alles absagen kam für sie nun nicht mehr in Frage. Einen Rückzieher zu machen erschien ihr keine Option, im Gegenteil, sie konnte es kaum erwarten, mit Emma alleine zu sein und in aller Ruhe ein ernstes Gespräch mit ihr zu führen.

Als Gabriel und Clara gerade dabei waren die Holzhütte abzuschließen und aufzubrechen, kam Emma ihnen entgegen.

„Ach Gabriel, bring du doch bitte noch die Kabeltrommel und die Lichterkette ins Gasthaus zurück, ich würde gerne noch mal kurz mit Emma reden.", sagte Clara.

Gabriel winkte Emma zu und verschwand dann in Richtung Gasthaus.

Clara wollte keine gemeinsame Konfrontation zulassen und schickte Gabriel deshalb lieber weg. Sie nickte Emma zu.

„Hi, na, hast du euren Stand auch schon zugesperrt?"

Emma bejahte.

„Ja, Gott sei Dank, ich bin heilfroh, dass wir es hinter uns haben. Auch, wenn es jedes Jahr wirklich schön ist, bin ich trotzdem froh, wenn es wieder vorbei ist. Und bei euch? Wie liefen die Geschäfte?"

Clara machte eine verhaltene Geste, die nicht zu viel preisgab.

„Wie immer eigentlich. Du, sag mal, wann wollen wir denn morgen früh aufbrechen? Holst du mich ab, oder soll ich zu dir kommen?"

Emma zuckte die Schultern.

„Das ist mir eigentlich ganz egal. Du kannst mich gerne abholen, und wir fahren dann zusammen in Richtung Seilbahn. Sagen wir, so gegen acht Uhr? Denk an deine komplette Ausrüstung und einen Rucksack. Wir sollten uns genügend heiße Getränke und eine kleine Brotzeit mit raufnehmen."

Clara stimmte Emma zu.

„Natürlich, ich bereite heute noch alles vor und packe es zusammen. Dann bin ich gegen acht Uhr bei dir."

„Alles klar, meine Liebe, dann freue ich mich schon auf unseren gemeinsamen Ausflug! Versuch du dich noch mal etwas auszuruhen vor der großen Wanderung."

Emma umarmte Clara und lief dann ins Gasthaus.

Clara war etwas mulmig zumute, denn sie hatte gerade die Frau umarmt, die sich noch am selben Morgen heimlich mit ihrem Mann getroffen hatte. Es kam ihr mehr als nur komisch vor, aber sie musste sich zusammenreißen, wenn sie herausfinden wollte, was wirklich zwischen Emma und Gabriel war.

Als Clara mit Gabriel zu Hause angekommen war, packte sie ihren Rucksack für den nächsten Tag und legte die Kleidung heraus, die sie zur Schneewanderung tragen wollte. Da es auf dem Dachstein in schwindelerregender Höhe bitterkalt werden konnte, hatte Emma für Clara wind- und wasserabweisende Kleidung herausgesucht, die durch ihre Thermofunktion sehr warm halten sollte. Passende Schneeschuhe, Mütze, Handschuhe und eine Schneebrille rundeten das Wanderoutfit ab, und so war Clara bestens ausgerüstet für den kommenden Tag. Sie packte alles auf einen Stuhl in der Diele und legte sich anschließend zu Gabriel ins Bett. Er las einen historischen Roman und war so darin vertieft, dass er zuerst gar nicht bemerkte, wie Clara sich auszog und nur noch in Unterwäsche vor ihm stand. Sie wartete seine Reaktion ab, doch er schaute nur kurz über den Rand seiner Lesebrille, lächelte sie an und blätterte dann auf die nächste Buchseite. Clara hatte diese Reaktion schon fast erwartet, schlurfte ins Bad, um sich ihr Nachthemd anzuziehen, und stieg dann zu ihm ins Bett. Gabriel las weiter und sagte zwischendurch nur recht nüchtern: „Dieses Jahr lief der Verkauf doch wirklich überaus gut für uns, meinst du nicht auch?"
Clara kramte eine Handcreme aus ihrer Nachttischschublade, cremte sich großzügig die Hände ein und antwortet: „Ja, es lief wirklich gut. Mal sehen was letztendlich übrig bleibt, wenn wir den kompletten Kassensturz machen."
Gabriel nickte. Clara schaute ihn von der Seite an und es kam ihr vor, als verhielten sie beide sich wie ein älteres Ehepaar, das sich nicht mehr viel zu

sagen hatte und bei dem keinerlei Intimitäten mehr stattfanden. Gabriel schaltete seine Nachttischlampe aus, gab Clara einen Kuss auf die Wange und legte sich ihr zugewandt auf die Seite.

„Und, bist du schon aufgeregt wegen eurer Schneewanderung morgen?"

Clara nickte.

„Ja, ein wenig schon. Aber ich bin bei Emma in den besten Händen, denke ich. Sie weiß, was sie tut und dann sind wir Frauen auch mal wieder ganz für uns alleine und können reden."

Sie spähte aus dem Augenwinkel zu ihm rüber und erhoffte sich eine offenkundige Reaktion, doch Gabriel war schon dabei einzuschlafen. Er nickte nur stumm und fiel dann in einen tiefen Schlaf. Clara konnte noch nicht einschlafen und lag einfach regungslos daneben und schaute ihn an. So verharrte sie eine Stunde, beobachtete ihn beim Schlafen und kam ins Grübeln. Sie dachte über sich, Gabriel und ihr Leben nach. In ihr kamen so viele Erinnerungen hoch, Erinnerungen an sehr glückliche Zeiten. Sie und Gabriel waren das Vorzeigepaar der ganzen Stadt, und man schwärmte überall von ihnen, wie toll sie doch zusammenpassten, und das nicht nur optisch. Wenn die Leute wüssten, wie es hinter den Kulissen aussah, würden sie ihre Meinung sicherlich ganz schnell revidieren. Clara fragte sich oft, wie sie in so eine Lage geraten konnte. Wie konnte es so weit kommen? Hatten beide aufgehört, einander zu lieben, oder sich so weit voneinander entfernt, dass man nur noch wie Bruder und Schwester in einer Art Wohngemeinschaft nebeneinander her lebte? Was war geschehen? Clara machte sich Vorwürfe und suchte die Schuld bei sich selbst. War sie es nicht schließlich, die durch ihre verbotenen Gefühle für einen anderen Mann ihr Eheleben ins Ungleichgewicht gebracht hatte? Sie war es doch, die eine leichte Abneigung gegenüber ihrem Mann entwickelt hatte, sobald sie Anton sah, an ihn dachte oder von ihm träumte. Es dauerte dann immer eine gewisse Zeit, bis sie sich wieder voll und ganz auf Gabriel konzentrieren konnte. Doch hatte er nicht auch seinen großen Teil dazu beigetragen, dass ihre Ehe sich so verändert hatte? Schließlich war er es, den sie mit ihrer langjährigen Freundin nun schon mehrmals dabei beobachtet hatte, wie sie verliebte Blicke tauschten und sich an den Händen hielten. Er tat eigentlich genau das, was Clara in ihren Träumen und Vorstellungen auch tat, nur, dass es nicht real war. Falsch war es dennoch. Sie war verheiratet und würde niemals so weit gehen und es wirklich in die Tat umsetzen, zumindest dachte sie das. Sie schaute Gabriel an, rutschte ein Stückchen zu ihm runter und legte ihre Hand in seine. Er schlief tief und fest, zuckte ab und zu und sah friedlich und zufrieden aus. Sie wollte versuchen sich ihrem Mann wieder anzunähern, und auch wenn es ihr mehr als schwerfiel, musste sie für ihn und sich einen Neuanfang wagen und ihm verzeihen, egal, was es auch war, dass der Vergebung bedurfte. Doch in erster Linie musste sie sich selbst verzeihen und um Vergebung beten. Sie wünschte sich von Gott Vergebung, dafür, dass sie nun schon zu oft heimliche und sündige Gedanken an den einen Mann hatte, den sie niemals haben konnte. Wenn sie wieder mit sich und ihren Gefühlen ins Reine kommen könnte, würde sich auch alles andere finden, dachte sie. Egal, was es war, das Gabriel und Emma miteinander zu schaffen hatten - in ihren Augen gab es nichts, das man nicht verzeihen könnte, denn dafür liebte sie Gabriel zu sehr und hatte schon zu viel mit ihm durchlebt. Und genau das ist es doch, worauf es im Leben ankommt: es sind nicht immer nur die schönen und unbeschwerten Momente und Erlebnisse, sondern gerade die schlimmen und unerwartet, die man zusammen meistern muss und an denen man wächst, sinnierte Clara. Sie war fest davon überzeugt, dass sie alles zusammen meistern könnten, egal was sich ihnen noch in den Weg stellen würde oder welche Gefühle sie Anton gegenüber hatte, und gleichgültig, welcher Natur die Empfindungen zwischen Gabriel und Emma waren: sie glaubte daran, dass sich alles fügen und die Zeit Wunden heilen würde. Sie mussten beide nur fest daran glauben, an sich arbeiten und ihre Gefühle füreinander wieder neu entfachen.

Claras Augen wurden immer schwerer, und nach kurzer Zeit schlief auch sie tief und fest ein. Dies war die erste Nach seit langem, in der sie nicht von Anton träumte...

Kapitel 15

Clara stand, wie fast jeden Morgen, an ihrem Küchenfenster, hielt eine Tasse Kaffee in der Hand und schaute in Gedanken versunken über den Hallstätter See. Es war der Morgen der Schneewanderung, und es war ein herrlicher Tag. Der Schnee hatte eine dicke Decke über den See gezogen, und als sich die Sonne durch die Wolkendecke kämpfte und ihre Strahlen auf dem Schnee reflektierten, funkelte und glitzerte alles zauberhaft schön. Auf Claras Gesicht machte sich ein kleines Lächeln breit, denn sie hatte zum ersten Mal seit längerer Zeit das Gefühl, in die richtige Richtung zu steuern. Sie hatte sich fest vorgenommen, mit Emma und Gabriel zu sprechen, sich deren Version anzuhören und herauszufinden, was genau schiefgelaufen war, dass es so weit hatte kommen können. Außerdem hatte sie beschlossen, all ihren Mut zusammenzunehmen und Gabriel ihre Gefühle für Anton zu beichten. Sie konnte diese quälenden Gedanken und Empfindungen nicht länger in sich aufstauen lassen und mit der Lüge leben. Sie musste sich davon freimachen und die Karten auf den Tisch legen. Zu ihrem Vorteil konnte sie Gabriel zur Rede stellen und war sich sicher, dass er ihr vergeben würde, da er selbst nicht gerade vorbildlich gehandelt hatte und seine Frau ebenfalls in irgendeiner Art und Weise hintergangen hatte. Doch zuerst musste sie Emma befragen, so gut es ging, denn dass ihre Freundin solch einen Vertrauensbruch begehen konnte und ihr dann noch ins Gesicht lächelte, tat ihr beinahe noch mehr weh als die Tatsache, dass Gabriel anscheinend Gefühle für Emma hatte. Da sie sich selbst in so einer verzwickten Lage befand und wusste, wie schnell man sich in jemand anderen verlieben konnte, konnte sie nicht anders, als gnädig mit ihm sein. Einerseits hatte sie Bedenken, mit Emma diese Schneewanderung zu machen, denn immerhin stieg sie mit der Frau auf den Berg, die sich womöglich hinterrücks ihren Ehemann krallen wollte, doch anderseits war

Clara nach einem kleinen Abenteuer zumute, und sie wollte ihre Freundin schließlich in aller Ruhe zur Rede stellen, und dafür war diese Wanderung zu zweit sehr gut geeignet. Dort oben auf dem Berg waren sie sicherlich mehr als ungestört, denn nachdem so viel passiert war, trauten sich nicht mehr viele Wanderer auf den Dachstein. Clara hatte den Vorteil, dass Emma den Berg wie ihre eigene Westentasche kannte und genau wusste, welche Wege zu gefährlich waren. Sie konnte also mit ruhigem Gewissen die Wanderung starten.

„Guten Morgen, Liebling, hast du gut geschlafen?"
Gabriel kam in die Küche, gab Clara einen Kuss und schenkte sich ebenfalls eine Tasse Kaffee ein.
„Ja, danke, ich habe wirklich tief und fest geschlafen und bin für den großen Tag heute ausgeruht."
Sie dreht sich um, lehnte sich an die Küchenarbeitsplatte, nahm einen großen Schluck aus der Tasse und schaute Gabriel an, der dabei war, sich ein Brot zu schmieren.
„Ich weiß nicht, ich bin immer noch nicht sehr begeistert von dieser Idee. Du kennst meine Meinung dazu, und ich werde euch sicherlich nicht davon abhalten können, aber wohl ist mir nicht dabei. Willst du es dir nicht noch mal überlegen?"
Er schaute sie besorgt an und genau dieser Blick erweichte Claras Herz. Sie spürte, dass Gabriel sich ehrlich und aufrichtig um sie sorgte und ihr hoffnungsvoll in die Augen schaute. Clara presste die Lippen zusammen und antwortete: „Ach Liebling, du bist ja wirklich wahnsinnig lieb und ich weiß, dass du besorgt bist, aber ich passe schon auf mich auf, mach dir da mal keine Sorgen. Emma ist ja bei mir, und wir haben unsere Handys dabei. Wenn du dir

solche Sorgen machst, rufst du mich einfach zwischendurch kurz immer mal an und überzeugst dich selbst davon, dass wir einfach nur etwas im tiefen Schnee wandern und Frauengespräche führen."

Wieder nippte Clara an der Tasse und schaute Gabriel neugierig an. Sie erhoffte sich eine ganz bestimmte Reaktion, doch Gabriel ging gar nicht näher darauf ein.

„Wenn du das sagst, dann vertraue ich dir natürlich und hoffe, dass du einfach nur vorsichtig genug bist. Du hast ja diesen Anton von der Bergrettung gehört, als er in unserem Laden war: die Wanderer sind einfach zu unachtsam, und es verunglücken so viele."

Da war es wieder. Ohne Vorwarnung - und sein Name traf Clara wie ein Schlag. So sehr sie es auch versuchte, sie hatte den Eindruck ihn wohl nie wirklich vergessen zu können, wenn sie so oft damit konfrontiert wurde.

„Ja, das kann schon sein. Bei der Bergrettung ist eben immer viel zu tun, aber das ist ja auch im Sommer so. Du weißt doch, wie viele mit ihren Kletterseilen nicht umgehen können, dann in der Wand festhängen, und dann muss der Hubschrauber sie retten."

Sie zog die Augenbrauen hoch, stellte den Becher ab und gab Gabriel einen Kuss auf die Stirn.

„Ich springe noch schnell unter die Dusche, bevor ich mich zu Emma auf den Weg mache."

Gabriel nickte stumm, schlug die Kronenzeitung auf und nippte an seiner Tasse.

Nachdem Clara sich fertiggemacht, sich in ihre komplette Schneeausrüstung gequält, und ihren Rucksack mit Proviant gepackt hatte, ging sie noch einmal in die Küche, um sich von Gabriel zu verabschieden. Er saß immer noch am

Tisch und las Zeitung. Die Geschäfte in Hallstatt blieben einen Tag nach dem Weihnachtsmarkt in der Regel geschlossen, damit die Ladenbesitzer sich von den Strapazen des Wintermarktes erholen und die letzten Reste wegräumen konnten. Es war immer viel Arbeit, alles wieder so herzurichten, wie es ursprünglich ausgesehen hatte.

„Also, Schatz, ich wünsche euch viel Spaß und bin gespannt, was du berichtest, aber passt bitte auf euch auf, hörst du?"

Clara umarmte ihren Mann zum Abschied und drückte ihn fest an sich. Sie wusste nicht genau, was es war, das sie wieder näher zu ihm brachte, doch sie hatte das Bedürfnis ihren Mann wieder so zu lieben und ihm die Gefühle entgegenzubringen, die sie ursprünglich einmal für ihn gehabt hatte.

„Das werden wir. Wir werden sicherlich einige Pausen einlegen, und wenn ich dort oben guten Empfang habe, melde ich mich zwischendurch bei dir, versprochen!"

Gabriel streichelte ihr sanft über die Wange und küsste sie leidenschaftlich. Clara spürte in seinem Kuss so viel Liebe, Zuneigung und Energie wie schon lange nicht mehr. Es war, als wären sie frisch verliebt. War es vielleicht Gabriels schlechtes Gewissen, das ihn so handeln ließ? Clara war sich nicht sicher, doch sie wusste, wenn sie von ihrer Schneewanderung zurückkehren würde, wäre sie um einiges schlauer und wüsste über alles Bescheid. Dann konnte sie ihren Mann endlich auf all das ansprechen und sich ein besseres Bild machen.

„Ich wünsche dir einen schönen freien Tag, und ich melde mich bei dir, sobald wir den ersten Aufstieg geschafft haben. Wir sehen uns heute Abend."

Sie warf ihm im Gehen noch einen Luftkuss zu, zog den Rucksack über und verließ das Haus.

Emma wartete bereits, dick eingepackt und mit prall gefülltem Rucksack, vor dem Sportgeschäft auf Clara.

Clara atmete tief ein und aus, versuchte noch einmal ihre Gedanken zu sammeln und sich zusammenzureißen.

„Hallo, meine Liebe.", rief Emma und warf sich den schweren Wanderrucksack über die linke Schulter. Sie kam auf Clara zugelaufen und umarmte sie, als wäre nie etwas vorgefallen. Das war es eigentlich offiziell auch nicht. Emma konnte ja nicht nicht wissen, dass Clara sie mit Gabriel zusammen gesehen hatte.

„Hi Emma.", entgegnete Clara mit leicht gequältem Gesichtsausdruck.

„Bereit für den großen Aufstieg?"

Emma blickte Clara gut gelaunt an und klopfte ihr auf die Schulter.

Clara nickte.

„Ja, kann man so sagen. Ich habe zwar immer noch ein komisches Gefühl, aber es wird schon schiefgehen."

Sie schritten durch die Altstadt in Richtung Bushaltestelle. Von dort aus wollten sie an den Fuß des Dachsteins fahren, und die Seilbahn würde sie von da nach oben bringen. Schon während der Busfahrt saßen die beiden recht still nebeneinander. Clara hatte den Fensterplatz, schaute nachdenklich hinaus und freute sich an der verschneiten Landschaft. An diesem Tag schien die Sonne so stark, dass sie durch die Scheibe des Busses eine wohlige Wärme auf dem Gesicht verspürte. Sie schloss für einen Moment die Augen und dachte darüber nach, wie sie das Gespräch mit Emma beginnen sollte, was sie ihr alles sagen wollte und ob es nicht womöglich Streit zwischen ihnen geben würde. Am Ende der kurzen Fahrt wurde Clara aus ihren Gedanken gerissen.

„Wir sind da", sagte Emma, stand auf und schnappte ihren Rucksack.

„Ich komme."

Clara musste sich einen Ruck geben, obwohl sie wirklich Lust auf diese Schneewanderung hatte: sie war sich nicht sicher, was der Tag noch bringen würde.

Außer ihnen versammelten sich noch einige andere Wanderer, die ebenfalls mit der Seilbahn hoch zum Dachstein fahren wollten, und sie gesellten sich mit vier anderen in eine der Gondeln. Emma schaute Clara prüfend an.

„Du bist heute so still. Ist denn alles in Ordnung?"

Clara nickte lächelnd.

„Ja, es ist alles gut, ich bin nur noch müde und etwas geschlaucht vom Wintermarkt. Es war doch sehr anstrengend für mich, das ist alles."

Emma blieb stumm und lächelte mit leicht zusammengekniffenen Augen zurück.

Da spürte Clara, dass Emma schon irgendetwas ahnte. Die beiden kannten sich schon zu lange, als dass Clara ihr etwas hätte vormachen können. Sie sprach es nicht weiter an, denn schließlich waren sie nicht alleine in der Gondel.

Oben an der Seilbahnstation angekommen, zogen sie sich ihre Rucksäcke über die Schultern und gingen zu einer Karte, die an einer der Wände angebracht war. Dort konnte man sich einen groben Überblick verschaffen und orientieren. Das Skigebiet lag unterhalb des Dachsteingletschers, der bei 2700 Metern lag.

Emma fuhr mit dem Finger über die Karte und landete genau dort oben.

„Da wollen wir hin: unser Ziel ist der Gletscher auf 2700 Metern Höhe. Die nächste Erhöhung ist dann der Gipfel bei 3004 Metern. Aber fürs Erste sollte das heute reichen. Wir haben also einen kleinen Marsch vor uns. Bist du bereit?"

Clara musste schlucken. Als sie dir Karte und die verschneite Landschaft vor sich sah, wurde ihr langsam mulmig zumute.

„Ich denke schon. Bist du auch wirklich sicher, dass es nicht zu gefährlich ist?"

Clara schaute Emma ängstlich an, doch die winkte überlegen ab.

„Ach nein. Natürlich kann immer und überall etwas passieren, aber du hast doch mich dabei. Ich mache so etwas ständig. Vertrau mir einfach."

Clara empfand in diesem Moment die Ironie ihrer Lage. Wie sollte sie Emma noch vertrauen, nach all dem, was sie beobachtet hatte? Vertrauen war in dieser Situation das falsche Wort. Misstrauen würde es wohl eher treffen, denn sie war sich zwar sehr sicher, dass Emma genau wusste, was sie dort oben auf dem Berg tat, zweifelte aber dennoch an ihrer Ehrlichkeit. Ihre Unsicherheit nahm immer mehr zu.

„Wenn du das sagst... Dann lauf du am besten vor, und ich folge dir."

Emma rückte sich die Mütze zurecht, zog ihre dicken Handschuhe über und marschierte los. Der Aufstieg fiel Clara überraschend schwer. Sie war zwar recht sportlich und wusste, dass es anstrengend werden würde, doch tatsächlich in solcher Höhe durch den Tiefschnee zu stapfen entpuppte sich als wesentlich schwieriger, als sie erwartet hatte. Immer wieder geriet sie außer Atem und musste kleine Pausen einlegen. Emma lief schnellen Schrittes voraus und versuchte Clara jedes Mal Halt zu geben.

„Wollen wir mal eine kurze Pause einlegen?" fragte sie und schob ihre Schneebrille nach oben. Clara stützte sich schwer atmend mit den Händen auf den Oberschenkeln ab.

„Ja, bitte. Ich bin total aus der Puste."

Emma reichte ihr die Hand und zog sie ein Stückchen weiter nach oben. Dann legten sie die dünnen Windjacken in den Schnee, die sie im Rucksack mitgebracht hatten, und setzten sich nieder. Emma kramte aus ihrem Rucksack eine Thermosflasche mit heißem Tee hervor und schenkte einen Becher voll ein.

„Hier, trink einen Schluck, das wird dir gut tun."

Sie hielt Clara den Becher entgegen.

„Danke dir."

Clara nippte vorsichtig und nutzte die Pause, um den Ausblick zu genießen. Von dort oben sahen Hallstatt und Umgebung so winzige aus wie eine kleine verträumte Spielzeugstadt. Das Wetter war herrlich und die Luft wunderbar, trotz der eisigen Temperaturen. Emma streckte ebenfalls ihr Gesicht der Sonne entgegen und genoss die Ruhe. Sie ergriff als Erste wieder das Wort und durchbrach die Stille.

„Wie lange ist das her, seit wir beide mal etwas alleine gemacht haben? Mir kommt es wie eine Ewigkeit vor."

Sie sah Clara von der Seite an. Den Becher Tee mit beiden Händen fest umschlungen, blickte Clara über die traumhaft schöne Landschaft. Was sollte sie ihrer Freundin antworten? Einerseits genoss sie es ebenfalls, aber andererseits hatte doch alles einen sehr bitteren Beigeschmack. Sie konnte den Vertrauensmissbrauch einfach nicht beiseiteschieben und musste Emma darauf ansprechen, doch dieser Moment erschien ihr noch nicht passend.

„Das stimmt: es ist schon lange her. Wahrscheinlich liegt es daran, dass ich einfach immer viel zu viel um die Ohren hatte und nur mit dem Laden beschäftigt war. Abends bin ich oft so geschafft, dass ich nur noch müde und erledigt ins Bett falle. Doch unsere kleinen Treffen in der Mittagspause habe ich sehr genossen."

Sie lächelte Emma herzlich an. Wehmütig dachte sie an viele gemeinsame Situationen mit ihrer Freundin zurück. Wie schwer würde es ihr fallen, das heikle Thema anzusprechen und dabei vielleicht ihre Freundschaft zu zerstören!

„Du hast Recht, du warst in letzter Zeit viel zu beschäftigt mit allem. Willst du denn nicht mal etwas kürzertreten und Gabriel mehr ranlassen? Ich weiß, er macht schon sehr viel, aber du musst auch an dich denken. Vielleicht könnt ihr es ja so arrangieren, dass du nur noch Teilzeit arbeitest."

Clara trank einen Schluck Tee und schaute Emma nun ihrerseits von der Seite an. Misstrauen keimte in ihr auf.

Warum war ihr so daran gelegen, dass Clara im Geschäft kürzertrat? Etwa, damit sie mehr Zeit mit Gabriel verbringen konnte? Sie konnte sich einfach nicht mehr sicher sein, ob Emma sie anlog oder nicht. Also befand sie, dass es am besten sei, wenn sie versuchte neutral zu antworten.

„Ja, wahrscheinlich hast du Recht. Ich sollte etwas weniger machen."

Sie saßen noch eine kleine Weile im Schnee und packten dann ihre Sachen zusammen um die Schneewanderung fortzusetzen. Emma blieb auf einmal stehen, schaute sich um und grummelte etwas vor sich hin.

„Was hast du?", fragte Clara stutzig.

„Ich sehe gerade ein paar Wolken da drüben aufziehen. Das ist zwar nicht beängstigend, aber wir sollten vielleicht einen Schritt schneller machen, damit wir den Gletscher erreichen, bevor wir umkehren."

Clara schaute über das Tal, hinüber zu den umliegenden Bergen und dann sah auch sie die Wolken, die sich dort allmählich aufgebaut hatten, ohne dass sie ihnen Beachtung geschenkt hatte.

„Sollten wir nicht lieber gleich umkehren? Wenn es jetzt anfängt zu schneien, dann sind wir hier bestimmt nicht mehr sicher, meinst du nicht auch?"

Clara hatte plötzlich ein mulmiges Gefühl in der Magengegend. Da klingelte ihr Handy. Sie hatte völlig vergessen, dass sie es bei sich hatte. Sie brauchte einen Augenblick, bis sie einen ihrer Handschuhe ausgezogen und es aus der Außentasche ihres Rucksacks hervorgeholt hatte.

„Du hast hier oben Empfang?" fragte Emma verwundert.

„Anscheinend schon, aber warum auch nicht? Ich hatte nur total vergessen, dass ich es dabei habe. Es ist bestimmt Gabriel. Ich wollte ihm eigentlich schon längst Bescheid geben, dass wir gut hier oben angekommen sind. Hallo, Liebling", sagte sie dann noch immer etwas außer Atem.

„Clara, Gott sei Dank, ich habe mir schon Sorgen gemacht. Du wolltest dich doch melden! Seid ihr oben angekommen?"

Emma stützte derweil ungeduldig die Hände in die Hüften und wartete mit leicht genervtem Gesichtsausdruck auf das Ende des Telefonats.

„Ja, es tut mir leid, aber wir waren so mit dem Aufstieg und allem beschäftigt, dass ich total vergessen habe, dich anzurufen. Es war keine böse Absicht. Wir wandern jetzt hinauf zum Gletscher. Von dort oben muss der Ausblick gigantisch sein."

Nach kurzem Zögern sagte Gabriel: „Na gut, aber seid bitte vorsichtig. Wie ist denn das Wetter dort oben?"

Clara spürte wachsende Verunsicherung und Besorgnis in der Stimme ihres Mannes.

„Noch scheint die Sonne, aber Emma meinte, dass einige Wolken aufziehen und wir uns nun etwas beeilen sollten, damit wir noch genügend Zeit für den Abstieg haben und nicht womöglich in starken Schneefall geraten. Aber alles gut, Liebling. Du weißt doch: Emma kennt sich aus am Berg und mit dem Wetter."

„Das stimmt, sie macht das ja nicht zum ersten Mal. Halte dich an sie, dann wird's schon schiefgehen! Und wenn du wieder in der Seilbahn bist, dann meldest du dich, hast du gehört? Dann hole ich euch am Busbahnhof ab."

Clara lächelte. Gabriel sorgte sich wirklich rührend um sie! Plötzlich überkam sie große Sehnsucht nach ihrem Mann und eine tiefe Dankbarkeit. Irgendwie hatte sie das Gefühl, sich ihm langsam wieder anzunähern.

„Das mache ich. Wenn der Handyempfang mitspielt ist das gar kein Problem. Ich melde mich bei dir. Es ist sehr lieb, dass du dich so sorgst."

„Aber natürlich sorge ich mich, du bist doch das Wertvollste, das ich habe." Clara hörte förmlich, wie er am anderen Ende der Leitung leise lächelte und auch sie musste lächeln.

„Das hast du schön gesagt. Sobald ich wieder bei dir da unten bin, überlegen wir uns, wann wir mal wieder gemeinsam einen Tag freimachen und zusammen verbringen, nur du und ich!"

„Das hört sich fantastisch an", entgegnete Gabriel, „eine schöne Idee! So, und jetzt konzentriert euch auf den Aufstieg und passt auf euch auf. Grüß mir Emma bitte ganz lieb."

Clara musste kurz innehalten, denn sobald Gabriel den Namen Emma in den Mund nahm, schossen ihr augenblicklich wieder Bilder durch den Kopf, die sie gewaltsam verdrängen musste. Sie schluckte.

„Das mache ich. Bis bald."

Sie legte auf, steckte das Handy zurück in den Rucksack und signalisierte Emma, dass es weitergehen konnte. Sie beschloss das Gespräch mit Emma nun endlich zu suchen. Wenn sie den Dachsteingletscher erreicht hätten, würde sie Emma auf alles ansprechen.

Es dauerte noch weitere zwei Stunden, bis sie endlich das Plateau erreicht hatten und auf 2.700 Metern Höhe auf das Tal hinabblicken konnten. Völlig außer Atem, aber überglücklich umarmten sich beide und genossen die Stille und die wunderschöne Aussicht. Sie standen einige Zeit schweigend und regungslos nebeneinander und blickten über die Berge, hinauf zum Gipfelkreuz und hinab ins Tal. Emma war die Erste, die die Stille durchbrach.

„Wahnsinnig schön, oder? Du kannst stolz auf dich sein, dass du diesen Aufstieg so gut geschafft hast. Bei den Witterungsverhältnissen ist das gar nicht so leicht."

Emma zwinkerte ihr zu, als sie ihre Skibrille abzog.

„Vielen Dank. Ich bin anscheinend immer noch in Form, aber ob du es glaubst oder nicht: ich hatte zwischendurch Momente, da habe ich arg geschwitzt und geschnauft. Ich dachte aber, ich muss ja weiterlaufen. Es fiel mir schon hin und wieder schwer."

Clara ließ sich nach hinten in den Schnee fallen, legte ihren Rucksack vor sich und holte ihre Thermoskanne heraus. Emma setzte sich neben sie, und beide tranken von dem mitgebrachten heißen Tee.

„Das tut gut. Auch wenn wir ziemlich geschwitzt und außer Atem sind, ist so ein heißer Tee genau das Richtige, denn der Wind hier oben ist nicht zu unterschätzen.", sagte Emma.

Clara nickte.

„Das glaube ich. Wir sollten uns wahrscheinlich nicht zu lange hier oben aufhalten, sonst fangen wir noch an zu frieren. Doch die Aussicht ist hier wirklich toll."

Clara schaute sich um. Alles war vereist und verschneit, doch die Sonne leistete ihren Beitrag und wärmte ihre kühlen Gesichter. Von dem Plateau aus konnte man das Gipfelkreuz erkennen, das nicht mehr allzu weit von ihnen entfernt ragte. Direkt hinter sich entdeckte Clara eine Art Hängebrücke aus Stahl, die über eine tiefe Schlucht hinüber zu einem anderen Plateau führte.

„Was ist das für eine Hängebrücke und wo führt sie hin?", fragte Clara neugierig.

Emma drehte sich kurz um.

„Ach das. Sie wurde vor einigen Jahren gebaut, damit man von einem zum anderen Plateau gelangen und anschließend bis hoch zum Gipfelkreuz kommen kann. Sie ist ziemlich wackelig und schwankt etwas hin und her, wenn mehrere Personen darauf laufen, aber wenn du dort draufstehst und nach unten schaust, hast du eine atemberaubende Aussicht."

Clara war fasziniert und konnte den Blick kaum von dem Bauwerk lösen. Kurz hinter der Brücke, am Sockel einer Felswand, sah sie eine kleine Hütte.

„Und was ist das für eine Hütte dort unter der Felswand?"

Clara zeigte mit dem Finger darauf. Emmas Antworten kamen wie aus der Pistole geschossen: so gut kannte sie sich dort aus. Clara war beeindruckt.

„Das ist eine alte Berghütte, die als Unterschlupf dienen soll. Sie steht schon ewig dort und hat schon vielen Bergsteigern oder Wanderern, die in ein Unwetter geraten sind, Unterschlupf geboten. So etwas sollte es eigentlich viel öfter geben, sage ich dir, das ist Gold wert."

Clara nickte.

„Das kann ich mir vorstellen. Die Hütte sieht ziemlich einsam und verlassen aus, fast ein bisschen unheimlich."

Emma musste lachen.

„Glaub mir, wenn du alleine den Berg besteigst, dich verletzt oder in ein Unwetter gerätst, bist du lieber da drin als hier draußen auf dem Gletscher."

„Da hast du Recht. Kommt es denn oft vor, dass hier oben kurz vor dem Gipfelkreuz Wanderer oder Bergsteiger verunglücken?"

Neugierig lauschte Clara Emmas Geschichten und fühlte sich zurückversetzt in vergangene Zeiten mit ihrer Freundin.

„Na klar. Es gibt leider immer wieder unvorsichtige Leute, die die Berge unter- und sich selbst überschätzen. Sie denken, so ein Aufstieg sei ein

Spaziergang und vollkommen ungefährlich. Genau das ist der Fehler, denn wenn man sich sicher fühlt und denkt, dass man alles unter Kontrolle hat, dann passieren die meisten Unfälle. Ich habe schon viele kleine Holzkreuze am Wegrand stehen sehen, die von Angehörigen errichtet wurden, weil Familienmitglieder oder Freunde hier abgestürzt sind. Das ist wirklich kein schöner Anblick."

Clara zog die Augenbrauen hoch und runzelte die Stirn.

„Jetzt machst du mir Angst. Das sind ja wahre Schauergeschichten. Zumal wir nun auch hier oben sitzen und wahrscheinlich ganz viele vor uns auch schon hier gesessen und vielleicht den Abstieg nicht mehr geschafft haben."

Emma gab Clara einen Schubs.

„Ach, mach dir mal nicht so viele Gedanken. Viele versagen schon beim Aufstieg oder bleiben beim Klettern in der Bergwand hängen. Es ist natürlich auch so, dass nicht jeder der unvernünftig ist, gleich tödlich verunglückt. Es gibt ja zum Glück die Bergrettung. Deshalb sollte man immer die Nummer der Rettungsstation im Telefon eingespeichert haben, für alle Fälle. Zumindest sollte man jemandem Bescheid sagen, bevor man auf einen Berg steigt. Alles andere wäre ja schon fast lebensmüde."

Emma lächelte hochmütig. Clara hingegen wurde nachdenklich. Als sie das Wort Bergrettung hörte, lief ihr ein eiskalter Schauer den Rücken hinunter. Sie dachte sofort an Anton, und dieser Gedanke wiederum brachte sie zum nächsten Schritt: sie wollte den Abstieg dazu nutzen, Emma endlich zur Rede zu stellen und auf ihre Beobachtungen anzusprechen. Allerdings: wohl war ihr nicht bei diesem Plan, und schließlich war gerade die Zeit, die sie soeben gemeinsam am Berg verbracht hatten, so schön wie seit Langem nicht mehr. Sie hatte richtig viel Spaß gehabt und war erstaunt über Emmas Wissen. Fasziniert hatte sie sich die Geschichten angehört und klebte förmlich an ihren

Lippen. Doch es half alles nichts. Sie musste sich ihre Gefühle und Gedanken von der Seele reden und versuchen, eine gemeinsame Lösung zu finden.

Die Freundinnen saßen noch eine Weile dort oben, aßen mitgebrachte Brote und tranken Tee aus ihrer Thermoskanne. Langsam zogen immer mehr Wolken über ihnen auf, und Emma befand, dass es am besten sei, wenn sie sich auf den Weg nach unten machten, um nicht noch in ein Unwetter zu geraten.

„Zwischen den Bergen kann sich das Wetter schnell stauen und es entsteht in Windeseile ein richtiges Unwetter. Also machen wir uns jetzt mal lieber auf den Rückweg."

„Ist gut.", antwortete Clara, packte den Rucksack zusammen und ging hinter Emma her.

„Beim Abstieg ist es wirklich enorm wichtig, dass du genau hinter mir bleibst und konzentriert bist. Neben uns geht es steil nach unten, und nur ein falscher Tritt zu nah am Abhang könnte sehr schnell gefährlich werden. Wir versuchen einen einfachen Weg zu gehen, der breit genug ist. Also geh einfach dicht hinter mir her."

Clara war recht mulmig zumute, und ihre Knie begannen leicht zu zittern.

„Okay, aber ganz wohl ist mir nicht bei der Sache. Gibt es denn keinen anderen Weg nach unten, der vielleicht etwas sicherer ist?"

Emma lachte laut auf.

„Es führen viele Wege nach unten: du kannst dich natürlich auch gerne direkt an der Felswand abseilen, wenn dir das lieber ist. Nein, Spaß beiseite, es gibt zwar verschiedene Wege, aber der hier ist für deine Verhältnisse noch der Leichteste. Halte dich einfach an den roten Stangen, die zwischendrin im Schnee stecken. Die markieren den gesicherten Weg. Es wäre nicht gut, wenn du darüber hinaus gingst, also pass einfach auf, sei wachsam und dann kommen wir wohlbehalten wieder unten an."

„Ist gut, mache ich.", antwortete Clara zögerlich.

Emma deutete auf einen der umliegenden Berge.

„Siehst du das? Dort ziehen sehr dunkle Wolken auf, die mir gar nicht gefallen. Das sieht nach einem heftigen Schneeschauer aus, der uns treffen könnte."

Clara stockte der Atem, und sie wusste, wenn sie heil das Tal erreichen wollte, musste sie sich gut an ihre Freundin halten und genau das machen, was sie auch tat. Um sich abzulenken und auf andere Gedanken zu kommen, nahm sie all ihren Mut zusammen und sprach Emma endlich auf die Sache mit Gabriel an. Auch, wenn es vielleicht nicht ganz der optimale Zeitpunkt war, musste sie nun endlich die Gelegenheit nutzen, denn sie wusste nicht, wann sie wieder eine ruhige Minute mit ihr ganz alleine haben würde, in der sie ungestört reden konnten. Dass sich das Wetter so plötzlich und so rasch ändern würde, konnte keiner vorhersehen.

„Emma, auch wenn das jetzt vielleicht nicht der ideale Zeitpunkt ist: Es gibt da etwas, worüber ich mit dir sprechen muss."

Clara wartete Emmas Reaktion ab.

„Okay, verstehe. Du hattest ja so etwas erwähnt, aber dass du ausgerechnet jetzt damit kommst, hätte ich wirklich nicht erwartet. Worum geht es denn?"

Während die beiden durch den tiefen Schnee einen steilen Abhang hinunterstiegen sprach Clara aus, was ihr seit ein paar Tagen auf der Seele brannte.

„Ich weiß nicht, wie ich es anders formulieren soll, und vielleicht klingt es für dich lächerlich und du findest meine Frage dreist, doch ich muss es einfach aussprechen: hast du eine Affäre mit meinem Mann?"

Emma blieb abrupt stehen, drehte Clara weiterhin den Rücken zu und hielt inne. Keine Reaktion, keine Antwort.

„Ich weiß, die Frage kam überraschend und vielleicht bilde ich mir da auch nur etwas ein, doch ich musste dich einfach fragen. Sag bitte etwas dazu." Emma schaute zu Boden und schüttelte den Kopf.

„Clara, was soll ich dir denn darauf antworten?" fragte Emma, und es klang fast, als lächelte sie dabei und als fände sie die Frage albern und überflüssig.

„Na, fang doch schon mal mit der Wahrheit an. Sag ja oder nein, und dann sehen wir wie´s weitergeht, meinst du nicht auch?"

Emma lief weiter, und mit jedem Schritt spürte Clara, wie wütend sie war. Sie versuchte Schritt zu halten und sich auf den Weg zu konzentrieren. Am Ende des Abstiegs sah sie eine lange gerade Strecke, die weniger Steil aussah und sie etwas aufatmen ließ. Nun würde sie sich eine Weile sicher auf den Füßen fühlen, bevor der nächste Abstieg begann. Sie erinnerte sich an diesen Weg, denn beim Aufstieg waren sie genau diese Strecke entlanggelaufen. Auch hier steckten überall rote Stäbe im tiefen Schnee, und an der einen Seite befand sich ein rotes Schild, auf dem stand, wie viele Meter es noch zum Gletscher bzw. zum Gipfelkreuz waren. Emma stoppte wieder ab, als sie die gerade Strecke erreicht hatten.

Sie drehte sich zu Clara um und wurde laut: „Clara, was denkst du denn bitte, was ich für eine Freundin wäre, wenn ich hinter deinem Rücken eine Affäre mit deinem Mann anfinge und dann so täte, als wäre nichts passiert? Hältst du mich für solch eine Person? Wir sind nun schon so lange befreundet! Traust du mir sowas tatsächlich zu?"

Clara schaute Emma nun direkt ins Gesicht und konnte durch die Schneebrille einen glasigen Blick erkennen. Sie wusste nicht, ob es Wut oder Traurigkeit war, aber sie war sicher, dass Emma nicht die Wahrheit gesagt hatte. Sie musste sie erneut fragen.

„Ich weiß, ehrlich gesagt, mittlerweile nicht mehr was ich denken soll, oder für wen ich dich halten soll, Emma. Ich habe euch beide gesehen."

Emma zeigte keinerlei Regung.

„Was hast du gesehen?"

„Ich habe dich und Gabriel bei ziemlich offensichtlichen Dingen gesehen."

„Ach ja? Und die wären, bitte?"

Emmas Ton wurde immer lauter und ruppiger.

„Ich habe euch im hinteren Teil des Ladens gesehen, wie ihr miteinander gelacht habt und euch über die Wangen gestreichelt habt. Und ich meine mich erinnern zu können, dass es noch gar nicht lange her ist, da habe ich euch am frühen Morgen von meinem Balkon aus zusammen gesehen. Ich glaube, mehr brauche ich nicht zu sagen."

Emma stemmte die Fäuste in die Hüften.

„Ist das jetzt echt dein Ernst? Wir stehen hier oben auf dem Berg, ein Unwetter zieht auf und du hast nichts anderes im Kopf, als mich mit deinen Beziehungsproblemen zu bombardieren?"

Clara stockte der Atem.

„Beziehungsprobleme?", fragte Clara.

„Ja, was denn sonst? Du unterstellst mir eine Affäre mit deinem Mann, nur weil du ständig an einen anderen Mann denkst. Es ist nicht jeder so wie du!"

Das hatte gesessen. Clara zuckte schmerzlich zusammen.

„Was genau willst du damit sagen?"

Emma drehte sich um und stapfte wütend durch den tiefen Schnee weiter.

Sie brüllte immer wieder Wortfetzen in Claras Richtung, doch durch den stärker werdenden Wind konnte Clara nichts verstehen. Sie rannte hinter Emma her, holte sie ein und hielt sie an der Schulter fest.

„Rede mit mir!"

„Du unterstellst mir etwas, das du am liebsten selbst tun würdest. Das meine ich. So vernarrt bist du in diesen Anton."

„Das ist nicht wahr! Ich würde nie etwas tun, das Gabriel verletzten könnte und das weißt du auch."

„Ach ja? Andauernd höre ich nur noch irgendwelche Fantasien und Träume von diesem Anton und was du alles für ihn empfindest! Was soll man denn da denken? Du liebst deinen Mann doch gar nicht wirklich! Also kann es dir doch auch egal sein, wenn andere sich für ihn interessieren."

Clara war schockiert.

„Also stimmt es doch: du empfindest etwas für Gabriel und hast es mir die ganze Zeit verheimlicht. Und er empfindet auch etwas für dich, so wie ihr euch angesehen habt."

Emma fuchtelte mit den Armen in der Luft herum.

„Selbst, wenn es so wäre, Clara, was braucht es dich zu kümmern? Du bist doch nur damit beschäftigt, an Anton zu denken und mit ihm zu flirten, sobald du ihn siehst."

Clara hatte eine solche Wut in sich aufgestaut, dass nun auch sie laut wurde und Emma anbrüllte.

„Flirten! Das tun verheiratete Menschen, weil sie wissen, dass es eine Grenze gibt, die man nicht überschreitet. Vielleicht bin ich dieser Grenze nahegekommen und vielleicht fand ich es auch schön, dieser Grenze nahe zu kommen, doch ich habe sie nie überschritten."

Emma drehte sich um, stapfte weiter durch den Schnee und ignorierte Clara, so gut sie konnte.

„Hey! Lauf nicht einfach vor mir weg, unser Gespräch ist noch nicht beendet." Clara fiel es schwer, Emma durch den tiefen Schnee zu folgen und mit ihr Schritt zu halten.

Emma blieb wieder stehen und drehte sich um.

„Was willst du von mir hören? Dass ich mich in deinen Mann verliebt habe? Ja, ich habe mich in Gabriel verliebt, und es tut mir auch schrecklich leid, doch ich kann es nicht ändern. Vielleicht hat auch er ein paar Gefühle für mich entwickelt, doch daran bist du nicht ganz unschuldig."

Clara schaute Emma entsetzt an, stürzte auf sie zu und blieb dicht vor ihr stehen. Mittlerweile hatte es heftig angefangen zu stürmen, und es begann zu schneien. Die zwei Frauen merkten davon anfangs nicht viel, da sie zu sehr in ihr Streitgespräch vertieft waren, doch als Clara zur Seite in Richtung Gipfel blickte, stellte sie mit Schrecken fest, dass es um sie herum düster geworden war.

„Emma, ich glaube, wir sollten schnellstens hier weg!" brüllte Clara, denn der Wind wurde immer stärker, und man verstand das eigene Wort kaum mehr.

Emma beachtete das Unwetter nicht.

„Lenk jetzt nicht ab, Clara! Du hast dich oft genug rausgeredet, wenn es unbequem wurde, und jetzt ist es an der Zeit, dass du mal ehrlich zu dir selbst bist. Du wolltest mit mir reden: jetzt sind wir zwei alleine und ungestört: also rede!"

Die beiden standen nun Angesicht zu Angesicht voreinander, und Emma blickte Clara böse und durchdringend an.

„Emma, jetzt ist nicht der richtige Zeitpunkt: schau dir doch nur das Wetter an. Ja, du hast Recht, ich habe mich in einen anderen Mann verliebt, aber das bedeutet doch nicht, dass ich aufgehört habe Gabriel zu lieben! Ach, das ist so kompliziert. Doch du hast bestimmt kein Recht, dich in meine Ehe einzumischen und schon gar nicht, dich an meinen Mann ranzumachen. Schließlich bist du meine Freundin! Und jetzt komm endlich!"

Clara packte Emma an der Schulter und wollte sie bewegen, weiter zu gehen, doch Emma schlug Claras Arm weg und brüllte nur: „Freundinnen sind wir doch schon lange nicht mehr! Das hast du nur noch nicht gemerkt, weil du viel zu sehr in deinen Anton verschossen bist und um dich herum nichts mehr wahrnimmst. Überleg doch mal: Du hast dich immer nur bei mir gemeldet, wenn du mal wieder jemanden zum Ausweinen brauchtest oder dich über deinen Mann auslassen wolltest, doch damit ist jetzt Schluss! Gabriel ist eigentlich schön dumm, dass er bei dir bleibt! Ich finde, er hat was Besseres verdient als dich."

Clara mochte nicht glauben, was sie da hörte, und war so perplex und doch gleichzeitig wütend, dass sie Emma einen Stoß gab.

„Was soll denn das?", schrie Emma entsetzt und schubste zurück. Es entstand fast ein Handgemenge zwischen den beiden, und das, obwohl der Sturm immer schlimmer wurde, der sich zwischen den Bergen gesammelt hatte und nun drohte arges Unheil anzurichten. Die beiden Frauen rangelten miteinander und schrieen sich wütende Dinge zu, bis es zum Schlimmsten kam, was hätte passieren können. Ob es Absicht war, würde man wohl nie herausfinden, doch das war zu diesem Zeitpunkt völlig egal, denn etwas Schlimmes passierte, das keine von beiden mehr kontrollieren konnte. Emma hatte Clara ruckartig von sich weggeschubst, und dabei nicht beachtet, dass Clara dicht am Rand der Klippe stand. Hinter ihr war der Abgrund. Sie taumelte und verlor das Gleichgewicht: sie ruderte hilflos mit den Armen, schrie nach Emma und riss angstvoll die Augen auf, jedoch gab es kein Halten mehr. Sie stürzte hinab in die Tiefe. Den Aufprall spürte sie nicht mehr, denn zu diesem Zeitpunkt war sie bereits ohnmächtig...

Kapitel 16

Clara versuchte langsam ihre Augen zu öffnen. Sie lag auf einer Schneedecke, wusste nicht, wie lange sie ohnmächtig gewesen war, geschweigedenn, wie tief sie gefallen war. Sie hatte die Orientierung verloren und war einfach nur froh, dass sie den Absturz überlebt hatte. Zunächst lag sie regungslos im Schnee, spürte immer noch, wie heftig der Schneesturm über sie hinwegfegte und versuchte sich aufzurichten. Schützend hielt sie den rechten Arm vors Gesicht und versuchte den Schnee von ihrer Skibrille zu entfernen. Mit einem Mal spürte sie einen stechenden Schmerz in ihrem linken Bein. Es pochte wie verrückt und tat höllisch weh. Sie hatte es sich bei dem Absturz mit Sicherheit gebrochen, dachte sie sofort, doch wenn das alles war, das sie sich getan hatte, wäre es noch glimpflich ausgegangen. Sie entdeckte einen kleinen Felsvorsprung, zu dem sie zu gelangen versuchte, um etwas Schutz vor dem Sturm zu haben. Ihr Bein schmerzte so schrecklich, dass sie, um es nicht zu belasten, nur langsam über den Schnee robben konnte.

„Ah, tut das weh!" Sie schrie vor Schmerzen auf. Tränen strömten ihr die Wangen hinunter, und Verzweiflung machte sich in ihr breit. Jetzt erst wurde ihr richtig klar, was geschehen war: Emma hatte sie in die Tiefe gestoßen. Wo war Emma? Warum hatte sie nicht versucht, sie zu retten? War es Absicht gewesen? Clara war voller Angst und Verzweiflung, und es schossen ihr so viele Gedanken durch den Kopf, dass sie sich erst einmal wieder sammeln musste, um zu überlegen, was sie jetzt machen sollte. Mit Mühe und Not war es ihr gelungen, sich bis zu dem Felsvorsprung zu schleppen und dort hinzusetzen, da fiel ihr der Rucksack ein. Ihre Kehle war trocken, und sie hatte schrecklichen Durst: also versuchte sie mit zittrigen Händen die Thermosflasche aus dem Rucksack zu holen. Gott sei Dank hatte sie noch etwas Proviant dabei und den Rucksack nicht verloren, sonst wäre ihre Lage wahrscheinlich gänzlich hoffnungslos gewesen. Als sie zitternd und weinend einen Schluck trank, fiel ihr ein, dass sie ja auch noch ihr Handy im Rucksack hatte. Wenn sie Glück hätte, wäre dort oben genug Empfang, um einen Anruf zu machen. Sie öffnete mühsam den Reißverschluss der vorderen Rucksacktasche und kramte das Handy hervor. Doch sie stellte fest, dass fast kein Empfang angezeigt wurde. Sie zog die dicken Handschuhe aus und tippte wie wild auf dem Display herum, doch nichts tat sich. Sie versuchte sich ein wenig von der Felswand zu entfernen, damit im Glücksfall ein oder zwei Balken Empfang angezeigt würden. Der Schneesturm machte es ihr so beschwerlich, dass sie die Hoffnung schon fast aufgegeben hatte. Das Display schneite sehr schnell zu, und sie musste immer wieder ihre Skibrille sauberwischen, damit sie überhaupt etwas sehen konnte. Sie robbte vorsichtig über den Schnee, von Schmerzen geplagt und von Angst erfüllt, dass niemand sie dort finden würde. Dann auf einmal sah sie, dass der Empfang da war. „Gott sei Dank.", sagte sie zu sich selbst und überlegte, wen sie anrufen sollte. Gabriel war natürlich die erste Person, an die sie dachte. Doch bis sie ihm erklärt hätte, was passiert war und wo genau sie sich befand, hätte er vielleicht schon wieder die Hälfte vergessen, wenn er die Bergrettung verständigte. Das war ihr zu unsicher, denn sie wusste nicht, wie lange der Handyempfang noch anhielt. Sie musste also die Bergrettung anrufen. Zum Glück hatte sie auf der Kurzwahltaste sowohl Polizei und Feuerwehr, als auch die Bergrettung eingespeichert. Sie versuchte ihre Finger zu wärmen und nicht zu sehr zu zittern, denn das erschwerte ihr das Bedienen des Displays zusätzlich. Sie wählte die Kurzwahltaste für die Bergrettung, hielt das Handy ans Ohr und war mehr als erleichtert, als das Freizeichen am anderen Ende ertönte. „Bergrettung Hallstatt, Sie sind mit der Notfallzentrale verbunden."

Clara konnte ihre Tränen vor Erleichterung kaum zurückhalten, dass die Verbindung immer noch standhielt.

„Hallo? Können Sie mich verstehen? Ich bin auf dem Dachstein und bin abgestürzt. Bitte helfen Sie mir."

Clara schluchzte und klang verzweifelt. Der Mann am anderen Ende der Leitung tat sich schwer, sie zu verstehen.

„Beruhigen Sie sich, es wird alles gut werden. Nennen Sie mir bitte Ihren Namen und beschreiben Sie mir so genau wie möglich, wo Sie sich befinden, damit ich ein Rettungsteam schicken kann."

Claras Hände zitterten vor Kälte immer stärker und der Schneesturm erschwerte die Verständigung zusätzlich.

„Mein Name ist Clara Hilldbrand, ich komme aus Hallstatt und bin mit einer Freundin auf den Dachstein zum Wandern gegangen. Ich bin eine Klippe hinabgestürzt und habe mir das Bein verletzt. Der Schneesturm hier oben ist sehr stark, und ich habe Angst, dass die Verbindung abbricht. Bitte schicken Sie schnell jemanden her."

Der Mann versuchte Clara zu beruhigen und sprach behutsam und ganz ruhig, damit Clara sich sicherer fühlte. Er versprach ihr, dass er gleich einen Rettungshelikopter auf den Berg schicken werde.

„Hören Sie, ich schicke Ihnen einen Helikopter hoch, aber dafür müsste ich ungefähr wissen, wo Sie sich befinden. Gibt es irgendwelche Anhaltspunkte - eine Hütte, ein paar Markierungsstäbe oder etwas in der Art, damit die Rettungshelfer wissen, wo sie suchen sollen?"

Clara fielen augenblicklich die roten Markierungsstäbe ein.

„Ja, natürlich, da waren solche roten Markierungsstäbe im Schnee und ein rotes Schild mit einer Zahl drauf, das den Weg zum Gipfel angezeigt hat."

„Sehr gut, das hilft mir schon weiter. Sie waren also auf dem Gipfel, oder in der Nähe davon?", fragte der Mann am Telefon weiter.

„Nein, wir waren auf dem Dachsteinplateau, und ich müsste mich nun irgendwo unterhalb davon befinden. Genau kann ich es nicht sagen: ich kenne mich ja doch hier nicht aus."

„Was heißt denn wir? Wo ist Ihre Begleitung?", fragte er verwundert.

Clara verstummte und sagte dann zögernd: "Ich weiß es nicht. Sie ist verschwunden. Bitte holen Sie mich hier weg, ich habe solche Schmerzen im Bein, und mir ist bitterkalt. Ich weiß nicht, wie lange ich es noch aushalten kann."

Clara weinte bitterlich und umso verzweifelter, je deutlicher ihre missliche Lage ihr zu Bewusstsein kam. Ein Gefühl tiefer Verlassenheit und Hilflosigkeit hatte sie überkommen und schnürte ihr die Kehle zu.

„Keine Sorge, ich schicke jemanden zu Ihnen, der auch Schmerzmittel bei sich hat. Sie werden also gleich an Ort und Stelle versorgt. Begeben Sie sich möglichst in eine windgeschützte Lage, bedecken Sie Ihr Gesicht und halten Sie sich warm. Und bitte bewahren Sie Ruhe und haben noch etwas Geduld. Der Rettungshelikopter kommt zu Ihnen, und alles wird gut, ganz bestimmt!"

Clara nickte stumm und war dankbar für die ruhigen und hilfreichen Worte des netten Mannes am Telefon. Sie konnte es kaum fassen, dass sie in dieser schlimmen Situation so ein Glück hatte und dass ihr nichts Schlimmeres passiert war. Tot hätte sie sein können, so tief wie sie gefallen war, doch sie hatte wirklich Glück im Unglück gehabt, und das wurde ihr jetzt immer deutlicher bewusst. Bevor sie das Telefonat beendete, bat sie den Mann in der Notfallzentrale um einen Gefallen.

„Bitte verständigen Sie noch meinen Mann, Gabriel Hilldbrand: er macht sich bestimmt Sorgen. Danke."

„Natürlich", antwortete der Mann.

Damit war das Gespräch beendet, und Clara wusste, dass ihr Kontakt mit der Außenwelt vorerst abgeschnitten war. Sie hatte das Gefühl, nun mit sich alleine und der Situation komplett ausgeliefert zu sein. Der Schmerz in ihrem Bein wurde immer schlimmer, und sie wusste nicht, wie lang sie ihn noch würde ertragen können. Sie kauerte sich dicht an die Felswand und umklammerte sich selbst mit den Armen, um sich so gut wie möglich warmzuhalten. Jetzt erst wurde ihr klar, wie sie eigentlich in diese Lage gekommen war, und sie konnte nicht aufhören zu weinen, denn ihre vermeintlich beste Freundin hatte sie in die Tiefe gestoßen. Ob es nun Absicht war oder nicht, sie konnte einfach nicht begreifen, wie Emma so etwas hatte tun können. Nun saß sie dort, ein Häufchen Elend, zusammengekauert, schmerzgeplagt und dem Schicksal ausgeliefert. Wie lange würde es dauern, bis der Helikopter eintraf? Würde man sie überhaupt so ohne Weiteres finden? Clara schloss die Augen. Sie versuchte sich selbst zu beruhigen und machte sich wärmende Gedanken, träumte sich an einen sommerlichen Ort, damit die Kälte nicht zu schlimm wurde, doch es wollte ihr nicht recht gelingen. Die Zeit schien nicht zu vergehen, und es kam ihr vor, als säße sie stundenlang allein und verlassen an der Felswand und wartete auf Rettung. Doch dann, als sie es kaum mehr für möglich hielt, hört sie von weit her die Propeller des Rettungshelikopters knattern. Ein Gefühl von Erleichterung und Freude machte sich in ihr breit - sie konnte es kaum fassen, dass Hilfe in Sicht war. Langsam und voller Schmerzen versuchte sie von der schützenden Felswand wegzukriechen und sich bemerkbar zu machen, damit die Rettungshelfer sie gut sehen konnten. Sie schob sich immer weiter nach vorne und drehte sich mühsam auf den Rücken. Sie hielt die Hände vor das Gesicht, denn der Schneesturm hatte inzwischen den Höhepunkt erreicht. Sie hörte den

Helikopter immer näherkommen und wedelte mit den Armen, weil sie hoffte, man könnte sie so besser sehen. Dann war es soweit: der Helikopter stand in der Luft direkt über ihr und hatte sie gefunden. Überglücklich rollte sie sich auf die Seite und verharrte in Embryonalstellung, bis einer der Rettungshelfer sich abseilte. Die Rotorblätter wirbelten den Schnee wie wild auf und Clara bedeckte ihr Gesicht wieder mit den Händen. Nun schien ihr die Kälte nicht mehr ganz so bedrohlich, denn sie wusste, dass Rettung bevorstand. Sie wischte mit den Handschuhen die Skibrille sauber und schaute nach oben zu dem Helikopter. Dieser geriet durch den Sturm sehr stark ins Schwanken, und es schien für den Rettungssanitäter schwieriger, als gedacht. Immer wieder musste er das Abseilen stoppen, damit der Helikopter nicht ins Trudeln geriet. Clara befürchtete schon, er würde abstürzen, so schwierig erschien ihr das Kontrollieren des Flugkörpers. Es dauerte eine geraume Zeit, bis der Helikopter wieder in eine sichere Position gebracht wurde und der Rettungssanitäter sich weiter abseilen konnte. Die Seilwinde pendelte im Sturm hin und her und Clara befürchtete nun nicht nur, der Helikopter würde abstürzen, sondern auch der Rettungssanitäter, doch sie sah, wie er immer schneller nach unten kam und kurz darauf festen Boden unter den Füßen hatte. Er lief in gebückter Körperhaltung auf sie zu, hockte sich dicht neben sie und sagte: „Ich bin Rettungssanitäter und hier, um Sie zu bergen. Wenn Sie mich verstehen können und es Ihnen gut geht, heben Sie bitte die Hand."
Clara konnte ihr Glück kaum fassen, denn sie hatte nicht nur endlich Hilfe geschickt bekommen und war kurz davor, in ein Krankenhaus geflogen zu werden, sondern es war Anton, den sie an der Stimme erkannt hatte und der nun neben ihr im Schnee saß.

So schlimm die Situation auch war, für Clara war es ein schicksalhafter Zufall, dass es Anton war, der ihr zu Hilfe eilte. Erleichtert hob sie die Hand und sagte: „Anton, ich bin so froh, dass du hier bist."

„Clara?", fragte er entsetzt.

„Um Gottes Willen, was machst du denn hier oben? Ich hatte dich doch gewarnt hier heraufzugehen, und sieh, was passiert ist. Ich werde dich jetzt hier rausholen."

Besorgt legte Anton schützend seinen Oberkörper über Clara und nahm über sein Headset Funkkontakt mit dem Piloten auf. Als Clara hörte, dass der Helikopter schnellstens umdrehen und abbrechen musste, da er sonst durch den heftigen Schneesturm abzustürzen drohte, verlor sie den Mut gänzlich. Wie sollten sie jetzt noch dort oben wegkommen? Verzweifelt schaute sie Anton an. Der Sturm war so heftig, dass sie schreien musste, damit er sie verstand.

„Was ist los?"

Anton versuchte so nah wie möglich an ihr Ohr zu gelangen.

„Es sieht im Augenblick nicht gut aus. Der Helikopter muss die Bergungsaktion abbrechen, der Sturm ist einfach zu stark und es wäre zu gefährlich, wenn wir versuchen würden, dich an Bord zu nehmen. Es könnte passieren, dass wir alle abstürzen, das wollen wir nicht riskieren."

Clara begann vor Angst zu zittern. Obwohl sie sich dank Antons Anwesenheit wesentlich sicherer fühlte, bekam sie es mit der Angst zu tun, als sie den Rettungshelikopter auf einmal abdrehen und wegfliegen sah.

„Wo fliegt er hin und wann kommt er zurück?"

„Ganz ruhig", versuchte Anton sie zu beruhigen. „Sobald der Schneesturm nachlässt, kommt er zurück und holt uns hier ab. Wir müssen jetzt einen sicheren Unterschlupf finden. Wo bist du überall verletzt?"

„Mein Bein tut so weh, ich glaube, es ist gebrochen, aber ich bin mir nicht sicher."

Anton deutete auf die Brusttasche seines roten Overalls.

„Ich habe hier in meiner Brusttasche Schmerzmittel dabei, doch ich kann dich erst richtig versorgen, wenn wir aus dem Schnee raus sind, ich muss dich in eine Rettungshütte bringen. Meinst du, du kannst dich an mir abstützen?"

Clara hob den Oberkörper vorsichtig hoch.

„Ja, ich denke schon. Ich habe beim Abstieg mit Emma eine Berghütte gesehen, von der sie meinte, es sei eine Art Rettungshütte."

Anton blickte sich um.

„Richtig, Emma! Wo ist sie? Warum bist du alleine?"

„Das erkläre ich dir später: bitte lass uns zuerst versuchen, die Hütte zu finden, ich habe wirklich starke Schmerzen."

„Natürlich. Komm, stütz dich auf meine Schulter."

Anton legte ihr seine Hand um die Hüfte, doch Clara schrie vor Schmerzen auf.

„Oh Gott, es tut so weh, ich kann nicht laufen", stöhnte sie.

„Okay, dann trage ich dich! Das bekommen wir schon hin. Halt dich gut fest."

Clara war so voller Schmerz und Adrenalin, dass ihr gar nicht richtig bewusst war, was gerade mit ihr passierte und in welcher Situation sie sich befand. Anton hob sie hoch, trotzte dem Sturm und begann, mit ihr auf den Armen, durch den tiefen Schnee zu stapfen. Der Weg zur Rettungshütte war zwar nicht sehr weit, doch unter den gegebenen Bedingungen dauerte es ziemlich lange, bis sie ankamen. Clara legte ihren Kopf auf seine Schulter und schloss die Augen. Sie versuchte den Schmerz zu umgehen und an etwas anderes zu denken. Sie wusste nicht, ob sie Angst haben oder froh sein sollte, dass sie von Anton gerettet wurde und er jetzt bei ihr war. Sie war so unendlich dankbar und konnte es nicht fassen, dass sie mit einem gebrochenen Bein und einem Schock davongekommen war. Sie musste mehr als einen Schutzengel gehabt haben. Anton fiel das Gehen immer schwerer, denn er musste versuchen, in dieser bedrohlichen Lage seine Füße ruhig, Schritt vor Schritt zu setzen, damit er Clara nicht zusätzlich wehtat.

„Dort ist sie", sagte er, „die Hütte, wir haben es gleich geschafft."

Clara blickte nach vorne und sah nun auch die kleine Rettungshütte, die ihr beim Aufstieg schon aufgefallen war.

„Gott sei Dank, jetzt hast du es geschafft und bist meine Last los!" sagte Clara etwas scherzhaft.

„Du bist doch keine Last Clara. Ich bin aber froh, dass du anscheinend zum Scherzen aufgelegt bist. So, ich setze dich jetzt vorsichtig ab, okay?"

Clara nickte.

„Aua, das tut höllisch weh."

Sie hielt sich an Antons Armen fest, um das verletzte Bein zu entlasten.

Die Rettungshütte sah ziemlich düster und unheimlich aus. Anton suchte die Tür und einen Riegel, den er zur Seite schieben musste, um sie zu öffnen.

„Diese Rettungshütten sind nie fest verschlossen, damit jederzeit Menschen, die in einer ähnlichen Lage sind wie wir, Unterschlupf finden können."

Er schob den Riegel zur Seite, und die Tür öffnete sich. Clara lugte hinein und sah einen kleinen Raum, in dem Decken lagen, ein Stuhl, Lampen und Kerzen und ein Verbandskasten. Ein kleines Fenster ließ etwas Licht hineinscheinen, sodass das Innere der Hütte nicht ganz so unheimlich wirkte. Zögernd humpelte Clara hinter Anton her in die Hütte. In Antons Nähe fühlte sie sich sicher und geborgen und war einfach nur froh, dass er bei ihr war. Anton schaute sich um und verschaffte sich einen ersten Überblick. Er legte seinen Helm samt Headset auf den Stuhl und versuchte mit einem Funkgerät, das er in seiner Gürteltasche bei sich trug, Verbindung mit dem Rettungspiloten oder der Station aufzunehmen. Clara setzte sich derweil auf den Boden und versuchte ihr Bein vorsichtig abzulegen. Anton deckte sie fürsorglich zu und machte aus einer Decke eine Art Rolle, die er unter ihr verletztes Bein schob. Clara zog die Skibrille und die Handschuhe aus und langte nach ihrem Rucksack. Sie kramte ihr Handy hervor, in der Hoffnung, dass sie Empfang hatte, doch mittlerweile war der Akku leer und das Handy war ausgegangen.

„Das war ja klar!", sagte sie seufzend. Anton schaute sie an.

„Kein Empfang?", fragte er.

„Der Akku ist leer. Ich hatte so ein Glück, dass ich vorhin überhaupt Empfang hatte und die Rettungsstation anrufen konnte. Ich wäre sonst womöglich vor Schmerzen und Kälte umgekommen."

„Keine Sorge, jetzt sind wir erstmal geschützt vor der Kälte und dem Sturm und ich versuche in der Zwischenzeit, meine Kollegen anzufunken."

Anton drehte einen Knopf an dem Funkgerät: Rauschen und Kratzen ertönte, bis er endlich ein Signal bekam und Kontakt zur Station. Er diskutierte eine ganze Weile mit einem Kollegen, der ihm begreiflich machen musste, dass sich das Wetter sogar noch verschlechtern werde und es unmöglich sei, die beiden zu holen, solange der starke Schneesturm nicht aufhörte. Clara riss die Augen auf und spürte wie ihr Puls sich beschleunigte. Anton beendete das Gespräch und drehte sich zu ihr um.

„Keine guten Nachrichten?", fragte Clara ängstlich. Anton schüttelte den Kopf.

„Na ja, die schlechte Nachricht ist, dass der Sturm viel zu stark ist, als dass wir heute noch von hier fortkommen. Es wäre für den Piloten und auch für uns zu gefährlich. Unter solchen Wetterbedingungen ist es einfach nicht sicher.

Wir können von Glück reden, dass ich mich überhaupt noch zu dir abseilen konnte, ohne selbst abzustürzen."

Betroffen blickte Clara zu Boden.

„Und – gibt es auch eine gute Nachricht?"

Sie schaute Anton erwartungsvoll an. Er zuckte mit den Schultern.

„Tja, so wirklich gute Nachrichten gibt es eigentlich nicht. Ich werde mir jetzt erstmal dein Bein anschauen und dich mit einem Schmerzmittel versorgen."

Anton schwieg und schaute Clara tief in die Augen. Clara umklammerte noch leicht fröstelnd ihren Oberkörper und fragte: „Und dann? Was passiert dann?"

Eigentlich wusste sie schon fast, welche Antwort kommen würde, doch sie war sich nicht sicher, also schaute sie ihn fragend an. Er kratzte sich schmunzelnd am Kopf, setzte sich neben sie auf den Boden und sagte: „Wir werden wohl gemeinsam die Nacht hier oben verbringen müssen."

Dann legte er seine Hand auf ihre Wange...

Kapitel 17

Clara schaute Anton in die Augen, und in ihrem ganzen Körper breitete sich ein wohlig warmes Kribbeln aus. Sein Gesicht war unmittelbar vor ihrem, und sie konnte seine Augenfarbe jetzt so deutlich sehen wie nie zuvor. Sie war für einen kurzen Moment wie in Trance und trotz der Situation und der Schmerzen, die sie hatte, fühlte sie sich wohl und geborgen in seiner Nähe. Er lächelte sie an, streichelte ihr über die Wange und sagte: „Mach dir keine Sorgen, es wird alles gut. Ich schaue mir jetzt erstmal dein Bein an und gebe dir etwas gegen die Schmerzen."

In diesem Moment wurde Clara bewusst, dass seine Geste einfach nur beruhigend und hilfsbereit gemeint war. Was hatte sie sich auch gedacht? Dass er jetzt in dieser Situation über sie herfallen und sie sich die ganze Nacht über verliebt in den Armen liegen würden? Clara kam sich dumm und naiv vor und schüttelte den Kopf über ihre törichten Gedanken.

„Kannst du versuchen deine Hose auszuziehen?"

Antons Frage riss Clara aus ihren Gedanken.

„Meine Hose auszuziehen?"

Anton lachte.

„Ja, ich kann mir sonst dein Bein nicht ansehen. Immerhin hast du eine dicke Schneehose an. Ich drehe mich um und bereite eine Schmerzspritze vor, in der Zeit kannst du in aller Ruhe versuchen, dir die Hose auszuziehen."

Er gab ihr eine Decke, zwinkerte ihr zu und kniete sich vor den Stuhl, auf dem er ein Erste-Hilfe-Set ausgebreitet hatte. Clara errötete und knöpfte vorsichtig ihre Schneehose auf. Zum Glück hatte sie noch eine lange Skihose darunter, dachte sie, als sie die Hose langsam von ihrem verletzten Bein streifte.

„Darf ich mich umdrehen?", fragte Anton. Clara antwortet lächelnd: „Ja, ich habe immerhin noch eine lange Skihoseunterhose an, also alles gut."

Anton kniete neben Claras verletztem Bein nieder. Er tastete es vorsichtig von oben nach unten ab, um einen Schmerzpunkt zu lokalisieren. Dann krempelte er das Hosenbein hoch und entdeckte einen heftigen Bluterguss.

„Okay, das ist zwar auch nicht schön, aber ich glaube nicht, dass dein Bein gebrochen ist. Du hast eine sehr starke Verstauchung."

„Es ist nicht gebrochen?", fragte Clara verwundert. So viel Glück konnte sie doch nicht haben, dachte sie.

„Soweit ich es beurteilen kann, nicht, denn es steht nichts schief oder deutet auf einen Bruch hin. Die Schmerzen einer Prellung oder Verstauchung können sogar schlimmer sein, als die eines gebrochenen Knochens. Ich habe in dem Erste-Hilfe-Kasten eine Salbe gefunden, die man in solchen Fällen aufträgt, und dann mache ich dir einen Verband drum und gebe dir etwas gegen die Schmerzen. Dann bist du erstmal versorgt."

„Danke, das ist sehr lieb von dir." Clara schaute Anton dankend an und warf ihm einen liebevollen Blick zu.

„Das ist doch mein Job, alles gut."

Anton versorgte behutsam Claras Bein und konzentrierte sich ganz auf seine Arbeit als Rettungssanitäter. Da unterbrach Clara die Stille.

„Du machst diesen Job gerne, oder?"

Anton lächelte, während er weiterhin ihr Bein versorgte.

„Ja, ich finde, es ist eine großartige Erfüllung und gibt mir das Gefühl gebraucht zu werden, weißt du? Ich fliege auch nach wie vor gerne den Rettungshubschrauber, aber eigentlich berge ich lieber Verunglückte und helfe ihnen."

Claras Herz fing an immer schneller zu schlagen. War es sein Äußeres, das sie so anzog und ins Schwärmen kommen ließ, oder die Tatsache, dass er Menschenleben rettete? Sie hatte schon immer eine Schwäche für Männer in

Uniform gehabt, gerade als sie noch zusammen bei der Airline geflogen sind, aber jetzt, da sie ihn in seinem roten Overall sah und er ihr Bein verarztete, fühlte sie sich noch mehr zu ihm hingezogen.

Sie konnte den Blick nicht von ihm abwenden und sagte: „Das ist wirklich beeindruckend, Anton. Neben dir komme ich mir regelrecht unnütz vor. Du rettest Leben und ich verkaufe den Menschen überteuerte Möbel, seien wir doch mal ehrlich", sagte sie lachend. Anton beendete die Versorgung der Verletzung und packte die Utensilien zusammen. Dann antwortete er: „Ach, so kannst du da doch auch nicht sagen: du leistest großartige Arbeit, bist eine fleißige Frau, soweit ich gesehen habe, und dazu noch eine fantastische Sängerin. Du tust doch auch Gutes und erfreust die Menschen jedes Jahr auf dem Wintermarkt mit deinem Gesang. So hat jeder seine Qualitäten und gute Seiten an sich."

Clara fühlte sich geschmeichelt und nickte ihm dankend zu. Als Anton den Verbandskasten wegpackte, fragte er verwundert: „Sag mal, vor lauter Sturm und deiner Verletzung habe ich das Wichtigste komplett vergessen zu fragen, denn das hat dich ja wohl erst in diese Lage gebracht: was ist mir dir und deiner Freundin passiert? Wo ist sie und wie kam es zu dem Absturz?"

Clara durchfuhr augenblicklich ein eigenartiges Gefühl, als sie an die Situation mit Emma dachte. Sie hatte noch gar nicht wirklich Zeit gehabt, sich Gedanken über das alles zu machen, geschwiegedenn sich zu fragen, wie ihre vermeintlich beste Freundin so etwas hatte tun können. Betrübt blickte sie zu Boden.

„Wir hatten einen ziemlich heftigen Streit. Ich kann es mir auch nicht erklären, aber es ist einfach total ausgeartet. Wir haben die Kontrolle verloren, und dann hat sie mich einfach gestoßen und ich habe das Gleichgewicht verloren. Ich wusste ja nicht, dass direkt hinter mir nichts mehr war und dass ich so tief hinunterfallen würde."

Anton ging auf Clara zu und setzte sich schockiert neben sie auf den Boden.

„Ist das dein Ernst? Ihr habt euch gestritten und deswegen stößt sie dich einen Abgrund hinunter? Ich kann es nicht fassen!", sagte er.

„Clara, du musst mir bitte genau erzählen, was passiert ist, denn du solltest dich darauf gefasst machen, dass du bei der Polizei eine Aussage machen musst. Auch wenn es deine Freundin ist, das kannst du so nicht einfach stehen lassen."

Besorgt und zugleich verärgert blickte er Clara an. Sie zuckte verunsichert die Schultern.

„Ich bin ja noch nicht einmal sicher, ob es mit Absicht war oder wirklich nur ein Versehen, weißt du? Es war so stürmisch, und der Schnee fiel so stark, dass wir kaum etwas sehen konnten. Vielleicht war ihr nicht bewusste, dass unmittelbar hinter mir ein Abgrund war."

„Das mag ja sein, aber was kann so schlimm gewesen sein, dass sie dich an so einer Stelle dermaßen schubst, dass du abstürzt? Sie ist doch angeblich eine erfahrene Bergsteigerin; da müsste sie sich der Gefahren doch bewusst sein! Also, was ist genau passiert?"

Er schaute Clara neugierig an und wartete darauf, dass sie ihm ihre Geschichte erzählte. Das tat sie auch. Sie begann mit dem Aufstieg bei zuerst noch fabelhaften Wetter und fuhr fort mit dem Abstieg und wie auf einmal das Wetter umgeschlagen war und sie schlagartig in dieses Unwetter gerieten. Anton schaute sie immer wieder nickend an und schüttelte zwischendurch den Kopf, da er nicht begreifen konnte, warum es zu so einem heftigen Streit kommen konnte. Clara hatte ihm zwar erzählt, wie sich alles abspielte, aber nicht die genaue Ursache der Streitigkeiten. Als sie fertig erzählen war, überlief sie ein Schaudern am ganzen Körper, so sehr hatte sie sich beim Erzählen in das Geschehene zurückversetzt. Anton saß einfach nur kopfschüttelnd da.

„Das ist ja wirklich ein starkes Stück, ich fasse es nicht. Du kannst wirklich von Glück sagen, dass dir nichts Schlimmeres passiert ist und du nicht so tief gefallen bist. Wer weiß, was sonst hätte passieren können. Doch eine Sache verstehe ich nicht ganz, und es geht mich auch nichts an, du musst mir also nicht darauf antworten: worum ging es in eurem Streit, dass er so eskalieren konnte? Das begreife ich einfach nicht."

Er blickte fragend zu Clara hinüber und erhoffte sich anscheinend eine Antwort.

Clara schaute wie versteinert ins Leere und wusste nicht, was sie ihm antworten sollte. War es an der Zeit ihm wirklich die ganze Wahrheit zu sagen? Sollte sie ihm ihre Liebe gestehen, oder ihn anlügen? Er würde es wahrscheinlich niemals herausfinden, doch würde es ihr damit wirklich bessergehen? Sie befand sich in einer verzwickten Lage, aus der nur sie allein sich herauswinden konnte. Sie spürte seine Blicke auf sich und wusste, dass sie ihm irgendetwas antworten musste, also nahm sie all ihren Mut zusammen und sprach die Wahrheit aus – was hatte sie auch groß zu verlieren?

Zuerst jedoch versuchte sie drum herum zu reden, in der Hoffnung, Anton würde nicht weiter nachfragen.

„Das ist wirklich eine lange Geschichte und ziemlich albern ist sie auch noch; ich glaube also nicht, dass du sie wirklich hören willst."

Anton schlang die Arme um seine angewinkelten Knie und antwortete: „Na ja, so wie es aussieht, bleiben wir die ganze Nacht hier, oder? Ich habe Zeit - du nicht auch?"

Lachend schubste er sie von der Seite an. Clara setzte ein leicht gequältes Lächeln auf, da sie unsicher war, wie Anton auf ihre Geschichte reagieren würde. Stand es ihr denn überhaupt zu, so etwas Intimes mit ihm zu teilen, auch, wenn er der Mann war, um den es in ihrer Geschichte hauptsächlich ging, war er doch verheiratet? Clara haderte mit sich, ob es angebracht war, so etwas preiszugeben und ihn damit eventuell sogar in eine unangenehme Lage zu bringen.

„Du wirst lachen, es ist eigentlich eine ziemlich komische Geschichte," begann sie mit einem Zittern in der Stimme und fuhr fort:

„Wenn ich es auf den Punkt bringen müsste, ging es um dich."

Clara zog den Kopf ein und blickte in einer leicht geduckten Haltung zu Anton, aus Angst, dass er sie vielleicht für komplett verrückt halten und womöglich anschnauzen würde. Denn wie gut kannte sie ihn wirklich? Sie konnte ihn nicht einschätzen, denn dafür kannte sie ihn dann doch zu wenig.

Mit einer nach oben gezogenen Augenbraue schaute Anton sie an und fragte verdutzt: „Um mich? Das verstehe ich nicht? Warum sollte Emma dich meinetwegen von der Klippe gestoßen haben?"

Clara schluckte. Sie musste ihm die Wahrheit sagen, und zwar die ganze Wahrheit. Vielleicht wäre sie danach ja sogar erleichtert und alles sei halb so schlimm, dachte sie. Also nahm sie wieder ihren ganzen Mut zusammen.

„Kannst du dich an den Tag erinnern, als Raffaele weglief und ich ihn zu dir zurückbrachte?"

Anton nickte stumm.

„Da habe ich etwas zu dir gesagt und dir meine Hand auf die Wange gelegt. Du hast nichts dazu gesagt, aber ich meinte in deinen Augen zu erkennen, dass du verstanden hattest."

Anton nickte wieder.

„Na ja, wir kennen uns zwar von der Schule und sind uns auch danach immer mal wieder über den Weg gelaufen, und es klingt bestimmt albern und völlig an den Haaren herbeigezogen, doch ich hatte schon immer eine kleine Schwäche für dich."

Als Clara es ausgesprochen hatte, fiel ihr ein Stern vom Herz. Sie hatte es endlich dem Mann gesagt, den es betraf. Sie war stolz auf sich, aber im selben Moment auch ängstlich, denn sie konnte in Antons Gesichtsausdruck keinerlei Emotion erkennen.

Doch dann schien es Anton zu dämmern, und er setzte ein Puzzleteil nach dem anderen zusammen.

„Oh, dass du so empfindest, wusste ich nicht. Natürlich ist mir aufgefallen, dass du vielleicht etwas geflirtet hast, was nichts Schlimmes ist, aber dass du schon so lange für mich etwas empfinden zu scheinst, war mich wirklich nicht bewusst. Das würde also bedeuten, deine Freundin hat dich von der Klippe gestoßen, weil sie eifersüchtig auf dich ist? Das klingt irgendwie komisch; klär mich doch bitte nochmal etwas genauer auf, denn ich kann mir keinen Reim darauf machen."

Clara kam sich nun etwas albern vor, denn sie hatte da Gefühl, es sei Anton etwas unangenehm und er wisse nicht, wie er reagieren sollte.

„Eigentlich ist da noch viel mehr, und ich weiß nicht, ob ich dir das überhaupt erzählen soll. Wir haben uns nicht ausschließlich wegen dir gestritten, sondern auch wegen meinem Mann, Gabriel. Ich habe ihn und Emma nun schon mehrmals zusammen gesehen, und sagen wir es mal so: die Situationen waren ziemlich offensichtlich."

Anton strich sich verwirrt mit der Hand durch die Haare.

„Wow, das muss man ja erstmal verdauen. Das klingt nicht nur wie in einem schlechten Film, sondern auch ziemlich kompliziert, wenn du mich fragst."

Clara konnte ein kleines Lächeln auf seinem Gesicht erkennen. Der Raum war nur durch ein schwaches Licht an der Decke beleuchtet, und daher war es etwas schwierig einander deutlich zu erkennen. Beide schwiegen. Es gab einen Moment der Stille, die keiner mit Worten durchbrach. Doch zu Claras Erleichterung war es Anton, der schließlich wieder das Wort ergriff.

„Das heißt also, du empfindest etwas für mich? Wie genau meinst du das? Ist es ein Flirt? Eine Art Schwärmerei, oder doch mehr? Ich bin verwirrt."

Anton stützte den Kopf in seine Hand und schaute Clara erwartungsvoll an. Sie wusste nicht, wie sie es ihm erklären sollte und ob er es verstehen würde, also versuchte sie es so zu beschreiben, wie sie es fühlte.

„Hast du schon mal jemanden kennengelernt und das Timing war total falsch? Du hattest Gefühle, die du nicht haben solltest? So ging es mir."

Anton nickte und bejahte.

„Ja, das kenne ich. Mir ging es mit einer Frau aus meiner Vergangenheit nicht anders. Wir kannten uns schon von Jugend an, und als wir dann auch noch für den selben Arbeitgeber beschäftigt waren und uns nach einigen Jahren trafen, war ich schon vergeben."

Clara runzelte die Stirn.

„Wirklich? Was ein Zufall. Das ist ja fast wie bei uns beiden."

Sie schüttelte ungläubig den Kopf und sah, wie Anton ebenfalls lachend den Kopf schüttelte.

„Du stehst aber gerade wirklich auf dem Schlauch, oder Clara? Du bist die Frau, die ich damals auf dem Flug traf."

Clara stockte der Atem. Hatte er das wirklich gerade gesagt? Sie konnte es nicht fassen. Da hatte sie so lange heimliche Gefühle für einen anderen Mann, zerbrach sich den Kopf, träumte Nacht für Nacht von ihm, versuchte ihn aus ihren Gedanken zu bekommen, und da gestand er ihr seine Gefühle. So sehr sie sich in diesem Augenblick auch freute und Luftsprünge hätte machen können, so schlecht fühlte sie sich ihrem Mann gegenüber. Sie saß mit Anton eingeschneit in einer verlassenen Berghütte fest und verbrachte die Nacht mit ihm dort, während ihr Mann mit Sicherheit vor lauter Sorge um sie die halbe Nacht nicht schlafen konnte. Clara ergriff, immer noch perplex, das Wort.

„Ist das wirklich so? Du hattest damals auch etwas für mich übrig? Warum ist dann nie mehr daraus geworden? Ich erinnere mich an diese eine Szene im Flugzeug, als ich das Gefühl hatte, dass zwischen uns eine irre sexuelle Spannung war. Verzeih mir bitte, wenn das zu viel war, und es mir nicht zusteht, das zu sagen, aber so habe ich es empfunden."

Anton nickte.

„Ja, ich weiß genau, welche Situation du meinst. Du bist mir auch damals in der Schule schon aufgefallen, aber irgendwie sollte es wohl nicht sein, und als wir uns dann nach einigen Jahren im Flugzeug wiedersahen, hatte ich gerade Valentina kennengelernt und es bahnte sich etwas Festes zwischen uns an, verstehst du? Das war der Zeitpunkt, da das Timing auch bei mir absolut schlecht war."

In Clara taten sich so viele widersprüchliche Gefühle auf, dass sie gar nicht begreifen konnte, was gerade passierte. Hatte sie sich diesen Moment nicht immer gewünscht? Doch es war falsch, so verdammt falsch. Sie hätte nie etwas getan, was Gabriel oder Valentina verletzen könnte, und Anton mit Sicherheit auch nicht, also blieb ihr wenigstens der Austausch mit ihm. Daran war nichts Falsches, auch, wenn es nicht gerade passend war, dass sich zwei Menschen, die eigentlich mit anderen Partnern verheiratet waren, ihre Gefühle gestanden, war in Claras Augen nichts Verwerfliches daran. Anton hatte sich mittlerweile mit dem Rücken an die Holzwand der Hütte gelehnt, und Clara saß ihm gegenüber, das Bein hochgelegt, mit einer Decke eingekuschelt, und schaute ihn an. Es gab so vieles, was sie ihm sagen wollte, dachte sie. Einen kurzen Moment lang herrschte Stille, und keiner von beiden traute sich so recht, das Gespräch fortzusetzen, als Clara endlich sprach.

„Es ist ein wunderbarer Gedanke, dass alles im Leben, jede Begebenheit, Teil eines Gesamtplans ist, der dich zu dem einen wahren Seelenverwandten führen soll. Aber wenn das wahr ist, was für einen Sinn hat das Leben dann? Warum treffen wir dann Entscheidungen und warum sollten wir dann morgens überhaupt aufstehen?"

Anton blickte zu Clara hinauf, und sein Blick haftete wie gebannt an ihren Lippen. Als sie spürte, dass sie seine ungeteilte Aufmerksamkeit hatte, fuhr sie fort.

„Es war dieser Augenblick, als wir uns trafen, als wäre das Universum nur dazu da, um uns zusammenzuführen. Deswegen wollte ich dem Schicksal folgen, egal wohin es mich zu führen schien. Ich dachte mir so oft, wenn das alles irgendwann ausgestanden ist und ich Gewissheit habe, muss ich wenigstens nie mehr an dich denken. Ich glaube, wenn wir zu dem Entschluss kommen, dass wir alle, wenn wir in Harmonie mit dem Universum leben wollen, uns den Glauben an das bewahren müssen, was man Schicksal nennt. Früher oder später kommt der Zeitpunkt, an dem wir alle verantwortungsbewusste Erwachsene werden müssen und lernen sollten, das aufzugeben, was wir wollen, damit wir uns für das entscheiden können, was wichtig ist. "

Als Clara diese Worte beendet hatte, spürte sie, wie eine Träne ihre Wange hinunterkullerte. Sie war über sich selbst erstaunt und über das, was sie gesagt hatte. Es kam ihr vor, als hätte sie diese Ansprache immer und immer wieder geübt und auswendig gelernt, sodass sie diese vortragen konnte, wenn sich der passende Zeitpunkt ergäbe. Sie schaute erwartungsvoll Anton an, der ebenfalls wie gebannt dasaß und zuerst nicht wusste, was er sagen sollte.

„Wow, Clara, ich wusste ja nicht, wie es in dir aussieht und zu welch ergreifenden Worten du fähig bist. Versteh mich bitte nicht falsch, du bist eine intelligente und umwerfende Frau, aber ich kenne dich einfach zu wenig, um solche Dinge von dir zu wissen, weißt du, wie ich das meine? Du hast es wirklich auf den Punkt gebracht."

Wieder herrschte Stille. Keine traute sich etwas zu sagen. Clara wusste nicht, ob es vielleicht zu viel war, was sie da eben gesagt hatte, doch es war nur so aus ihr herausgesprudelt, sie konnte es nicht aufhalten. Dann merkte sie, wie sie langsam müde wurde und das Bedürfnis hatte, sich etwas hinzulegen. Da keiner der beiden wusste, wie er sich verhalten sollte, war es vielleicht das Beste, etwas zur Ruhe zu kommen.

„Ich werde langsam etwas müde; hast du etwas dagegen, wenn ich versuche, ein wenig zu ruhen?"

Anton stand auf und bemühte sich sofort, Claras Bein in eine schonende Position zu bringen.

„Natürlich, du brauchst Ruhe. Man darf nicht vergessen, dass du ziemlichen Strapazen ausgesetzt warst und wirklich Ruhe und Schlaf brauchst. Ist es dir denn hier warm genug?"

Anton hatte bemerkt, wie Clara immer wieder zu zittern begonnen hatte, und schaute sich suchend nach einer Wärmequelle um.

„Alles, was ich dir anbieten kann, ist eine weitere Petroleumlampe, die hier in der Ecke steht. Wenn ich Glück habe, bekomme ich sie noch an. Wärme wird sie allerdings nicht viel spenden, dafür aber bestimmt ein etwas gemütlicheres Licht."

Clara lächelte ihn an.

„Danke, das ist sehr fürsorglich von dir."

Clara legte sich auf die Seite, zog die Decke bis zum Kinn und beobachtete Anton, wie er versuchte, es ihr so angenehm, wie möglich zu machen.

Dann setzte er sich zu ihr auf den Boden. Clara schloss die Augen und versuchte zu schlafen, doch sie konnte nicht aufhören zu zittern. Die Kälte überkam sie immer wieder und ließ ihren ganzen Körper zittern. Als Anton das bemerkte, fragte er: „Auch, wenn es in der Situation vielleicht komisch klingen mag, und wirklich keine Anspielung sein soll, aber hättest du etwas dagegen, wenn ich mich zu dir lege? Ich sehe schon die ganze Zeit, wie du frierst. Körperwärme hilft dagegen, glaub mir."

„Mir ist wirklich alles recht, Hauptsache, mir wird ein wenig wärmer."

Anton legte sich vorsichtig hinter sie, ohne sie jedoch an unpassenden Stellen zu berühren, und legte seinen Arm um sie. Clara wurde augenblicklich wärmer, da ihr Puls in die Höhe schoss und sie im ganzen Körper ein wohliges Gefühl durchströmte.

Sie war sich sicher, dass Anton das tat, damit sie sich besser fühlte und so die Nacht gut überstehen würde, doch sie musste sich selbst eingestehen, dass sie die Situation auch etwas genoss. Sie würde Lügen, wenn es anders wäre.

Sie fühlte sich so unglaublich wohl in seinen Armen, inhalierte seinen Duft, den sie schon immer so anziehend gefunden hatte, und schlief kurze Zeit darauf ein.

Clara wusste nicht, wie lange sie schlief oder ob es noch mitten in der Nacht war, als sie wieder aufwachte, aber eines wusste sie genau: sie wollte, dass dieser Moment niemals endete. War es nicht unheimlich falsch, so zu denken und dabei in den Armen des Mannes zu liegen, den sie insgeheim liebte, während ihr eigener Mann sich sorgte?

Ohne sich umzudrehen, merkte sie, dass Anton ebenfalls wach war. Sie spürte seinen Atem in ihrem Nacken, und ein Kribbeln ließ sie aufzucken.

„Bist du wach?", fragte er leise.

„Ja, ich bin wach."

Anton hatte immer noch seinen Arm um Clara gelegt und seine Position nicht verändert. Mit einem Mal bekam Clara so ein schlechtes Gewissen, dass sie es ansprechen musste.

„Eigentlich ist es falsch, was wir machen, meinst du nicht? Ich meine, unsere Partner machen sich um uns wahrscheinlich die größten Sorgen, und wir liegen hier oben, eng umschlungen, und haben uns unsere Gefühle füreinander gestanden. Das macht man nicht!"

Anton blieb unverändert liegen und sagte: „Ich gebe dir recht, es ist unseren Liebsten gegenüber nicht richtig, so zu denken, oder so zu sprechen, aber, dass wir in dieser Notlage sind, konnte niemand vorhersehen, und meine Kollegen von der Bergrettung haben Gabriel und Valentina schon Bescheid gegeben. Die wissen also auch, dass wir hier oben erstmal sicher sind."

Clara nickte.

„Das stimmt, aber ich komme mir trotz allem so betrügerisch vor. Weißt du, wie lange ich dieses Geheimnis schon mit mir herumtrage? Und jetzt bin ich auch noch in dieser Situation mit dir, von der ich nicht gerade behaupten würde, dass sie mir unangenehm wäre. Das ist doch schlimm, oder?"

„Clara, wir beide sind erwachsene Menschen, die schon länger mit einem anderen Partner zusammen sind und diesen über alles lieben, auch wenn es da noch jemanden gibt, der einem nie wirklich aus dem Kopf gegangen ist. Ich würde meine Frau nie verletzen und du Gabriel mit Sicherheit auch nicht; das kann ich mir nicht vorstellen."

Clara nickte.

„Also. Wir haben niemandem weh getan, oder? Es ist doch nicht verboten sich über alte Zeiten zu unterhalten, etwas zu flirten und sich daran zu erinnern, wie man einander zum ersten Mal gesehen hat. Außerdem meine ich mich aus deinen Erzählungen vorhin daran erinnern zu können, dass dein Mann und deine angeblich beste Freundin nicht gerade rücksichtsvoll gehandelt haben. Das soll natürlich nicht heißen, dass das, was wir tun, gerechtfertigt ist, aber nennen wir es doch, so wie du es immer sagst: Schicksal.“

Claras lächelte.

„Weißt du, Anton, ich glaube, man kann viele Dinge nicht beeinflussen. Das Herz macht oft, was es will. Ich tue das ja nicht mit Absicht. Als ich dir nach so langer Zeit wieder hier in Hallstatt, begegnet bin, waren plötzlich alle Gefühle wieder da. Natürlich habe ich immer wieder an dich gedacht, von dir geträumt und mir gewünscht, dich wiederzusehen, aber weiter wäre ich niemals gegangen.“

„Warte mal, du hast von mir geträumt? Das interessiert mich jetzt aber.“

„Oh Gott, nein“, sagte Clara. „Das kann ich dir nicht erzählen, das ist zu privat und nicht ganz jugendfrei.“

Anton musste laut lachen.

„Ich glaube, nachdem, was wir uns in dieser Nacht schon alles gebeichtet und erzählt haben, wäre ein nicht jugendfreier Traum das kleinste Übel. Aber ich verstehe, du willst nicht alle Karten auf den Tisch legen. Dennoch frage ich mich, wie es dazu kam, dass du deinen Mann geheiratet hast, wenn du doch immer noch so für mich empfindest?“

Diese Frage traf Clara wie ein Schlag. Sie war absolut berechtigt, und sie hatte sie sich auch schon oft gestellt, doch aus Antons Mund klang sie ganz anders. Sie überlegte, wie sie es ihm am besten erklären könnte.

„Weißt du, es ist mit der Fantasie und einem fremden Mann, wie mit einem Kleid: man möchte sehen, ob es passt, wie es sitzt und was man daraus macht. Manchmal wünscht man sich in das Leben eines anderen einzutauchen und fragt sich: Was wäre wenn? Was, wenn ich diesen einen anderen Mann geheiratet hätte? Wie wäre mein Leben dann verlaufen? Diese Fragen stelle ich mir oft, doch sie existieren eben nur in meiner Fantasie, genau wie du auch. Ich wusste damals, dass es für uns keine gemeinsame Zukunft geben konnte, und kurze Zeit darauf ist mir Gabriel über den Weg gelaufen."

Anton drückte seinen Arm etwas fester an Clara und antwortete: „Der Vergleich mit dem Kleid ist sehr interessant, aber im Grunde hast du es ganz richtig beschrieben. Ich bin davon überzeugt, dass fast jeder Mensch auf der Welt diese eine große Liebe hat, für die er immer geschwärmt hat, und dennoch weiß er, dass er sie niemals erreichen wird. Ich liebe Valentina auch über alles, und erst Raffaele! Ich würde die beiden gegen nichts auf der Welt hergeben. Doch hin und wieder denke auch ich an dich."

Diese Worte erwärmten Claras Herz. War es nicht immer genau das gewesen, was sie gewollt hatte - ein heimliches Liebesgeständnis aus seinem Mund? Wie sehr hatte sie sich gewünscht, dass er genauso wie sie fühlte und sie wenigstens ein kleines bisschen attraktiv fand, doch dass er fast genauso dachte und empfand wie sie, das hätte sie niemals zu träumen gewagt.

„Das hast du schön gesagt. Deine Frau und dein Sohn sind wunderbar, und auch wenn das Schicksal - oder das Universum oder was auch immer – kein gemeinsames Leben für uns vorgesehen hat, so sind wir uns doch immer wieder über den Weg gelaufen. Ist das nicht verrückt?"

„Ja, das ist es", antwortete Anton. „Doch, wie soll es nun weitergehen? Sollen wir uns immer wieder über den Weg laufen und so tun, als wäre nie etwas gewesen? Ich weiß nicht, wie es dir ergangen ist, aber immer, wenn ich dich gesehen habe, ist irgendetwas in mir aufgeflammt, von dem ich gedacht hatte, ich hätte es schon lange abgelegt, doch anscheinend bist du mir nie ganz aus dem Sinn gegangen."

Clara atmete tief ein und aus und versuchte sich zu sammeln. Sie spürte wieder, wie sie von Müdigkeit übermannt wurde und ihre Augen schwer wurden. Draußen, vor der Hütte, tobte immer noch der Schneesturm und sie wusste, dass eine Rettung erst möglich sein würde, wenn er abgeflaut wäre. Also schloss sie wieder ihre Augen und kuschelte sich in Antons Arme, der sich ebenso wenig wachhalten konnte wie sie...

Kapitel 18

Was Clara weckte, waren nicht in erster Linie die Sonnenstrahlen, die durch das kleine Fenster der Rettungshütte drangen, sondern höllische Schmerzen. Die Wirkung der Medikamente hatte anscheinend nachgelassen, und ihr verletztes Bein pochte. Anton war mittlerweile auch wach geworden und saß hinter ihr auf dem Boden.

„Guten Morgen", sagte er lächelnd zu ihr. „Wie hast du geschlafen und was macht dein Bein?"

„Guten Morgen. Es geht so, das Bein tut wieder weh. Wie lange bist du schon wach?"

Anton zuckte die Schultern.

„Ich weiß nicht, eine Weile. Ich habe eben Nachricht über Funk bekommen. Das Wetter hat sich beruhigt und mein Kollege macht sich mit dem Rettungshubschrauber auf den Weg zu uns. Dann fliegen wir dich gleich ins nächste Krankenhaus, damit dein Bein richtig versorgt werden kann. Gabriel ist schon benachrichtigt und erwartet dich dann dort."

Clara setzte sich auf und fuhr sich durch die Haare. Eigentlich hätte sie sich freuen sollen.

„Oh, verstehe. Da ist gut."

Stille. Beide machten den Eindruck, als ob sie eigentlich gar nicht gerettet werden, sondern noch länger die Zweisamkeit genießen wollten. Anton war damit beschäftigt seine Utensilien zusammenzupacken, und Clara starrte einfach nur vor sich ins Leere.

Dann beobachtete sie Anton, wie er mit angespanntem, fast schon wütendem Gesichtsausdruck die letzten Sachen packte. Dann stand er, die Armen in den Hüften, vor dem kleinen Fenster und schaute auf die Berge, die mittlerweile von der Sonne angestrahlt wurden. Das Unwetter hatte sich verzogen, und es hatte aufgeklart. Clara betrachtete ihn.

„Was ist mir dir?", fragte sie vorsichtig. Anton schwieg zuerst, doch dann sagte er: „Ich kann es selbst nicht erklären; ich bin verwirrt. Fass das jetzt bitte nicht falsch auf, aber ich hatte dich schon längst aus meinem Gedächtnis verbannt, als ich Valentina kennenlernte. Natürlich gab es immer wieder Momente, in denen ich an dich dachte, zumal wir uns hier in Hallstatt so oft begegnet sind, aber ich habe das Gefühl, dass diese Nacht und unsere Gespräche wieder alles aufgewühlt haben, und das ist falsch."

Clara hatte verstanden. Auch, wenn es sich zunächst hart anhörte - er meinte es ja nur gut. Beide hatten Gefühle füreinander, die sie nicht haben sollten, und das durfte nicht noch schlimmer werden, denn sonst würden Menschen verletzt werden, die sie liebten.

„Ich verstehe dich, Anton. Wir wollen niemandem wehtun, schon gar nicht deiner Frau oder meinem Mann. Und wir haben nichts getan, das falsch gewesen wäre. Natürlich, wir haben vielleicht ein wenig mehr als nur miteinander geflirtet und uns Dinge erzählt, über die verheiratet Menschen zu keinem Dritten sprechen, doch Gedanken sind nur Gedanken. Es sind die Taten, die am Ende zählen. Ist es also eine Sünde? Müssen wir uns deswegen Vorwürfe machen?"

Anton drehte sich zu ihr um und verschränkte die Arme vor der Brust.

„Du hast wahrscheinlich recht; trotzdem fühle ich mich schlecht. Ich habe das hier alles wirklich genossen, vielleicht etwas zu sehr, aber wir wissen beide, dass es keine gemeinsame Zukunft geben kann."

Clara nickte.

„Das weiß ich und soll ich dir etwas sagen? Das ist für mich genug. Ich habe so viele Jahre an dich gedacht, du hast in meiner Fantasie gelebt, und ich habe mich gefragt, wie es wohl sein würde, in Wirklichkeit mit dir zusammen zu sein, dich Lachen zu sehen, mit dir über Alltägliches zu sprechen - eben einfach nur Zeit mit dir zu verbringen. Es ist, als wäre all das in einer Nacht passiert, und ich bereue es keine Sekunde. Wie ich dir schon gesagt habe: das Herz macht, was es will, und gegen seine Gefühle kann man oft nicht ankämpfen, man muss nur versuchen, sie im Griff zu haben. Diese Nacht ist alles, was uns bleibt und damit gut. Wir gehen beide wieder zurück zu unseren Partnern und leben unser Leben weiter, auch, wenn es uns schwerfallen wird, mir ganz besonders, denn ich bin davon überzeugt, dass meine Gefühle und Gedanken für dich tiefer sind als deine für mich. Aber das ist auch völlig irrelevant, denn ein „Wir" gibt es nicht- das hat es nie gegeben und wird es auch in Zukunft nicht geben."

Mit Tränen in den Augen blickte Clara zu Anton herauf. Er ging zu iht, nahm ihr Gesicht in beide Hände und gab ihr einen Kuss auf die Stirn. Clara schloss die Augen und genoss diesen letzten Moment noch einmal bewusst und in vollen Zügen.

Kurz danach traf der Rettungshubschrauber ein, um Clara in das nächstgelegene Krankenhaus zu bringen. Clara lag im hinteren Teil des Helikopters und bekam von Anton noch einmal eine schmerzstillende Spritze, damit sie unterwegs nicht zu sehr leiden musste, bis sie im Krankenhaus versorgt wurde.

Nach den ersten Untersuchungen in der Notfallversorgung brachte man sie in die zweite Etage, wo Gabriel bereits auf sie wartete. Als er sie sah, kam er auf sie zugerannt und drückte sie fest an sich. Beide lagen sich für einen kurzen Moment weinend in den Armen. Clara konnte ihre Emotionen nicht mehr zurückhalten, denn sie hatte einerseits ihren Mann wieder bei sich, und war sich sicher, ihm alles verzeihen zu können, was er vielleicht getan hatte, ihm im Gegenzug aber auch alles zu beichten, was sie für Anton empfand. Anderseits musste sie Anton gehen lassen, mit dem sie diese eine Nacht, einsam und verlassen, in der Berghütte verbracht hatte, die ihr dennoch die Augen geöffnet hatte. Zwar hätte sie sich vor Stunden noch gewünscht, die Nacht möge niemals enden, doch sie wusste genau, dass sie nun nach vorne blicken konnte; Gabriel und sie würden noch einmal einen Neuanfang wagen.

Clara musste eine Woche im Krankenhaus bleiben, um den Heilungsverlauf des Beines nicht zu gefährden und zur weiteren Beobachtung, denn sie hatte doch noch einige kleinere Prellungen, von denen sie zuerst nicht viel bemerkt hatte. Gabriel verbrachte täglich mehrere Stunden bei ihr im Krankenhaus. Den Antiquitätenladen hatte er für eine Weile geschlossen und sich Urlaub genommen. Clara spürte, wie leid ihm alles tat und wie froh und dankbar er war, seine Frau wieder bei sich zu haben. Er hatte ihr unter Tränen gesagt, dass er große Angst um sie gehabt hatte und dass er krank vor Sorge gewesen war. Auch die Sache mit Emma kam zur Sprache, und Gabriel gestand reumütig, dass er sich wohl etwas zu sehr von falschen Gefühlen habe leiten lassen und einen Schritt zu weit gegangen war. Emma ließ einen großen Blumenstrauß ins Krankenhaus liefern mit einer Karte darin, auf der stand, es tue ihr leid und sie bitte um Entschuldigung. Demnächst werde sie in Wien eine neue Stelle antreten. Clara sah von einer Anzeige bei der Polizei ab und versuchte Emma zu vergeben, doch sie spürte, es würde noch eine gewisse Zeit dauern, bis ihr das gelang. Am letzten Tag ihres Krankenhausaufenthalts kam die Schwester mit einem Briefumschlag in Claras Zimmer und überreichte ihn ihr.

„Dieser Brief wurde unten am Empfang für Sie abgegeben, Frau Hillbrand."

Clara blickte die Schwester verwundert an.

„Für mich?", fragte sie und drehte den Umschlag um. „Aber da steht kein Absender drauf?!"

Die Schwester ging zum Fenster und kippte es, um etwas frische Luft hereinzulassen.

„Der ist von dem gutaussehenden Rettungsflieger, der Sie hierhergebracht hat", antwortete sie augenzwinkernd und verschwand.

Claras Herz schlug schneller. Ein Brief, von Anton. Sie haderte einige Minuten mit sich. Sollte sie ihn überhaupt öffnen? Doch die Neugier siegte. Ungeduldig riss sie das Kuvert auf.

Liebste Clara,

ich weiß eigentlich gar nicht, warum ich dir diesen Brief schreibe, denn ich bin ehrlich: ich habe so etwas noch nie gemacht. Und warum? Weil Männer so etwas heutzutage eigentlich nicht mehr machen, oder? Daran kannst du ermessen, wie viel du mir bedeutest. Es lässt mich einfach nicht los, und ich musste mich noch einmal bei dir melden.

Meine Gefühle fuhren mit mir Achterbahn, und die Nacht in der Berghütte hat mich wirklich gewaltig aus der Bahn geworfen; was soll ich sagen? Da kamen Gefühle in mir hoch, von denen ich nicht geglaubt hätte, dass ich sie noch haben kann. Es ist wirklich unglaublich, was so eine Nacht und solche Gespräche in einem auslösen können, findest du nicht auch? Du sagtest am Morgen unserer Rettung zu mir, dass du deine Gefühle mir gegenüber für stärker hieltest, als meine für dich. Ich bin mir da mittlerweile nicht mehr so sicher. Obwohl es eigentlich schöne Gefühle sind, wissen wir doch beide, dass sie falsch sind. Wir wollen niemandem, den wir lieben, weh tun und sollten deshalb versuchen, alles hinter uns zu lassen. Du bist eine tolle Frau, und ich

habe deine Gegenwart immer genossen, doch ich glaube, es ist das Beste für

alle Beteiligten, wenn wir versuchen, einander nicht mehr über den Weg zu

laufen, die positiven Momente aber im Herzen mit uns tragen und in

Erinnerung behalten. Wir haben mit dem Feuer gespielt, und bevor wir uns

verbrennen, sollten wir, auch wenn es schwerfällt, einen Schlussstrich ziehen.

Ich weiß, du denkst, du hättest nie die Chance gehabt, mich richtig

kennenzulernen, und meinst, dass du mich nicht einschätzen kannst, aber du

hast mit Sicherheit oft falsch gelegen. Als ich mit meiner Frau in euren Laden

kam, da habe ich durchaus den ein oder anderen Blick zu dir hin riskiert.

Dann dein Auftritt auf dem Wintermarkt – der hat mich komplett umgehauen

und wird mir so schnell nicht aus dem Kopf gehen.

Ich bin zwar verheiratet, aber trotzdem noch ein Mann, der durchaus nach

anderen Frauen schaut, gerade wenn es so jemand ist wie du! Ich hatte für

dich schon immer eine Schwäche, auch wenn ich es nie ausgesprochen oder es

bis zum Äußersten habe kommen lassen: ich habe jede Begegnung genossen,

Clara, dass meine ich aufrichtig.

Diese Zeilen werden wahrscheinlich das Letzte sein, was du von mir

bekommst, denn Valentina hat ein sehr lukratives und dauerhaftes Jobangebot

in der Schweiz bekommen, und da es auch dort Berge gibt, von denen

verunglückte Bergsteiger gerettet werden müssen, werden wir schon nächste

Woche umziehen. Ich wollte nicht einfach ohne ein Wort des Abschieds

verschwinden, deshalb hielt ich einen Brief für sinnvoll. Du kannst den Brief

aufheben oder wegwerfen, aber ich hoffe, dass du mich in Erinnerung behältst

und so schnell nicht vergisst, denn umgekehrt wird es mir sicherlich auch

nicht gelingen, dich zu vergessen. Es fällt mir wahnsinnig schwer, die

richtigen Worte zu finden, und ich bin nicht sicher, wie du den Brief auffassen wirst, aber ich hoffe, dass wir ähnlich denken und empfinden. Wie würdest du

es jetzt sagen: wer weiß, was die Zukunft bringt oder was das Universum für

uns bereithält: wenn das Schicksal es vorsieht, werden wir uns wiedersehen...

Anton

Clara faltete den Brief zusammen und wischte die Tränen von der Wange.

Nun hatte sie es schwarz auf weiß und es gab keinerlei Hoffnung. Doch hatte

es die denn wirklich jemals gegeben? Sie wusste, dass die ganze Sache mit

Anton immer eine hoffnungslose Schwärmerei gewesen war und wohl immer

eine ewige Sehnsucht bleiben würde, doch dass er so plötzlich umziehen

würde und sie ihn vielleicht wirklich nie wiedersehen würde, damit hatte sie

nicht gerechnet. Auch, wenn es schwerfiel, es war wohl wirklich die beste

Lösung. Sie schaute aus dem Fenster und begann bitterlich zu weinen. Es

dauerte eine ganze Stunde, bis sie sich wieder beruhigte und einschlief...

Epilog

Die frische Sommerluft wehte Clara um die Nase, und sie genoss die Wärme auf ihrer Haut. Der See funkelte im Sonnenlicht und weiße Schwäne zogen ihre Bahnen über das dunkle Wasser. Clara saß auf einer kleinen Bank direkt am Wasser und beobachtete das rege Treiben. Es waren sechs Monate vergangen, seitdem sie den Unfall oben auf dem Dachstein hatte. Ihr Bein hatte sich schon nach kurzer Zeit wieder erholt, der Schock war überwunden, und auch die seelischen Wunden verheilten langsam. Sie hatte Gabriel alles über Anton erzählt und ein sehr ehrliches und offenes Gespräch mit ihm geführt. Anfänglich war er zwar ziemlich irritiert, aber im Laufe des Gesprächs wurde er immer stiller und bemerkte, dass sein Verhalten auch nicht gerade vorbildlich war und dass sein Umgang mit Emma Clara sehr verletzt hatte. Sie hatten einander verziehen und gemerkt, dass gerade solche Dinge einen näher zusammenfinden lassen und zusammenschweißen. Emma war nach Wien gezogen und seit der Schneewanderung und des Unfalls hatte Clara sie weder gesehen, noch gehört. Sie bedauerte es nicht, denn es war wohl besser so. Sie vermisste zwar eine Freundin an ihrer Seite, doch sie hatte sich mit dem Gedanken angefreundet, lieber gar keine Freundin zu haben, als eine, die nicht aufrichtig und ehrlich ist. In den letzten folgenden Monaten erwähnten die beiden die Namen Anton und Emma kaum noch, und so konnten sie sich ganz auf sich und ihre gemeinsame Zukunft konzentrieren. Sogar von ihrem versteckten Tagebuch hatte Clara Gabriel erzählt, doch er zeigte wenig Interesse, es zu lesen. Da vergrub sie es zusammen mit Antons Abschiedsbrief oben auf dem Dachstein, denn sie hatte kein Bedürfnis mehr, Sehnsuchtseinträge zu verfassen. Zusammen mit Gabriel war sie noch einmal hinaufgestiegen, zurück an den Ort, der so vieles für sie verändert hatte und ihr so viele neue Sichtweisen beschert hatte. Dort oben auf dem Berg war so viel passiert – Gutes wie auch Schlechtes. Auch, wenn es nach wie vor ein gefährlicher Aufstieg war, bestritt sie ihn zusammen mit Gabriel und einem Bergführer, der sie dieses Mal sogar bis zum Gipfelkreuz brachte. So durchlebte Clara zwar noch einmal rückblickend, was im Winter passiert war, konnte dadurch aber auch besser mit dem Erlebten abschließen und es verarbeiten. Sie dachte wehmütig an die Nacht in der Hütte zurück, versuchte aber trotzdem die guten Seiten zu sehen und etwas Positives mitzunehmen. Gabriel hatte seine etwas aufbrausende und gestresste Art abgelegt. Den Antiquitätenladen hielt er nur noch halbe Tage geöffnet, um Clara mehr Zeit zu widmen. Und darüber war es Sommer geworden.

Clara erhob sich von der Bank, streckte Gabriel ihre Hand entgegen und beide schlenderten noch eine Weile an der Seepromenade entlang, bis die Sonne langsam unterging. Es war ein herrlicher Tag, den beide zusammen und ganz entspannt genossen. Die Vögel zwitscherten, und einige Schmetterlinge flatterten den beiden an der Nase vorbei. Verliebt blickten sie sich an und und freuten sich an dem Sonnenuntergang. Plötzlich tauchte ein Hubschrauber der Bergrettung auf am Himmel auf und flog über ihre Köpfe hinweg. Clara blickte hoch und dachte an Anton. Das würde mit Sicherheit auch noch eine gewisse Zeit so bleiben, doch sie tat es auf eine andere Art und Weise: sie hatte nun endlich damit angeschlossen; sie brauchte sich nicht mehr in irgendwelche Schwärmereien zu flüchten, da sie rundum zufrieden mit sich und ihrem Leben war. Vieles hatte sich geändert; die Vergangenheit war endgültig vorbei, und die Zukunft konnte sie getrost auf sich zukommenlassen. Was zählte, war die Gegenwart. Gabriel streichelte Clara über den Rücken und gab ihr einen Kuss auf die Stirn.

„Ein wunderschöner Tag war das heute", sagte er.

„Ja, wirklich - wunderschön", antwortet Clara und streichelte liebevoll über ihren Babybauch...

Ende

Danksagung

Es hat mir große Freude bereitet, dieses Buch zu schreiben, aber es war zugleich auch eine Herausforderung, die ich mit der Hilfe von vielen lieben Menschen bewältigt habe. Zuerst - und das ist keine Floskel – danke ich Ihnen dafür, dass Sie mein Werk gelesen haben. Dann möchte ich denjenigen danken, die mich auf meinem Weg durch diesen Roman begleitet haben. Ich danke meinem Mann, Mario, und meiner Familie, die mich bereits bei meinem ersten Buch unterstützt hatten und auch nun wieder immer an meiner Seite waren. Vielen Dank an meine Lektorin, meinen Verlag und auch an meine Grafikerin, Betti, die bereits mein erstes Buch mit einem passenden Cover versehen hat. Danke an die wunderbare Autorin, Madline Schachta, ohne die ich niemals den Schneid gehabt hätte, ein Buch zu schreiben, geschweige denn zu veröffentlichen. Einen besonderen Dank gilt meiner zauberhaften Freundin, Anne Lucke, die mich während der gesamten Schreibphase unterstützt und inspiriert hat. Ebenfalls danke ich der fabelhaften Stephanie Silva dos Santos, die mich auf so viele positive Arten bereichert und inspiriert hat und immer an mich glaubt. Mein Dank geht an alle Menschen in meinem Umfeld, die mich in jeglicher Art und Weise beim Schreiben unterstützt und gefördert und mich zu dieser Geschichte beflügelt haben. Schließlich danke ich den Menschen und Interviewpartnern, durch die mein Buch den letzten Schliff bekommen hat. Durch sie habe ich adäquate und überaus interessante Einblicke in deren Berufsfeld bekommen. Mein Dank geht an den Piloten, Christoph Schwientek, die Antiquitätenhändler André Klapproth & Silvia Reufels und den Österreichischen Bergrettungsdienst.
Danke an alle, denen ich einzelne Passagen aus meinem Manuskript vorlesen durfte, denn Geschichten sind nichts wert, wenn man sie keinem erzählen kann.

271

Orte und Fakten

Die Schauplätze in diesem Buch existieren tatsächlich.

Manchen Lesern, die den Ort Hallstatt kennen,
wird auch das Beinhaus auf dem Friedhof sowie der Dachstein durchaus ein
Begriff sein. Sogar der baugleiche, wenn auch spiegelverkehrte, Nachbau der
Hallstätter Altstadt, der in einer kleinen Provinz bei China errichtet wurde, ist
real.

Natürlich sind einzelne Szenarien, sowie
das Grundgerüst der Geschichte frei erfunden und in meiner Phantasie
entstanden.

Ich hatte die Intention meinen Roman an einem realistischen
und idyllischen Ort stattfinden zu lassen, den ich, dank meiner
Eltern, als Kind selbst schon oft bereisen durfte und in den ich mich verliebt
habe. Vielleicht gibt es ja auch einige Leser unter Ihnen, die in Hallstatt und
Umgebung leben oder die tatsächlich ihren Urlaub dort
verbracht haben und für die Schönheit dieses Ortes genauso viel abgewinnen
können, wie ich.

FSC
www.fsc.org

MIX

Papier aus ver-
antwortungsvollen
Quellen
Paper from
responsible sources

FSC® C105338